Le pacte de McKeltar

Du même auteur
aux Éditions J'ai lu

UNE PASSION HORS DU TEMPS
N° 6505

KAREN MARIE

MONING

Le pacte de McKeltar

Traduit de l'américain
par Nellie d'Arvor

J'AI LU

Titre original
THE DARK HIGHLANDER

Éditeur original
Dell Publishing, a division of Random House, Inc., New York

Je dédie ce livre aux femmes qui, par leurs encouragements, leur soutien et leur patience extraordinaires, l'ont rendu possible : Deidre Knight, Wendy McCurdy et Nita Taublib.

À toutes trois, un grand merci !

Avant-propos

Aux lecteurs qui ont lu mon précédent roman, comme à ceux qui vont faire dans celui-ci connaissance avec les jumeaux McKeltar[1], je voudrais présenter une lettre que ni Drustan ni Gwen n'avaient eu l'occasion de lire au moment où s'achève le premier volet de notre histoire. À la lecture de l'avant-dernier chapitre du livre, certains d'entre vous avaient sans doute établi un lien entre les deux portraits manquants dans le grand hall du château et la mystérieuse « disparition » de Dageus en 1521.

Pour ne pas entretenir plus longtemps le suspense, je dois vous révéler tout de suite que Drustan ne fut pas le seul à traverser les siècles par amour. Afin de le laisser à la joie de ses retrouvailles avec Gwen, ses descendants du XXIe siècle préférèrent ne pas le lui annoncer tout de suite. Ce n'est que bien plus tard, quand il les pressa de questions sur ce qu'était devenu son frère, que Maggie et Christopher se décidèrent à remettre à leur aïeul une lettre scellée.

---

1. *Une passion hors du temps*, Karen Marie Moning, Éditions J'ai lu n° 6505.

Cette lettre écrite par Silvan, le père des jumeaux, je vous invite à la découvrir ci-dessous en prélude à ce nouveau roman.

Karen Marie MONING

*
**

Drustan, mon cher fils,

Je dois tout d'abord te dire qu'au cours de toutes ces années qu'il m'a été donné de vivre après ton départ, tu m'as beaucoup manqué. J'aurais aimé que tu puisses faire la connaissance de tes frères et sœurs, mais ton cœur ne battait que pour Gwen, et ce n'est que justice que tu lui sois rendu.

Car si tu lis ces lignes, cela signifie que ton plan a réussi. Naturellement, je m'en réjouis. Je vous souhaite à tous deux tout le bonheur du monde, mais je ne peux hélas vous cacher que le temps des épreuves n'est sans doute pas terminé pour vous.

Permets-moi d'abord, mon cher fils, de commencer par les heureuses nouvelles. Comme tu peux l'imaginer, ma douce Nell a fait de chaque instant de notre existence commune un bonheur. Notre vie a été riche et bien remplie, bien plus que je n'aurais pu l'espérer.

Mon premier regret, c'est de n'avoir pas su rester proche de Dageus après ton départ. J'aurais pourtant dû me douter de ce qui allait se passer.

Toi, tu dormais dans la plus haute chambre de la plus haute tour du château, tes fonctions vitales suspendues pour des siècles grâce au charme lancé par la reine des bohémiens, dans l'attente de retrouver ta bien-aimée. Moi, je coulais des jours heureux auprès de la mienne, tout occupé à donner une descendance à notre clan. Pendant ce temps, ton frère devenait fou de solitude et de désespoir.

Quand j'ai fini par le comprendre, il était trop tard. Je ne veux pas entrer dans les détails, mais sache simplement que tu étais, avec le temps, devenu une véritable obsession pour lui. Il était obnubilé par la peur qu'il t'arrive malheur dans ton sommeil et que tu ne puisses retrouver Gwen dans son époque.

Dans sa folie, il n'avait pas tort de le craindre, car c'est apparemment ce qui s'est produit. Je n'en garde aucun souvenir – ou alors à un niveau de ma mémoire qui ne m'est pas accessible –, mais Dageus a fini par me confier qu'un incendie s'était déclaré dans la tour, trois ans après que nous y avions déposé ton corps endormi.

Pour prévenir ce drame, Dageus a brisé ses vœux et, grâce aux pierres levées, a empêché l'incendie avant qu'il ne se produise. C'est donc à lui que tu dois d'avoir retrouvé ta chère Gwen et de pouvoir lire cette lettre. Malheureusement, en agissant ainsi, il s'est fait piéger par les âmes des treize druides noirs, qui se sont emparées de lui. La vieille légende était donc vraie, hélas !

Mon deuxième regret, c'est de ne pouvoir serrer ton frère dans mes bras au moment de quitter ce monde. Je ne sais ce qu'il est devenu. Ce qui est certain, c'est qu'il n'a sans doute pas cessé de te protéger à travers le temps. Il a fait le serment, avant de disparaître, de continuer à veiller sur toi jusqu'à ce que tu retrouves ta promise. Dageus était un homme fort, et je suis persuadé que ce vœu l'a empêché de tomber entièrement sous la coupe des Anciens. Je crains néanmoins qu'une fois vos retrouvailles accomplies, ce dernier lien qui le rattachait encore à nous ne soit rompu.

Ô Seigneur ! Qu'il est dur pour un père d'avoir à demander pareille chose... Mais je suis au regret de te dire que tu dois à présent retrouver ton frère, où qu'il se trouve. Tu dois le sauver de l'emprise des démons qui se sont approprié son âme. Et si tu échoues dans cette entreprise, tu devras le combattre et le tuer.

Premier prologue

En un lieu interdit d'accès aux humains, un homme ou supposé tel – il aimait se faire appeler Adam Black lorsqu'il frayait avec les mortels – s'approcha du dais de soie sous lequel trônait sa reine et mit un genou en terre.

— Majesté, dit-il avec une crâne assurance, le Pacte est rompu.

Aoibheal, souveraine des Tuatha Dé Danaan, garda le silence un long moment, avant d'ordonner d'une voix glaciale au prince consort assis à côté d'elle :

— Convoquez le Conseil !

Deuxième prologue

Des milliers d'années avant la naissance du Christ s'établit en Irlande une race connue sous le nom de Tuatha Dé Danaan, également appelée selon les époques le « Vrai Peuple » ou « Peuple de la Faërie ».

Issus d'une brillante civilisation venue d'un autre monde, les Tuatha Dé Danaan éduquèrent dans l'esprit druidique quelques-uns des humains les plus prometteurs qu'ils rencontrèrent. Pendant une longue période, hommes et faës partagèrent la terre en paix. Hélas, au fil du temps, des dissensions apparurent entre les deux races, et les Tuatha Dé Danaan décidèrent de se retirer.

Certaines légendes affirment qu'ils se taillèrent un royaume sous terre ou dans de lointaines montagnes enchantées. En fait, ils ne quittèrent jamais notre monde, mais s'établirent dans une autre dimension de l'espace et du temps, dont certains points du globe inaccessibles aux êtres humains constituent l'accès.

Après le départ des Tuatha Dé Danaan, les druides qu'ils avaient formés se divisèrent en factions adverses qui se livrèrent une guerre sans merci. Treize d'entre eux s'abandonnèrent corps et âme aux forces du mal et en vinrent presque, grâce aux pouvoirs fabuleux hérités de leurs maîtres, à détruire la Terre.

Les Tuatha Dé Danaan sortirent de leur retraite secrète et parvinrent à stopper les druides avant qu'ils n'aient réussi à endommager définitivement la planète. Ils les déchurent de leurs pouvoirs et les dispersèrent aux quatre coins du monde. Quant aux treize druides noirs, ils furent enfermés dans une forteresse inter-dimensionnelle, leurs âmes immortelles condamnées à la réclusion perpétuelle.

Les Tuatha Dé Danaan sélectionnèrent alors une noble lignée, les Keltar, qu'ils chargèrent de réparer, protéger et nourrir la Terre en faisant un usage raisonnable des arts sacrés. Avec ce clan, ils négocièrent Le Pacte, traité de cohabitation et de non-agression régissant les rapports entre les deux races.

Les Keltar firent aux faës de nombreux serments, le premier et le plus important étant qu'ils n'utiliseraient jamais le pouvoir des pierres levées, qui permet à l'initié de voyager dans le temps, à des fins égoïstes ou politiques. En échange, les Tuatha Dé Danaan promirent notamment qu'ils ne verseraient plus le sang des mortels.

Quelques milliers d'années plus tard, les McKeltar quittèrent l'Irlande et gagnèrent l'Écosse, où ils s'établirent dans les Highlands, sur les hauteurs de la ville connue à présent sous le nom d'Inverness. Ils avaient oublié en grande partie les origines de leur famille et leurs liens avec le Peuple de la Faërie, ils n'avaient eu aucun contact depuis le Pacte avec les Tuatha Dé Danaan, mais le clan restait fidèle à la promesse donnée des millénaires auparavant.

Jusqu'à une certaine époque, aucun McKeltar lié par le serment de n'agir que pour le bien de tous les hommes ne brisa ses vœux sacrés. S'il arriva que les portes du temps fussent franchies par l'un d'eux dans le cercle de pierres levées de Ban Drochaid, ce fut toujours pour protéger le monde de grands périls. Une légende antique constituait le meilleur des garde-fous. Selon elle, celui qui se risquerait à voyager dans le temps pour des motifs égoïstes se verrait aussitôt envahi par les âmes des treize druides noirs avides de quitter leur geôle.

Nul ne prit jamais ce risque jusqu'à ce que, par une nuit fatale, dans un moment d'égarement dû au désespoir, Dageus McKeltar viole le Pacte passé des millénaires auparavant avec les Tuatha Dé Danaan. Conformément à la légende, les treize druides noirs, qui n'avaient rien goûté, touché, ni senti, qui n'avaient pas fait l'amour, ni dansé, ni exercé leurs pouvoirs depuis quatre mille ans, s'emparèrent aussitôt de son âme dans l'entre-deux des dimensions.

Exilé loin des siens et de son époque, on retrouve de nos jours Dageus McKeltar en homme doté d'une âme vouée au bien et de treize autres maléfiques... Il lui est encore possible de n'obéir qu'à la première, mais l'étau se resserre, et le temps lui est compté. Devenu le plus terrifiant et le plus puissant des druides que la Terre ait jamais connus, il réside dans un appartement luxueux à l'est de Manhattan.

C'est là que notre histoire débute.

Première partie

Le temps est pour vous un capital.
C'est le seul capital indispensable
dont vous disposez,
et vous seul êtes maître de le dépenser.
Prenez-en soin, de peur
que d'autres ne le dépensent
pour vous.

Carl Sandburg

1

De nos jours

Katherine O'Malley, en habituée des prétoires et des dossiers criminels, avait pour règle d'or d'appeler un chat un chat. Selon elle, Dageus McKeltar avait beau marcher, parler, se conduire comme un être humain, dans un lit, il était pure animalité. À présent qu'elle avait couché avec lui, elle savait qu'aucun autre homme ne trouverait grâce à ses yeux.

Ce n'était pas la formidable prestance de son nouvel amant qui lui faisait cet effet. Certes, son corps sculpté, sa peau dorée tendue comme du velours sur de l'acier, ses cheveux longs semblables à un fleuve de soie noire auraient séduit n'importe quelle femme. Ce n'était pas non plus ce sourire arrogant qui promettait le paradis et tenait ses promesses – à deux cents pour cent, satisfaction garantie... Ses si étranges yeux dorés, encadrés de longs cils et surmontés de sourcils en accents circonflexes, ne suffisaient pas plus à justifier la fascination qu'il exerçait sur elle. De fait, il n'y avait que sa redoutable efficacité au lit pour l'expliquer...

En dix-sept années d'expériences sexuelles, Katherine pensait avoir tout connu. Dorénavant, elle savait qu'il n'en était rien. Il suffisait que

Dageus McKeltar la touche pour qu'elle ait l'impression de partir en morceaux. D'un naturel distant et réservé, il semblait contrôler en permanence le moindre de ses mouvements. Mais en même temps que de ses vêtements, il se débarrassait de toute trace de cette discipline de fer qu'il s'imposait et devenait ce barbare superbe et indompté qui pouvait faire d'elle ce qu'il voulait. Avec l'intensité et la frénésie d'un condamné à mort – aucun recours possible, exécution à l'aube –, il lui faisait l'amour comme aucun homme ne l'avait jamais fait.

Lorsqu'elle pensait à lui, elle sentait naître une sensation de manque au creux de son ventre, les battements de son cœur s'accéléraient, sa respiration se précipitait. Et à présent qu'elle était sur le point de le rejoindre derrière la porte laquée de son appartement de prestige, au dernier étage d'un immeuble de Manhattan qui dominait Central Park, elle avait les nerfs à vif et la tête légère.

Le train de vie fastueux de sa nouvelle conquête l'étonnait, mais elle n'avait pas la moindre idée de ce qu'il pouvait faire dans la vie. D'ailleurs, pour être honnête avec elle-même, elle n'était pas certaine d'avoir envie de le savoir.

La main posée sur la poignée, Katherine patienta une minute, le temps de se reprendre. La porte du luxueux appartement, dont la décoration allait comme un gant à son occupant – du blanc, du noir, du chrome, des surfaces vitrées –, n'était jamais fermée à clé. C'était à croire que Dageus McKeltar, quarante-trois étages au-dessus du commun des mortels, estimait ne rien avoir à craindre des dangers d'une ville comme New York. Et d'une certaine manière, songea-t-elle avec un sourire, il n'avait pas tort. La Grosse Pomme[1] avait beau paraître impressionnante et redoutable, elle ne le serait jamais autant que celui qu'elle s'apprêtait à retrouver.

Après avoir pris une profonde inspiration, elle abaissa résolument la poignée et pénétra dans l'appartement, imprégné en permanence d'un parfum de rose et de santal. De la musique classique jouait en sourdine dans toutes les pièces – le *Requiem* de Mozart –, mais Katherine savait que les haut-parleurs cracheraient tout à l'heure du Nine Inch Nails quand son amant, en la plaquant de tout son corps contre le mur de verre du salon, se ruerait en elle jusqu'à la faire crier de plaisir.

Katherine laissa glisser son long manteau en cuir souple sur le tapis, révélant sa silhouette sanglée dans un ensemble pantalon noir au décolleté garni de dentelle. Elle capta son reflet dans une vitre obscurcie, se sourit et admira son profil, avantagé par un wonderbra qui mettait merveilleusement en valeur sa poitrine. À trente-trois ans, Katherine O'Malley pouvait se flatter d'avoir fière allure. L'exercice lui réussissait. Et depuis qu'elle avait fait la connaissance de Dageus, elle avait eu plus que sa part d'exercice physique – dans son lit ou sur le tapis, sur le canapé en cuir du salon ou dans son jacuzzi en marbre...

Une irrépressible bouffée de désir déferla en elle. Pour calmer les battements précipités de son cœur, Katherine se força à respirer profondément. Une fois ou deux, elle avait entretenu le fantasme déli-

1. Surnom donné par ses habitants à la ville de New York (*N.d.T.*).

rant que son amant n'était peut-être pas humain. Il lui plaisait de l'imaginer en dieu mythologique du sexe – Pan ou Priape, peut-être – ou en *Sidhe*[1], créature surnaturelle capable de porter la jouissance de ses partenaires à un niveau à peine soutenable.

— Te voilà ?

Depuis le deuxième niveau du duplex de quinze pièces qu'il occupait seul, la voix de Dageus lui parvint et la fit frissonner. C'était une voix puissante et riche, dont le rocailleux accent écossais évoquait pour elle la bruyère et les feux de tourbe, les vieilles pierres et le pur malt hors d'âge.

Katherine leva les yeux et le regarda descendre avec une nonchalance inimitable les marches de l'escalier à vis. Elle savait qu'il n'y avait rien, sous le pantalon en lin noir qu'il portait, que le corps d'homme le plus parfait qu'elle eût jamais vu. Son regard avide glissa sur ses larges épaules nues, caressa ses pectoraux puissants, s'attarda sur ses abdominaux sculptés puis s'égara le long de la fine ligne de poils noirs qui disparaissait sous la ceinture.

Arrivé au bas des marches, il tendit vers elle sa main aux longs doigts forts. Puis, en prenant tout son temps, il la détailla de la tête aux pieds. Sous son regard, elle eut l'impression d'être déjà nue.

— Ta beauté me coupe le souffle, Katie-*lass*... Dis-moi ce qui te ferait plaisir. Ce soir, tes désirs sont des ordres pour moi.

Dans sa bouche, ces mots avaient tout du feulement d'un fauve. Elle le rejoignit d'un pas d'auto-

---

1. Les termes écossais en italique renvoient au glossaire en fin de volume (*N.d.T.*).

mate, les yeux rivés aux siens, son pouls battant dans sa gorge comme un tambour. Il la prit dans ses bras, et elle se laissa envelopper par sa force, sa chaleur et son odeur virile.

— Comme si j'avais besoin de te le dire... répondit-elle d'une voix sourde. Tu devines avant moi le moindre de mes désirs.

Elle le vit sourire de sa remarque, mais d'un sourire qui s'arrêta à ses lèvres. Elle était pratiquement sûre de n'avoir jamais vu ses yeux pétiller d'amusement. Il n'y avait pas que leur couleur dorée qui faisait penser à ceux d'un tigre. On y lisait également une détermination, une faim dévorante, une absence de sentiment qui ne pouvaient être que le fait d'un prédateur. Un seul de ses regards avait le pouvoir de faire bouillir son sang dans ses veines, mais aussi de la glacer jusqu'à l'âme. Il lui arrivait de se demander si elle n'était pas folle de se livrer ainsi à lui. Puis il la rendait folle de plaisir, et elle oubliait toutes ses craintes irraisonnées.

Ce soir, c'était ce qu'elle attendait de lui : une jouissance telle qu'elle effacerait tout le reste. Femme de pouvoir, Katherine O'Malley n'aimait rien tant que s'abandonner totalement à un homme dominateur. Si cette nuit lui appartenait vraiment, comme il le lui avait promis, elle la finirait à genoux sur le canapé en cuir du salon. Agrippé à ses cheveux, il la pénétrerait par-derrière en lui mordillant la nuque, comme le félin qu'il était. La tigresse qu'elle se sentait devenir entre ses bras en frémissait déjà de plaisir.

Sans la quitter des yeux, il la prit dans ses bras et l'allongea sur le tapis en laine. Un instant plus tard, ses mains fiévreuses parcouraient son corps, tandis que ses lèvres s'emparaient des siennes. Oui, songea-t-elle en s'abandonnant à lui sans remords, il y avait chez cet homme quelque chose de dangereux. Mais n'était-ce pas précisément cela qui rendait ses étreintes tellement affolantes ?

Ce fut la dernière pensée cohérente que Katherine O'Malley put formuler avant très, très longtemps.

Dageus McKeltar pressa ses paumes contre le mur de verre du salon et contempla la nuit. Il n'y avait que ce fragile rempart pour protéger son corps d'un plongeon de quarante-trois étages. Le bruit de la pluie contre le panneau vitré parvenait presque à couvrir le ronronnement discret de la télévision, dont l'écran géant se reflétait sur le verre.

David Boreanaz, dans le rôle d'Angel, le vampire doté d'une âme, arpentait les rues d'un air sinistre. Après s'être assuré qu'il s'agissait d'une rediffusion, Dageus en revint à sa contemplation morose. Contrairement au vampire, qui parvenait toujours en fin d'épisode à trouver une solution – au moins momentanée – à ses problèmes, il commençait à craindre que pour lui, il n'y en ait jamais. Son problème était en effet plus complexe que celui d'Angel : ce n'était pas une âme qui le tourmentait, mais treize en plus de la sienne.

Préférant étudier la vue qui s'offrait à lui plutôt que de rabâcher ses malheurs, Dageus regarda Manhattan à ses pieds. Trente-cinq kilomètres carrés pour près de deux millions d'habitants... Encore n'était-ce là qu'une petite partie d'une métropole qui comptait sept millions d'âmes !

Pour un Highlander du XVIe siècle, New York était une cité fabuleuse. La première fois qu'il y avait débarqué, il avait passé des heures à tourner autour de l'Empire State Building, le nez en l'air, le cerveau encombré de chiffres. Avec ses cent deux étages, ses dix millions de briques, ses onze millions de mètres cubes de volume, ses trois cent quatre-vingt-un mètres de hauteur, l'immeuble était frappé par la foudre en moyenne cinq cents fois chaque année ! Par sa démesure, avait-il conclu, une telle ville était faite pour l'accueillir. New York avait séduit la part de ténèbres en lui. C'était dans son cœur battant et électrique qu'il avait choisi d'établir sa tanière.

En homme exclu de son clan, étranger par nature, nomade dans l'âme, il avait laissé derrière lui les habitudes et les modes de pensée de son temps aussi facilement qu'on se débarrasse d'un plaid usé. Toute son intelligence de druide, il l'avait employée à assimiler les us et coutumes du XXIe siècle. Il lui restait beaucoup de choses à apprendre – nombre d'expressions d'usage courant lui demeuraient obscures, et il lui fallait faire un effort pour ne plus penser en gaélique, en latin ou en grec –, mais il s'était adapté remarquablement vite à son époque d'adoption.

Cela ne l'empêchait pas d'être ébahi par les prodiges technologiques qui l'entouraient. Monter dans un avion avait été pour lui une expérience fascinante. Il restait également impressionné par les foules grouillantes qui se pressaient dans les rues encombrées de voitures. Sans doute ne s'y habituerait-il jamais tout à fait. Il demeurerait au fond de lui une part du Highlander du XVIe siècle qu'il avait été, celui qui regretterait toujours les vastes cieux étoilés de son pays natal, les étendues infinies de collines qui se déroulaient jusqu'à l'horizon, les bras accueillants des joyeuses et accortes Écossaises.

Il s'était exilé aux États-Unis dans l'espoir qu'en mettant de la distance entre lui et les lieux chargés de pouvoir de son Écosse bien-aimée, il amoindrirait l'emprise des druides noirs sur lui. Le subterfuge avait fonctionné, même s'il n'avait servi qu'à ralentir sa descente vers l'enfer, pas à la stopper. Jour après jour, il se sentait changer, devenir plus froid, plus isolé du monde, insensible aux simples émotions. Il se rapprochait peu à peu de l'état de demi-dieu qu'il était appelé à devenir, au détriment de l'être humain qu'il n'était déjà plus tout à fait.

Il n'y avait que lorsqu'il se livrait aux jeux de l'amour qu'il se sentait véritablement revivre. Faire l'amour à une femme avait le pouvoir de stopper les forces des ténèbres en lui restaurant son humanité. Par conséquent, lui qui avait toujours été doté d'un gros appétit en ce domaine était à présent insatiable. Mais même cela ne suffisait pas à enrayer sa métamorphose. Ceux qui avaient pris possession de lui assiégeaient son âme avec la même opiniâtreté et le même aveuglement que l'océan qui érode jour après jour une falaise. Ainsi se manifestait leur terrible pouvoir. Les véritables démons ne se lancent pas agressivement à l'assaut. Ils se tiennent tapis dans l'ombre, à l'affût de la moindre faiblesse, ils corrompent et séduisent leur proie insidieusement plus qu'ils ne la conquièrent de force.

Chaque jour passé lui en apportait la preuve. Il s'en apercevait aux choses qu'il faisait sans même s'en rendre compte – allumer un feu dans la cheminée d'un claquement de doigts, par exemple, ou ouvrir une porte en murmurant trois mots magiques. De petites choses, sans doute, mais loin d'être insignifiantes. Chacune d'elles le rendait plus sombre et moins humain, le dépossédait un peu plus de lui-même.

Dorénavant, sa vie se résumait à trois préoccupations : éviter d'utiliser ses pouvoirs, faire l'amour aussi souvent que possible et continuer à rassembler les livres anciens dans lesquels il espérait trouver la réponse à la question qui le taraudait. Était-il possible, d'une manière ou d'une autre, d'échapper à la malédiction qui s'était abattue sur lui ?

D'un geste impatient, Dageus repoussa ses cheveux dénoués derrière ses épaules et poussa un long soupir. Les yeux plissés, il laissa son regard errer sur la cime des arbres et les lumières éparses de Central Park. Il n'osait imaginer ce qui se passerait s'il ne trouvait pas de réponse à cette question, ou si celle-là se révélait négative. Alors, il n'aurait plus qu'à attendre que son frère se fatigue de le supplier de rentrer en Écosse.

Dès que Gwen aurait accouché et qu'il ne craindrait plus de la laisser seule, Drustan ne se laisserait plus abuser par les mensonges lénifiants que son jumeau lui servait lors de leurs rares conversations téléphoniques. Il finirait par se faire une raison et par reconnaître que son frère était devenu aussi noir que la nuit. Il n'aurait d'autre choix que de traverser l'océan pour le rejoindre.

Dageus redoutait ce moment plus que tout. Car il savait que s'il ne faisait rien pour empêcher ce jour d'arriver, l'un d'eux n'y survivrait pas.

2

Quelques semaines plus tard, en Angleterre

Dans le cercle de mégalithes dressés vers le ciel, que les couleurs de l'aube rendaient plus mystérieux et magiques encore, deux hommes chuchotaient, comme si l'isolement dans lequel ils se trouvaient ne suffisait pas à garantir le secret de leur conversation.

— Avez-vous réussi à établir le contact ? demanda le plus âgé des deux.

— Désolé, Simon, répondit son interlocuteur. Je n'ai pas osé. La transformation n'est pas encore achevée.

— Mais cela fait des mois que le Draghar s'est emparé de lui !

— N'oubliez pas qu'il s'agit d'un Keltar. Même s'il ne peut gagner, il s'obstine à résister. C'est en usant de ses pouvoirs qu'il se laissera corrompre, or il semble refuser de les utiliser.

Un long silence s'ensuivit avant que Simon reprenne :

— Depuis des milliers d'années, nous attendons que se réalise la prophétie du retour des Anciens. J'en ai plus qu'assez de patienter ! Poussez-le à la faute, Giles ! Ne lui laissez pas d'autre choix que de se servir de ses pouvoirs. Mais, surtout, faites-le de manière subtile. Le moment venu, je lui apprendrai moi-même notre existence. Et si quelque chose devait mal tourner... vous savez ce que vous avez à faire.

Après avoir hoché la tête avec un sourire entendu, Giles s'éclipsa rapidement. Simon Barton-Drew, qui venait de lui donner ses ordres, s'adossa un instant à la pierre moussue. Tout en caressant rêveusement le tatouage de serpent ailé qui dépassait de son encolure, il laissa son regard errer sur les antiques mégalithes.

De haute et mince stature, le grand maître de la secte druidique du Draghar avait des cheveux poivre et sel qui encadraient une face de renard où brillaient des yeux gris et perçants. Il était heureux d'être celui qui accueillerait les Anciens au terme de leur interminable exil. Cela faisait trente-deux ans qu'il attendait cet instant, depuis le jour, qui avait coïncidé avec la naissance de son premier fils, où il avait été admis dans le sanctuaire secret de la secte.

Dans les coulisses du monde ignorées des hommes, il y avait ceux qui, tels les Keltar, servaient les Tuatha Dé Danaan et ceux qui, comme, lui adoraient leurs ennemis. La secte druidique du Draghar avait entretenu la flamme et l'avait transmise de génération en génération. Selon la prophétie, les Anciens reviendraient un jour sur terre, incarnés en un homme qui leur rendrait les pouvoirs confisqués à l'aube des temps par les Tuatha Dé Danaan et mènerait les adorateurs du Draghar à la gloire.

Un sourire mauvais apparut sur les lèvres de Simon. Savoir qu'un Keltar serait cet homme rendait la chose plus délectable encore... Alors que les Keltar avaient fait vœu de protéger les secrets des faës, l'un d'eux serait l'instrument de leur perte. Les druides reprendraient ainsi la juste place qui leur revenait. Cessant d'être ces vieux fous en robes blanches que le commun des mortels voyait en eux, ils redeviendraient ce qu'ils auraient toujours dû être : les guides tout-puissants de l'humanité.

— Quoi ? s'exclama Chloé Zanders en rassemblant d'une main ses longs cheveux bouclés pour les repousser dans son dos. Vous me demandez d'aller livrer le troisième *Livre de Manannán* à un inconnu de l'East Side qui mangera sûrement du pop-corn en le feuilletant distraitement ?

Les poings sur les hanches, le menton fièrement levé, elle lança un regard de défi à son patron, l'un des conservateurs adjoints délégués aux collections médiévales présentées au musée The Cloisters et au Met'[1].

— Vous a-t-il dit au moins ce qu'il comptait en faire ? reprit-elle. Les passages qui ne sont pas rédigés en latin le sont en vieux gaélique...

Sans quitter des yeux le document qu'il était en train de consulter, Tom haussa négligemment les épaules.

— Je ne le lui ai pas demandé.

— De mieux en mieux !

Chloé secoua la tête avec incrédulité. Le vieux livre dont ses doigts effleuraient délicatement la

1. The Cloisters, musée new-yorkais abritant les collections d'art médiéval européen du Met' (Metropolitan Museum of Art), tire son nom des cinq cloîtres médiévaux français qui y ont été reconstruits (*N.d.T.*).

couverture avait beau ne pas être enluminé et n'être qu'une copie partielle vieille de cinq cents ans – soit un millénaire de moins que le texte original conservé au musée national d'Irlande –, il n'en méritait pas moins respect et attention.

En butte au silence obstiné de son supérieur, elle demanda sèchement :

— À combien s'élève la donation de ce fin lettré ? Je suppose qu'elle doit être conséquente, pour que vous vous montriez si compréhensif à son égard.

Sans s'offusquer, Tom leva enfin les yeux vers elle et lui adressa un sourire béat.

— Il nous lègue un *skean dhu* du XVe siècle orné de pierreries et une inestimable dague damasquinée datant des croisades.

Chloé en resta un instant bouche bée.

— Sans blague ! s'exclama-t-elle, l'irritation cédant le pas en elle à l'excitation.

Elle adorait les antiquités, mais elle avait une tendresse toute particulière pour celles qui témoignaient de l'histoire écossaise, car elles lui rappelaient le grand-père qui l'avait élevée. Lorsque les parents de sa petite-fille étaient morts dans un accident de voiture, Evan MacGregor avait recueilli l'enfant sans hésiter et lui avait offert un nouveau foyer dans le Kansas.

Fier de ses racines, doté d'un tempérament passionné typiquement écossais, il lui avait communiqué son amour pour le monde celtique, son histoire, ses arts, ses coutumes. À sa mort, cinq ans plus tôt, Chloé avait vécu le deuxième grand drame de son existence. Parfois, lorsqu'il lui arrivait de travailler tard dans le musée désert, elle se surprenait à lui parler tout haut, comme s'il était encore là pour l'entendre. Son grand-père aurait sans doute détesté autant qu'elle la vie citadine qu'elle était obligée de mener, mais elle était certaine qu'il aurait approuvé son orientation professionnelle et la passion qu'elle mettait à préserver les témoignages du passé.

Le rire de Tom la tira de ses pensées. Comprenant qu'il riait de sa capacité de glisser en un clin d'œil de la colère à l'émerveillement, elle fronça les sourcils et le fusilla du regard.

— Je vous préviens, dit-elle gravement, si votre généreux inconnu s'avise de laisser une seule trace sur une des pages du *Livre de Manannán*, je le tue !

Son supérieur hocha la tête et se mit à rire de plus belle, avant d'ajouter :

— Voilà précisément la raison pour laquelle je vous ai embauchée, Chloé : vous aimez ces vieilleries autant que moi. Et je sais que même si vous désapprouvez mes méthodes, vous vous ferez une raison en songeant que nos collections viennent de s'enrichir de deux pièces de premier choix. Alors, s'il vous plaît, cessez de discuter et allez porter ce livre à cet homme. C'est un collectionneur averti qui saura prendre soin de l'ouvrage. De plus, il m'a promis que nous le récupérerions intact dans quelques jours.

Chloé haussa les épaules, résignée. Le problème, avec Tom, c'était qu'il la connaissait trop bien. Elle l'avait rencontré à l'université du Kansas, où elle avait suivi ses cours d'histoire médiévale. Un an auparavant, quand il avait obtenu ce poste de conservateur adjoint au Met', il avait réussi à la convaincre de le suivre. Bien qu'il fût difficile pour elle de quitter l'endroit où elle avait grandi et où la retenaient tant de souvenirs, elle avait accepté.

Pour une amoureuse des antiquités celtiques, intégrer l'équipe du musée The Cloisters était une chance à ne pas rater.

— Et que suis-je censée faire ? maugréa-t-elle pour la forme. Sortir dans la rue avec le volume sous le bras et prendre le métro ? Avec le Fantôme Celte qui rôde en ville ?

Une série de vols audacieux de livres anciens dans des collections privées avait récemment défrayé la chronique. Les journaux avaient donné ce sobriquet au voleur car celui-ci ne s'intéressait qu'aux livres celtiques et ne laissait aucune trace derrière lui, accomplissant ses forfaits avec une audace et une habileté surnaturelles.

— Demandez à Amélia d'empaqueter le livre, répondit Tom. Ma voiture vous attend en bas. Bill a le nom et l'adresse de l'homme à qui vous devez remettre l'ouvrage en mains propres. Et par pitié, évitez de le bombarder de recommandations et de menaces !

Chloé leva les yeux au plafond et se pencha pour prendre sur le bureau le précieux volume. Alors qu'elle se dirigeait vers la porte, Tom lança dans son dos d'une voix dégagée :

— Lorsque vous reviendrez, je vous montrerai nos nouveaux trésors.

Chloé referma la porte derrière elle en soupirant. Il lui tardait d'être de retour, d'emplir ses yeux de la beauté du *skean dhu* et de caresser sous ses doigts le métal froid de la dague. Son supérieur en avait parfaitement conscience, elle le savait, et avait agité cette carotte sous son nez pour qu'elle s'acquitte de sa mission sans renâcler. Il suffisait qu'on lui présente un objet ancien pour qu'elle soit conquise. Mais lorsque ledit objet était écossais, elle était perdue.

En sortant du hall de son immeuble, Dageus jeta un coup d'œil à l'horloge du fronton de la banque située sur le trottoir d'en face. 14 h 45. Le conservateur adjoint du musée The Cloisters lui avait pourtant promis que le troisième *Livre de Manannán* lui serait livré dans la matinée. N'ayant rien vu venir, Dageus avait fini par se résoudre à aller le chercher lui-même. La patience était un luxe qu'il ne pouvait se permettre.

Sans prendre garde aux regards des passants – envieux pour les hommes, conquis pour les femmes –, Dageus gagna le bord du trottoir et héla un taxi. Il avait fini par s'habituer aux manifestations de curiosité que suscitait la moindre de ses sorties en public. Pour l'heure, il avait en tête des problèmes plus urgents. Il ne cessait de ruminer les interrogations qu'avait éveillées en lui l'étude du *Livre de Leinster*.

Que n'aurait-il pas donné, à cet instant, pour avoir accès à la pléthorique bibliothèque de son père ! Mais remettre les pieds au château Keltar était un risque qu'il ne pourrait prendre qu'en ultime recours. Tant qu'il n'aurait pas épuisé les chances de découvrir ce qu'il cherchait aux États-Unis, il lui faudrait se résoudre à se procurer comme il le pouvait les livres qu'il avait besoin de consulter, au risque d'y trouver plus de questions que de réponses.

Dageus avait un besoin désespéré d'informations fiables sur les anciens protecteurs de sa famille, ces mystérieux Tuatha Dé Danaan dont le *Livre de Dun Cow* disait qu'ils étaient des dieux sans en être vraiment. Son raisonnement était simple : puisque les âmes des treize druides noirs avaient pu être enfermées, grâce aux faës, dans l'entre-deux des dimensions, il devait exister un moyen de les contraindre à y retourner. Sa seule chance de survie consistait donc à découvrir ce moyen.

Tandis qu'il se glissait dans le taxi qui avait immédiatement répondu à son geste de la main, son attention fut attirée par une jeune femme qui effectuait l'opération inverse de l'autre côté de la chaussée. Au premier regard, il devina qu'elle était différente des autres femmes qui passaient sur le trottoir.

L'inconnue semblait totalement dépourvue de ce vernis citadin d'élégance sophistiquée qui était le propre des New-Yorkaises, mais cela ne la rendait que plus belle. Ses longs cheveux bouclés agités par le vent, le visage pur et vierge de tout maquillage, elle avait à ses yeux tout d'une apparition d'un autre temps.

— Attendez ! lança-t-il à l'intention du chauffeur.

Tous ses sens aux aguets, Dageus dévora la jeune femme du regard. Les poings crispés sur ses genoux, il sentit un désir impérieux de la faire sienne s'emparer de lui. Elle devait avoir du sang écossais dans les veines. Cela se voyait à ses cheveux ondulés d'un blond cuivré qui encadraient un visage délicat à la mâchoire volontaire, à son teint pêche et crème, comme à ses grands yeux aiguemarine emplis d'innocence – des yeux qui n'avaient pas renoncé à s'émerveiller de la beauté du monde, nota-t-il avec un pincement au cœur. Mince et menue mais agréablement ronde aux endroits où cela compte pour un homme, la taille fine, les jambes délicieusement galbées, elle avait tout pour incarner le rêve secret d'un Highlander en exil.

Comme pour achever de l'induire en tentation, la jeune femme se pencha pour parler au chauffeur qui venait de la déposer. Sur ses jambes, l'ourlet de sa jupe courte remonta de quelques centimètres. La gorge sèche, le souffle court, Dageus sentit tout son corps se raidir. L'inconnue se pencha davantage pour saisir un paquet sur le siège passager, révélant un peu plus les courbes adorables de ses cuisses.

Avec un grognement sourd de bête blessée, Dageus se força à détourner le regard et changea de position pour soulager la pression que son pantalon exerçait sur son sexe douloureusement dressé. Il avait une bonne raison pour ne coucher qu'avec des femmes expérimentées : les jeunes beautés innocentes encore pleines d'illusions n'étaient pas pour lui. Seule une mondaine élégante et cynique qui ne recherchait que les joies du sexe, comme Katherine O'Malley, pouvait ne pas souffrir d'être abandonnée sans explication ni regret du jour au lendemain. Or, il lui semblait évident que l'inconnue qui lui avait fait si forte impression était du genre qu'un homme désire garder entre ses bras pour toujours. Un « toujours » qu'il ne pouvait plus garantir à personne, désormais.

— Vous pouvez y aller.

Pendant que le chauffeur de taxi manœuvrait, Dageus eut toutes les peines du monde à s'en tenir à sa résolution et à ne pas tourner les yeux vers la jeune femme qui s'apprêtait à traverser la rue.

Appuyée au comptoir de la réception, Chloé soupira et tapa du pied avec impatience. L'homme à qui elle devait remettre son paquet n'était pas là pour la recevoir. Cela faisait un quart d'heure qu'elle patientait, espérant le voir apparaître. Finalement, elle ressortit et alla dire à Bill de ne pas l'attendre. Dès qu'elle aurait rempli sa mission, elle prendrait un taxi pour rentrer, aux frais du musée.

De retour dans le hall, elle dédaigna le comptoir de l'accueil, prit une profonde inspiration, lissa sa jupe et son pull et marcha d'un pas décidé vers le guichet des agents de sécurité. Si elle ne voulait pas gâcher sa journée, il lui fallait faire preuve d'initiative. Deux grands costauds en uniforme noir plaisantaient en riant dans un local vitré. En les apercevant, Chloé sentit faiblir sa détermination.

En débarquant à New York, elle avait immédiatement compris que la fille de la campagne qu'elle était ne serait jamais à la hauteur des citadines élégantes qu'elle côtoyait. Pourtant, refusant de s'avouer vaincue, elle appliqua un sourire qu'elle espérait éblouissant sur ses lèvres et fit de son mieux pour rendre sa démarche plus féminine.

— J'ai une livraison pour M. McKeltar, annonça-t-elle aux vigiles qui l'avaient regardée approcher avec un sourire égrillard. Puis-je la déposer chez lui ?

Pour rien au monde elle n'aurait laissé le paquet qu'elle serrait fermement sous son bras à ces deux brutes, encore moins à l'adolescent timide et boutonneux qui faisait office de portier. L'un des hommes, un blond rougeaud au ventre proéminent sans doute entretenu à la bière, la toisa des pieds à la tête avant de répondre d'un air entendu :

— Pas de problème, ma p'tite dame. On a l'habitude avec M. McKeltar. Il reçoit des tas de livraisons... Allez l'attendre dans son antichambre, elle est ouverte. Mais si vous voulez mon avis, vous n'êtes pas son type.

À ces mots, son collègue gloussa. Chloé, trop interdite pour réagir, se sentit rougir jusqu'à la racine des cheveux. D'un pas précipité, elle gagna l'ascenseur. Elle dut attendre d'avoir atteint le dernier étage pour sentir l'embarras laisser la place en elle à la colère. Elle n'était pas innocente au point de ne pas avoir saisi le sous-entendu graveleux du vigile. Et si l'homme à qui elle était venue remettre le troisième *Livre de Manannán* était un tel don Juan, elle pourrait s'estimer heureuse de ne retrouver entre les pages de l'ouvrage que des taches de pop-corn...

Elle pénétra dans l'antichambre luxueusement meublée, fermement décidée à y déposer son paquet sur une table basse. Puis la recommandation de Tom lui revint en mémoire : elle devait remettre le livre à son destinataire en mains propres. Puisque les vigiles l'avaient laissée monter en raison des habitudes du maître de maison, rien ne garantissait qu'après son départ, ils ne feraient pas de même avec quelque bimbo écervelée. Ce qui pourrait arriver alors au précieux ouvrage, elle préférait ne pas y penser. Apparemment, conclut-elle, elle allait devoir se résoudre à attendre. À moins que...

Sans se laisser le temps de réfléchir, Chloé abaissa la poignée de la porte laquée de l'appartement et eut la surprise de la voir aussitôt pivoter sur ses gonds.

— Ohé ! cria-t-elle en s'aventurant à l'intérieur. Il y a quelqu'un ?

Peut-être la présence d'une des conquêtes de McKeltar dans l'appartement expliquait-elle le fait que la porte ne soit pas fermée à clé. Mais après avoir renouvelé son appel sans obtenir plus de réponse, Chloé dut se rendre à l'évidence : elle était seule.

Elle s'apprêtait à laisser le paquet sur un guéridon et à rebrousser chemin quand elle aperçut, depuis le seuil du salon, une magnifique *claymore* écossaise accrochée au-dessus de la cheminée. Un papillon attiré par une lumière ne se serait pas précipité avec plus d'aveuglement qu'elle pour admirer l'objet.

Pour se donner bonne conscience, elle se convainquit qu'il serait plus prudent de déposer dans cette pièce le *Livre de Manannán*. Et elle ne faisait de mal à personne si elle jetait au passage un coup d'œil à cette splendide *claymore* – juste un instant, avant de partir.

Un quart d'heure plus tard, elle était toujours là. Sans pouvoir s'en empêcher, elle s'était lancée dans une exploration méthodique des lieux, le cœur battant d'appréhension et d'excitation mêlées.

— Comment ose-t-il ne pas verrouiller sa porte à double tour ? marmonna-t-elle.

L'espace d'un instant, ses doigts se refermèrent sur la poignée d'une lourde épée à double tranchant négligemment posée dans un coin, prête à se livrer à qui voulait la prendre... Bien qu'elle fût depuis toujours d'une scrupuleuse honnêteté, Chloé se vit la glisser sous son bras dans un accès de folie et l'emporter sans remords. Il était vrai que cet appartement truffé d'antiquités celtiques hors de prix avait tout pour lui faire tourner la tête. Si son instinct ne la trompait pas – et il la trompait rarement –, les pièces qu'elle examinait dataient toutes des XVe et XVIe siècles. Sur un bureau, près d'une poignée de pièces de monnaie anciennes, reposaient tous les éléments d'une *regalia* écossaise : *sporran*, insigne et broches, en parfait état de conservation.

Fascinée, Chloé passait d'un trésor à un autre, en ponctuant ses découvertes de murmures ébahis et d'exclamations de surprise. Plus elle progressait dans ses investigations, plus s'atténuaient en elle les préjugés qu'elle avait sur l'occupant des lieux. Sa curiosité à son égard, en revanche, ne faisait que croître... à tel point qu'elle se retrouva bientôt sans l'avoir voulu dans sa chambre, à contempler avec stupeur un gigantesque lit recouvert de draperies de soie et de velours. Dans un coin de la pièce, devant le mur de verre qui offrait une vue plongeante sur la cime des arbres de Central Park, se trouvait un jacuzzi en marbre entouré de douzaines de bougies. Avec un certain trouble, elle remarqua deux flûtes à champagne renversées sur le tapis berbère.

Son cœur se mit à battre très fort. L'énormité de l'indiscrétion qu'elle était en train de commettre lui apparaissait soudain clairement. Elle fouillait l'appartement d'un homme bien plus riche qu'elle ne le serait jamais. Non contente d'avoir écumé sa collection d'antiquités celtiques, elle se trouvait à présent dans sa chambre, son repaire, l'endroit où il emmenait les femmes qu'il séduisait. Et à en juger d'après ce qu'elle découvrait, Dageus McKeltar n'était pas novice dans l'art de la séduction... Alors, qu'attendait-elle pour prendre ses jambes à son cou ?

Pourtant, en dépit des sonnettes d'alarme qui retentissaient sous son crâne, elle resta dans la pièce. Comme dans un état second, elle s'approcha des portes en palissandre d'une penderie. Dès qu'elle les eut ouvertes, une odeur ensorcelante, aussi virile qu'épicée, assaillit ses narines. Puis, tandis qu'elle passait rêveusement les doigts sur les vêtements de luxe pendus aux cintres et qu'elle observait les chaussures italiennes alignées sur leurs étagères, elle ne put s'empêcher d'imaginer l'homme qui les portait. Dans son esprit enfiévré, cette image ne tarda pas à se confondre avec celle de l'homme de ses rêves, qu'elle désespérait de rencontrer.

Il serait séduisant, intelligent, grand, bien sûr (pour que les enfants qu'elle porterait un jour le soient aussi), et il parlerait plusieurs langues mortes (pour qu'il puisse lui murmurer à l'oreille des mots d'amour en gaélique). Malgré tout, il resterait un peu brute sur les bords. En dépit de son physique de rêve et de sa formidable prestance, il serait légèrement introverti et capable de gentillesse. Enfin, il faudrait qu'il soit attiré par les femmes pas très grandes, aux formes épanouies, plongées dans les livres au point d'en oublier de se coiffer et de se maquiller. Une femme comme elle, en somme...

Avec un haussement d'épaules agacé, Chloé rejeta ces idées chimériques et referma la penderie. Le vigile, dans le hall, ne lui avait-il pas clairement indiqué qu'elle ne correspondait pas au style de femme qui fréquentait habituellement ces lieux ? Tant qu'il en était encore temps, lui souffla la voix de la raison, il fallait partir. Mais pas avant d'avoir observé de plus près les admirables sculptures du bois de lit, corrigea aussitôt la voix de la tentation.

Un instant plus tard, elle était à genoux sur la moquette et suivait du bout des doigts les entrelacements de roues celtiques sur une traverse en chêne. Sans doute ne serait-il rien arrivé si elle s'en était tenue là et n'avait pas remarqué le livre posé par terre qui dépassait de sous le lit. Mais Chloé Zanders n'était pas du genre à passer à côté d'un livre sans le voir, surtout quand il s'agissait d'un ouvrage ancien.

Trois minutes plus tard, la jupe tire-bouchonnée autour des jambes, le souffle court et les joues empourprées, elle feuilletait trois livres médiévaux qu'elle avait dénichés dans la table de chevet et sous le lit. Aucun doute n'était possible : tous trois faisaient partie des ouvrages qui avaient été dérobés dernièrement dans des collections privées. Elle ne devait donc plus s'étonner de trouver rassemblées en un seul lieu autant de pièces inestimables, puisqu'elle était dans le repaire du Fantôme Celte, qui n'avait qu'à les voler pour se les procurer !

Avec un grondement de colère, elle se mit à plat ventre pour se glisser sous le sommier et en avoir le cœur net. La première chose qu'elle ramena à elle fut une petite culotte en soie noire bordée de dentelle, suivie d'un emballage de préservatif, puis d'un autre, et d'un autre encore. Au quatrième emballage – sur lequel s'étalait de manière suggestive la mention « XXL » –, elle renonça avec un soupir à ses recherches. Elle n'avait pas besoin de preuves supplémentaires pour comprendre que le

Fantôme Celte n'était pas seulement un voleur, mais aussi un fieffé coureur de jupons.

Elle s'efforçait de sortir de sa position inconfortable en se tortillant maladroitement quand une voix masculine à l'accent écossais prononcé retentit derrière elle.

— Je n'ai jamais essayé sous le lit. Mais si c'est ce que vous préférez, et si ce que je ne vois pas est aussi désirable que ce que je vois, je n'ai rien contre le fait de tenter l'expérience.

Trop tétanisée pour crier, Chloé sentit une main ferme se refermer sur sa cheville.

3

Tirée sans ménagement en arrière, Chloé s'agrippa des deux mains à sa jupe pour l'empêcher de remonter sur ses cuisses. Sa situation était déjà suffisamment critique sans que, en plus, elle se retrouve fesses nues. En effet, par un hasard comique, elle avait décidé en s'habillant ce matin-là de n'enfiler que des collants, car sa jupe trop serrée laissait voir la marque de sa culotte. Elle qui ne se risquait jamais à ce genre de fantaisie, pourquoi avait-il fallu qu'elle le fasse précisément ce jour-là ?

Dès qu'il l'eut tirée hors du lit, l'homme relâcha sa cheville. Chloé resta étendue sur le ventre, ne sachant que faire, tentant désespérément de reprendre ses esprits. Il se tenait debout derrière elle, elle pouvait sentir sa présence. Le fait de ne pouvoir deviner ce qu'il allait lui faire rendait cette attente insupportable. Un silence total, troublé seulement par de petits bruits mats, régnait dans la pièce. N'y tenant plus, elle prit une profonde inspiration et se risqua à tourner lentement la tête dans sa direction.

Ce qu'elle découvrit alors fit refluer tout le sang de son visage. Deux évidences venaient de la frapper de plein fouet : non seulement Dageus McKeltar était l'homme le plus incroyablement séduisant qu'elle eût jamais rencontré, mais en plus, il se permettait de fouiller dans son sac ! Avant qu'elle ait pu émettre la moindre protestation, il sortit son portable, qu'il jeta prestement sur le sol et écrasa d'un grand coup de talon.

— Hé ! parvint-elle enfin à protester. Qu'est-ce qui vous prend ? Vous n'avez pas le droit de...

— Laissez-moi faire connaissance, coupa-t-il sans s'émouvoir.

Il jeta un coup d'œil à son permis de conduire, puis le lança dans sa direction. Trop ébahie pour le rattraper au vol, elle ne fit pas un geste pour s'en saisir, et la carte plastifiée atterrit sous son nez.

— Enchantée, mademoiselle Chloé Zanders, reprit-il avec une courbette ironique à son intention. Vous êtes envoyée par le musée The Cloisters, si je ne me trompe. Votre patron vient de m'informer que vous m'attendiez chez moi, mais j'étais loin de me douter que c'était dans mon lit.

Chloé se remit debout aussi dignement qu'elle le put. Tout en lissant ses vêtements, elle rectifia pitoyablement :

— Sous votre lit. Je n'étais pas « dans » mais « sous » votre lit.

Elle se tourna vers lui à temps pour voir se dessiner sur ses lèvres un sourire ironique qui ne gagna pas ses yeux. Super ! songea-t-elle, incapable de détourner le regard. Sa vie ne tenait probablement qu'à un fil, et tout ce qu'elle trouvait à faire, c'était de tomber en pâmoison devant un beau mâle. Car mâle, cet homme l'était sans conteste ; et beau, c'était peu de le dire... Incroyablement, terriblement, dangereusement beau.

Dageus McKeltar, écossais jusqu'au bout des ongles, semblait avoir été façonné tout exprès par le Créateur pour répondre aux désirs les plus secrets et aux fantasmes les plus intimes de Chloé Zanders. Chaussé de bottes noires, habillé d'un pull en grosse laine ivoire et d'un pantalon noir, il portait un manteau en cuir mi-long couleur crème. Ses cheveux lisses, d'un noir de jais, cascadaient par-dessus ses épaules jusqu'à ses reins. Leur longueur, inhabituelle pour un homme, apportait une touche de douceur à un visage sauvagement masculin – une bouche pleine et sensuelle dont la lèvre inférieure était légèrement plus marquée, un nez droit d'aristocrate, l'ombre d'une barbe parfaitement implantée qui recouvrait une mâchoire idéalement dessinée. Au jugé, il devait mesurer au moins un mètre quatre-vingt-quinze. Il avait la puissance d'un guerrier, la grâce d'un animal. Ses yeux dorés, semblables à ceux d'un fauve, la toisaient comme si elle était un quartier de viande destiné à figurer au menu de son prochain repas.

— Il me semble, mademoiselle Chloé Zanders, que nous avons un léger problème.

Comme si la menace contenue dans le ton de sa voix n'était pas assez explicite, Dageus McKeltar marcha vers elle sans se presser. Il n'en fallut pas plus à Chloé pour se ressaisir. Un flot de paroles se mit à couler de ses lèvres. L'effet de l'adrénaline, sans doute.

— Je ne vois pas de quoi vous voulez parler, mentit-elle avec aplomb. J'ai simplement pensé qu'il serait plus sûr de déposer le livre à l'intérieur. Et si je me suis, il est vrai, laissé emporter par ma curiosité au point de me montrer indiscrète, je m'en excuse bien sincèrement. À présent, je vais devoir y aller. Tom doit être impatient de me voir revenir, et Bill, son chauffeur, fait le tour du pâté de maisons en m'attendant.

— Vous oubliez notre petit problème.

Chloé ouvrit de grands yeux innocents, battit des paupières, fit de son mieux pour incarner cette gentille idiotie que les hommes prêtent souvent aux femmes.

— Un problème ? s'étonna-t-elle. Quel problème ? Je n'en vois aucun.

Il ne dit rien, se contentant de laisser glisser un instant son regard sur les textes anciens mêlés aux emballages de préservatifs éparpillés à leurs pieds.

— Oh, ça ! s'exclama-t-elle. Chacun est libre de faire ce qu'il veut en privé. Ce n'est pas moi qui vous reprocherais votre activité sexuelle !

Elle avait beau fanfaronner, le regard qu'il lui lança la fit frissonner de la tête aux pieds. De nouveau, ses yeux désignèrent de manière insistante les volumes ouverts sur le sol.

— Les livres ? reprit-elle d'une voix trop haut perchée. Vous aimez les livres anciens, et alors ? Moi aussi, je les aime. Je ne vois là aucun problème.

Pour faire bonne mesure, elle haussa les épaules, croisa les bras sur sa poitrine et s'appliqua à ne pas ciller. Mais sa petite comédie eut pour seul résultat de le faire sourire et hocher la tête d'un air attristé.

— Ne me prenez pas pour un imbécile. Vous avez parfaitement deviné d'où viennent ces livres et comment ils sont arrivés jusqu'ici.

La gentillesse avec laquelle il avait parlé alerta Chloé bien plus que le sens de ses paroles. Qu'un homme tel que lui prenne la peine d'enrober son discours de douceur signifiait sans doute qu'il s'apprêtait à lui faire quelque chose qu'elle n'allait vraiment pas apprécier... Ce qu'elle eut immédiatement l'occasion de vérifier.

Elle se sentit acculée jusqu'au lit, puis poussée en arrière, et elle s'affala de tout son long sur le matelas avec un petit cri de surprise. Avec la grâce d'un tigre bondissant sur sa proie, Dageus McKeltar suivit le mouvement et la maintint clouée au lit de tout son corps.

— Je... je le jure ! balbutia-t-elle précipitamment. Je ne dirai rien à personne. Cela ne me dérange pas que vous les gardiez. Absolument pas ! Je n'ai pas l'intention d'aller en informer la police ou qui que ce soit. D'ailleurs, je hais la police. Et je suis plus muette qu'une tombe quand il s'agit de garder un secret. Croix de bois, croix de fer, si je mens, je...

Les lèvres de Dageus McKeltar se posèrent sans crier gare sur les siennes, l'empêchant d'en dire plus. Contrairement à ce que Chloé aurait pu attendre de sa part, elles le firent en douceur, pour un baiser plus curieux que conquérant. L'espace d'une seconde, elle se surprit à regretter qu'il ne se montre pas plus entreprenant. Ce diable d'homme semblait avoir le don d'emplir la tête d'une femme de fantaisies qu'elle aurait juré n'avoir jamais entretenues... D'elle-même, elle entrouvrit les lèvres pour mieux se prêter au baiser, en se disant que ce devait être la peur qui la poussait à se conduire ainsi. Ne disait-on pas que la perspective d'une mort prochaine produisait une brusque décharge érotique dans le corps des victimes ?

Tout à son émoi, Chloé ne remarqua que Dageus McKeltar était en train de la ligoter que lorsque son poignet gauche se retrouva attaché au bois de lit par un foulard de soie. Avec une aisance et une habileté stupéfiantes, il se redressa et attacha en un tour de main son autre poignet au pilastre sculpté. Elle ouvrit la bouche pour crier, mais il l'en empêcha en écrasant sans ménagement sa paume sur ses lèvres. Penché sur elle, ses yeux dorés rivés aux siens, il lui dit tranquillement, en articulant chaque mot avec soin :

— Si vous criez, vous allez m'obliger à vous bâillonner, ce que je préférerais éviter. Ce serait d'autant plus bête que c'est inutile : à cet étage, personne n'est en mesure de vous entendre. À vous de choisir...

Tout doucement, il souleva sa main, juste assez pour la laisser répondre. Terrifiée, Chloé murmura d'une voix tremblante :

— Pitié... ne me faites pas de mal.

Un sourire, ce même sourire étrange qui laissait son visage figé, fleurit sur les lèvres de Dageus McKeltar.

— J'ai bien peur de devoir vous garder ici un moment. Mais vous n'aurez pas à en souffrir, je vous le promets. Au moindre cri, cependant, soyez sûre que je n'hésiterai pas à vous bâillonner.

En guise d'assentiment, elle hocha la tête, sachant qu'à cet étage de l'immeuble, aucun voisin ne pouvait l'entendre, à supposer que l'insonorisation n'eût pas été parfaite.

Satisfait, il retira sa main de sa bouche, passa l'autre sous sa nuque et glissa un oreiller dessous. Puis, sans rien ajouter, il quitta la pièce et referma la porte derrière lui, la laissant seule dans le repaire du Fantôme Celte, ligotée par des foulards de soie au lit de ce bandit, livrée à son bon plaisir.

Dageus s'efforçait en vain de se concentrer sur la lecture du *Livre de Manannán* ouvert devant lui. Sans cesse lui revenaient en mémoire le visage apeuré et les yeux écarquillés par l'effroi de Chloé Zanders lorsqu'il l'avait ligotée.

Tout en jurant en cinq langues différentes – dont trois n'étaient plus parlées nulle part sur Terre –, il se leva et alla se planter devant la baie vitrée. Le spectacle irréel des tours et des toits de Manhattan, d'ordinaire si apaisant à ses yeux, ne fit rien pour le calmer. Il devait reconnaître qu'il n'aurait pu s'y prendre plus mal avec Chloé, et il ne parvenait pas à se le pardonner.

Il lui avait fait peur, mais il avait dû s'interdire de s'attarder près d'elle pour la rassurer, de crainte que son désir ne prenne le dessus sur sa volonté. Il avait essayé de se convaincre qu'il l'avait embrassée pour la distraire, mais il devait bien admettre que c'était plus par besoin qu'il l'avait fait, parce qu'il n'avait tout simplement pas pu s'en empêcher. Et s'il s'était contenté d'un baiser léger, c'était uniquement pour éviter que la situation ne dégénère.

Au musée The Cloisters, le conservateur lui avait assuré que le livre devait l'attendre chez lui, étant donné que sa collaboratrice, Chloé Zanders, n'était pas rentrée. Dans le hall de son immeuble, Dageus s'était étonné de voir les deux vigiles lui annoncer avec un clin d'œil qu'ils avaient autorisé sa « livraison » à monter chez lui. Mais sa surprise avait été bien plus grande encore lorsqu'il avait découvert, en pénétrant dans sa chambre, la plus jolie et la plus appétissante des paires de jambes qui se puisse rêver. Immédiatement, ces chevilles délicates, ces mollets à la rondeur émouvante, ces cuisses crémeuses au galbe affolant lui avaient paru étrangement familiers. Pour se prouver qu'il se faisait des idées, il avait tiré l'inconnue par la cheville et découvert qu'il ne rêvait pas. Sa visiteuse indiscrète était bien la jeune femme dont la beauté ensorcelante et sans apprêt avait retenu son attention dans la rue. Son sang était aussitôt entré en ébullition. Et en la voyant allongée sur le ventre au pied de son lit, désarmée, à sa merci, il avait été la proie de fantasmes tels qu'il n'avait pas remarqué tout de suite les volumes « empruntés » rassemblés autour d'elle.

La pire des choses qui pût lui arriver, c'était d'avoir des démêlés avec la justice. Il avait trop à faire en trop peu de temps pour prendre ce risque. Il lui fallait à tout prix éviter les complications. Tant qu'il n'aurait pas mis la main sur les deux textes dont il avait encore besoin, il ne pourrait quitter Manhattan. Dans l'intervalle, il lui faudrait garder Chloé Zanders captive. Ensuite, lorsqu'il n'aurait plus rien à faire à New York, il la relâcherait. À supposer, bien sûr, conclut-il avec amertume, qu'il finisse par trouver ce qu'il cherchait.

Plus le temps passait, plus se fortifiait en lui la conviction qu'il ne pourrait éviter d'aller puiser à la source les informations qui lui manquaient – dans les musées d'Écosse et d'Irlande, ou sur les rayons de la bibliothèque de son père. Or, il redoutait ce voyage, non seulement parce qu'il craignait que la terre de ses ancêtres ne rende plus forts les Anciens qui l'assiégeaient de l'intérieur, mais aussi parce qu'il lui faudrait affronter son frère. Il devrait alors se montrer à Drustan tel qu'il était en train de devenir.

Il lui en avait déjà coûté énormément, après avoir brisé ses vœux, d'avouer à son père ce qu'il avait fait et de voir dans son regard la colère, la tristesse et la déception que sa conduite lui inspirait. Depuis cet instant, Dageus n'avait plus jamais porté les couleurs de son clan. Seul un bout de plaid usé glissé sous son oreiller lui en rappelait le souvenir. Certaines nuits, quand la nostalgie se faisait trop prégnante et qu'il avait reconduit à un taxi sa conquête d'un soir – il séduisait de nombreuses femmes, mais ne dormait avec aucune –, il fermait les yeux en serrant dans sa main ce talisman et s'imaginait de retour en Écosse, en tant qu'homme et rien d'autre.

Mais il ne pourrait qu'en rêver tant qu'il n'aurait pas résolu son problème en se débarrassant de ceux qu'il avait laissés se glisser en lui. Alors seulement, il aurait lavé son honneur et pourrait se présenter dignement devant son frère.

Avec un haussement d'épaules, Dageus chassa ces perspectives peu réjouissantes de ses pensées. Celles-ci en profitèrent pour se reporter avec une intensité alarmante sur la jeune femme ligotée à son lit, vulnérable, sans défense.

Les dents serrées, Dageus passa une main tremblante dans ses cheveux et se força à se rasseoir devant le texte médiéval pour éviter de se ruer dans sa chambre tel un barbare en rut. Mais même les complexités lexicales et l'hermétisme du *Livre de Manannán* eurent bien du mal à juguler le primitif désir de possession que Chloé Zanders avait éveillé en lui.

Quelques heures devaient s'être écoulées. Chloé avait eu le temps de passer par toute la gamme des émotions. Elle avait épuisé les ressources de la peur, connu une paradoxale jubilation, s'était indignée à outrance de la sauvagerie de son ravisseur. Finalement, le découragement avait pris le dessus.

En y réfléchissant, elle avait dû conclure que même si Tom finissait par s'inquiéter de ne pas la voir revenir, jamais il ne lui viendrait à l'esprit de soupçonner Dageus McKeltar de l'avoir enlevée. S'il l'appelait, il suffirait à celui-ci de répondre qu'elle était repartie après avoir effectué sa livraison. Tom le croirait sur parole, et nul n'irait soupçonner ce richissime collectionneur d'être un kidnappeur. Elle seule savait qui était l'insaisissable Fantôme Celte que toute la police new-yorkaise recherchait. Et c'était précisément, songea-t-elle avec désespoir, la raison pour laquelle elle avait tout à craindre de lui.

Chloé soupira bruyamment et essaya de souffler sur une mèche de cheveux qui lui chatouillait le nez, sans parvenir à la chasser. Elle finit par tourner la tête et enfouit son visage dans l'oreiller. Une odeur virile et épicée, la même que celle qui imprégnait les vêtements dans la penderie, provoqua en elle une douce langueur. Ce bandit avait beau être un sauvage, il fallait reconnaître qu'il sentait bon...

Effarée par la tournure que prenaient ses pensées, Chloé se raidit et se tortilla de son mieux, de manière à se redresser contre la tête de lit. Si elle se laissait ensorceler, si peu que ce fût, par ce débauché, ce voleur de livres rares, ce barbare amoral, ce kidnappeur de jeunes femmes innocentes, elle était perdue.

— Chloé Zanders, marmonna-t-elle entre ses dents, tu t'es mise dans un sale pétrin...

Sans plus de succès que précédemment, elle tira pour la énième fois sur ses liens pour en éprouver la solidité. Dageus McKeltar l'avait ligotée de manière à ne pas entraver sa circulation, mais sans lui laisser la moindre possibilité de se libérer. Ce qui la surprenait le plus était qu'il ne s'en soit pas pris violemment à elle. Et puisqu'il ne l'avait pas fait, quelles pouvaient être ses intentions à son égard ?

Préférant ne pas s'appesantir sur le sujet, Chloé glissa au bord du lit autant que ses liens le lui permettaient et lança un regard d'envie aux livres ouverts sur le tapis. Si seulement elle avait pu les consulter ! Bien qu'il ne s'agît pas des éditions *princeps* – les originaux étaient jalousement gardés à l'Académie royale irlandaise ou à la bibliothèque de Trinity College –, c'étaient de superbes copies du Moyen Âge tardif.

Pour autant qu'elle pût en juger, il y avait là une copie du *Lebor Laignech* ou *Livre de Leinster*, une autre du *Leborna hUidre* ou *Livre de Dun Cow*, ainsi qu'un très bel exemplaire du *Gabála Érenn* ou *Livre des invasions*. Tous traitaient de la mythologie celtique et des premiers jours de l'Irlande. On y trouvait des contes fascinants sur les premiers habitants mythiques de ce pays – Partholonians, Nemedians, Tuatha Dé Danaan ou Milesians. Riches en légendes, empreints de mysticisme et de magie, ces livres controversés faisaient les délices d'exégètes qui entretenaient à leur sujet d'interminables querelles d'experts.

Mais pour quelle raison Dageus McKeltar se les était-il appropriés ? Peut-être les revendait-il afin de financer son fastueux train de vie. Certains collectionneurs se souciaient peu de la provenance de leurs acquisitions, dès lors qu'il s'agissait d'ouvrages rarissimes. Pour les incunables volés, hélas, il y aurait toujours un marché.

Cependant, si les motivations de son ravisseur étaient uniquement financières, son obsession pour les antiquités celtiques était surprenante. Elle savait, pour l'avoir lu dans les journaux, que le Fantôme Celte avait dédaigné dans les collections qu'il avait « visitées » des pièces de plus grand prix que celles qu'il avait dérobées. Cela signifiait que, pour une raison connue de lui seul, il n'était pas motivé dans ses choix que par la seule valeur commerciale de ses larcins.

Insatisfaite du fruit de ses réflexions, Chloé émit un claquement de langue agacé. Tout cela n'avait aucun sens. Quel voleur n'était pas intéressé par l'argent ? Quel voleur laissait derrière lui des douzaines de textes plus précieux que celui qu'il était venu dérober après avoir déjoué tous les pièges des systèmes d'alarme ? D'ailleurs, comment faisait-il pour désactiver lesdits systèmes ? Les collections auxquelles le Fantôme Celte s'en était pris comptaient parmi les plus réputées et les mieux protégées au monde.

La porte de la chambre s'entrouvrit, mettant brusquement un terme à ses pensées. Chloé se redressa vivement contre la tête de lit et afficha son air le plus innocent.

— Avez-vous faim ? lança son ravisseur en passant la tête dans l'entrebâillement.

— C... comment ? balbutia-t-elle, prise de court.

— Je vous demande si vous avez faim, répéta-t-il patiemment, son accent écossais plus prononcé et plus séduisant que jamais. Je suis en train de me préparer un petit en-cas, et je me suis dit que vous pourriez peut-être en profiter aussi.

Elle dut réfléchir un bon moment avant de trouver une réponse à lui donner. Avait-elle faim ? Ce qui était sûr, c'était qu'elle était morte d'inquiétude, qu'il lui faudrait sans tarder aller aux toilettes, que son nez la grattait affreusement et que sa jupe était une nouvelle fois remontée le long de ses jambes. De cela, elle était certaine. Et en plus du reste, elle se découvrait effectivement une faim de loup...

Incapable de prononcer le moindre mot, elle hocha la tête. Lorsqu'il eut refermé la porte derrière lui, elle songea, à la fois fascinée et horrifiée, que c'était peut-être ainsi qu'il allait lui régler son compte : en l'empoisonnant !

4

Saumon poché, *stovies* et *cullen skink*, salade aux noix et aux baies de canneberge, suivis d'un plateau de fromages, d'une assiette de sablés écossais et d'un bol de marmelade, le tout arrosé par un vin pétillant servi dans des verres en baccarat. Si Dageus McKeltar avait projeté de se débarrasser d'elle, songea Chloé, ce ne pouvait être qu'en la gavant de mets écossais.

— Et moi qui pensais devoir me contenter d'un sandwich, commenta-t-elle prudemment.

Dageus déposa sur le lit le dernier des plats qu'il avait apportés de la cuisine et leva les yeux vers elle. Ainsi adossée contre la tête de lit, les poignets attachés aux pilastres, Chloé Zanders avait tout d'une vision de rêve puissamment érotique incarnée spécialement pour lui. Son corps était tout en courbes douces, sa jupe relevée offrait une vue imprenable sur ses cuisses laiteuses, son pull moulait ses seins tels deux fruits ronds et lourds, et ses yeux écarquillés derrière les cheveux qui lui retombaient sur le visage brillaient dans la pénombre.

Il savait avec certitude qu'elle était vierge – sa façon de répondre à son baiser le lui avait prouvé –, et cela ne faisait que la rendre plus désirable à ses yeux. Il n'avait jamais connu de femme comme elle, pas même dans son siècle d'origine, où les filles à marier se tenaient à distance respectable des frères McKeltar, ces « sorciers païens » au sujet desquels couraient les bruits les plus fous. Cela n'empêchait en rien les femmes d'expérience, les épouses insatisfaites et les soubrettes curieuses de plonger avec enthousiasme dans leurs lits, même si elles nouaient par ailleurs des liens plus durables.

— Elles sont attirées par le danger, lui avait expliqué un jour son frère avec un sourire désabusé, mais pour rien au monde elles ne voudraient le côtoyer en permanence. Elles aiment caresser la peau soyeuse de la bête, sentir sous leurs doigts sa puissance et sa sauvagerie, mais ne te méprends pas, Dageus : ce n'est pas à la bête qu'elles offriront leur cœur et donneront des enfants.

À présent, songea Dageus avec fatalisme, il était trop tard pour Chloé Zanders. Elle se trouvait dans l'antre de la bête, que cela lui plaise ou non. Si elle s'était contentée de déposer son paquet dans l'antichambre, elle n'aurait rien eu à craindre de lui. Il avait répondu aux exigences de l'honneur en s'efforçant de l'effacer de sa mémoire. C'était elle qui avait couru à sa perte en venant le narguer jusque dans sa chambre. Il n'était plus temps de se conduire en gentleman. Elle se trouvait là, dans son lit, et il n'était qu'un homme pour qui même le sens de l'honneur avait des limites. D'heure en heure s'accentuait son besoin viscéral de faire l'amour pour repousser dans leurs ténèbres les démons qui assiégeaient son âme. Il se promettait cependant de la séduire en douceur. Il se donnait la nuit à venir, peut-être même le lendemain matin, pour y parvenir. Passé ce délai, il lui faudrait bien la conquérir coûte que coûte.

— Allez-vous enfin me libérer ?

Le regard de défi qui avait accompagné cette question ne manquait pas de panache. Tout en songeant que séduire Chloé Zanders malgré elle lui offrait un défi à sa mesure, Dageus s'obligea à quitter des yeux la jupe relevée sur ses cuisses de manière évocatrice.

— Vous ne pourrez pas me garder éternellement ici, reprit-elle d'une voix assurée.

— Plus longtemps que vous ne le pensez.

— Lorsque ma disparition sera signalée, on se mettra à ma recherche.

— On ne vous cherchera certainement pas ici. Personne ne me soupçonnera de vous retenir chez moi, vous le savez très bien.

Quand il s'assit au bord du lit, il la vit se tasser sur elle-même autant que possible et ajouta avec un sourire désolé :

— Vous n'avez rien à craindre de moi. Je vous donne ma parole que je ne vous ferai aucun mal.

Loin de la rassurer, cette promesse la fit monter sur ses grands chevaux.

— Comment pourrais-je vous croire ? Je suis ligotée à votre lit, entourée d'objets volés, et vous voudriez que je ne m'inquiète pas ? Autant vous prévenir tout de suite : si vous avez dans l'idée de me tuer, je jure de revenir vous hanter jusqu'à la fin de vos jours ! Je ferai de votre vie un enfer ! À côté de mon spectre, vos *banshees* ressembleront à des gamines geignardes ! Espèce de barbare ! Espèce de... Wisigoth !

— Vous vous laissez emporter par votre tempérament écossais, protesta-t-il avec un sourire ironique. Je ne suis pas sans défaut, mais on ne peut me reprocher la mise à sac de Rome.

— De nombreuses bibliothèques y furent pillées aussi...

— Si vous faites allusion aux livres que j'ai empruntés, sachez que j'en prends le plus grand soin, tout comme je prendrai le plus grand soin de vous. Rien ne vous sera fait contre votre gré. J'avoue prendre quelques libertés avec la loi, mais là s'arrêtent mes crimes. Quand je quitterai cette ville, ce qui ne saurait tarder, je vous relâcherai.

Un rire sardonique salua cette réplique.

— Vous mentez avec tant de conviction que je pourrais presque vous croire.

Dageus soutint son regard sans ciller.

— Je ne mens pas, *lass*. Et vous pouvez me croire.

Chloé le dévisagea un long moment d'un air dubitatif, avant de demander, en désignant du menton les livres éparpillés sur le sol :

— Si ce n'est pas pour en tirer profit, pourquoi prenez-vous tant de risques pour les voler ?

— Je suis à la recherche de certaines informations que seuls ces ouvrages peuvent me fournir. Et je vous ai déjà dit que je ne les volais pas. Je ne fais que les emprunter. Je les restituerai à leurs propriétaires quand je partirai.

— Quand les poules auront des dents, vous voulez dire.

— Je les rendrai, que vous me croyiez ou pas.

— Et tout le reste, vous allez le rendre aussi ?

— Le reste ? De quoi parlez-vous ?

Si sa stupéfaction était feinte, songea Chloé, il était un acteur de génie doublé d'un maître cambrioleur.

— Toutes ces antiquités celtes dont votre appartement regorge, précisa-t-elle. Ces trésors qui devraient enrichir les collections des plus grands musées...

— Ils m'appartiennent. Ce sont les armes et les trophées de mon clan. Je suis un McKeltar, et le sang qui coule dans mes veines m'autorise à arborer la *regalia*... si je le veux.

Son visage s'était assombri tandis qu'il prononçait ces derniers mots. Une tristesse poignante avait fêlé le ton de sa voix. Chloé se surprit à éprouver de la sympathie pour lui. Il y avait à l'évidence chez cet homme un manque, une blessure qui ne pouvaient que la rapprocher de lui, Fantôme Celte ou pas.

— Vous me surprenez, admit-elle en secouant la tête avec découragement. J'avoue que je ne sais que penser de vous.

— Croyez ce que votre cœur... non, ce n'est pas le bon mot... ce que votre instinct vous dicte.

Ce n'était pas la première fois que Chloé le voyait buter sur un mot, et à en juger par la façon qu'il avait de peser chaque terme, elle soupçonnait que l'anglais n'était pas sa langue d'origine. Pour le tester, elle lui demanda en latin s'il parlait le gaélique. En grec ancien, il lui répondit par l'affirmative.

Même s'il ne faisait que confirmer ses doutes, Chloé sentit une certaine excitation la gagner. Non content d'être d'une beauté méphistophélique, le Fantôme Celte parlait plusieurs langues mortes !

— Ainsi, reprit-elle d'une voix songeuse, c'est vraiment pour lire ces livres que vous les... empruntez. Qu'espérez-vous y trouver ?

— Je vous l'ai déjà dit, *lass*. Certaines informations qu'eux seuls peuvent me fournir.

— Vraiment ? Eh bien, si vous le voulez, je pourrais peut-être vous aider.

Chloé se mordit violemment la lèvre inférieure.

— Je ne voulais pas dire ça, reprit-elle vivement.

Cela le fit sourire.

— Vous êtes une jeune femme curieuse, murmura-t-il. Je parie que c'est un trait marquant de votre personnalité.

D'un geste, il désigna les plats posés entre eux et ajouta :

— Ça refroidit. Que désirez-vous manger ?

— Tout ce que vous aurez d'abord goûté.

Son visage se figea sous l'effet de l'indignation.

— Vous vous imaginez que je pourrais chercher à vous empoisonner ?

Chloé devait bien reconnaître que, présentées ainsi, ses craintes paraissaient paranoïaques et ridicules.

— Pourquoi pas ? répliqua-t-elle, sur la défensive.

Après lui avoir décoché un regard glacial, il goûta à chacun des plats qu'il avait apportés, sans la quitter des yeux.

— Mes mains sont liées, dit-elle quand il eut terminé. Je ne peux pas manger.

Avec un sourire à faire se damner une sainte, Dageus McKeltar piqua un morceau de saumon du bout d'une fourchette, qu'il leva jusqu'aux lèvres de Chloé en murmurant :

— Bien sûr que si, vous le pouvez... Il fut un temps, en Écosse, où un homme ne mangeait pas avant d'avoir nourri lui-même sa femme jusqu'à ce qu'elle soit complètement rassasiée.

Chloé réussit à ne rien montrer du trouble qui la gagnait, mais ce commentaire alla se loger comme une flèche au creux de son ventre. À l'évidence, il n'était pas question ici que de nourriture. Néanmoins, elle parvint à répondre sèchement :

— Nous ne sommes pas en Écosse autrefois. Et je ne suis pas votre femme.

Il sourit de nouveau, et Chloé comprit alors ce qui l'intriguait dans son sourire : visible sur ses lèvres et son visage, son amusement ne gagnait jamais son regard, comme si cet homme ne baissait jamais totalement sa garde, comme s'il gardait au fond de lui quelque secret soigneusement caché. Cela aurait pu l'effrayer, mais elle se surprit à songer que ce mystère ne faisait que le rendre plus attirant encore.

— Pourquoi vous obstinez-vous à me contrarier ? reprit-il d'une voix aussi douce que de la soie. Vous avez peur que je vous poignarde avec la fourchette ?

— Je...

Chloé n'eut pas le loisir de prononcer un mot de plus. Profitant de ce qu'elle avait la bouche ouverte, il venait d'y enfourner le morceau de saumon. Elle s'empressa d'avaler, mais eut le temps de constater qu'il était savoureux et cuit à la perfection.

— Vous avez triché ! protesta-t-elle. Ce n'est pas juste.

— Certes, admit-il. Mais était-ce bon ?

Elle se garda bien de lui répondre, se contentant de lui opposer un silence réprobateur et déterminé.

— La vie n'est pas toujours juste, reprit-il. Ce qui ne l'empêche pas, parfois, d'être douce.

Déstabilisée par l'intensité de son regard, Chloé songea qu'il était sans doute plus avisé de capituler. Elle devinait qu'ils auraient pu argumenter ainsi pendant des heures sans qu'elle obtienne gain de cause. S'il tenait vraiment à la nourrir à la fourchette, grand bien lui fasse ! Et pour être honnête, il lui fallait bien reconnaître qu'il était pour le moins difficile de lui résister alors qu'il se tenait tout près d'elle, si scandaleusement séduisant, si diaboliquement attentionné, et si manifestement déterminé à flirter avec elle.

L'incertitude, le danger, l'audace de son ravisseur, l'extrême sensualité de la situation concouraient à la rendre intrépide. Sans doute jouait-elle avec le feu, se dit-elle en ouvrant la bouche et en fermant les yeux pour se laisser nourrir, impuissante et désarmée comme un oisillon cloué au nid. Mais quitte à prendre des risques, autant les assumer et en jouir en paix.

Quelques heures plus tard, allongée dans le noir, Chloé regardait flamber un bon feu dans la cheminée et examinait, sans en tirer de conclusion satisfaisante, les événements qui venaient de bouleverser sa vie. Cette journée était de loin la plus étrange qu'il lui ait été donné de vivre. Mais plus étrange encore était le fait qu'elle était loin de réagir à son enlèvement comme elle aurait sans doute dû le faire. Si embarrassant que ce soit, elle devait reconnaître qu'elle était bien plus intriguée que terrorisée par ce qui lui arrivait.

À sa décharge, il fallait reconnaître que son ravisseur ne lui facilitait pas la tâche. Il n'était guère évident de rester longtemps terrifiée par un homme aussi splendide et fascinant que l'était Dageus McKeltar. Un homme qui, non content de l'avoir régalée d'un repas typiquement écossais, avait pris la peine d'allumer un feu dans l'âtre avant de la laisser pour la nuit. Un homme manifestement pétri d'intelligence et de culture. Un homme doté d'un physique et d'une prestance à faire pâlir de jalousie une gravure de mode. Un homme qui, pour toute violence, lui avait infligé un baiser à faire tourner la tête de n'importe quelle femme... Chloé n'avait pas la moindre idée de ce qui l'attendait le lendemain, mais elle était curieuse de le découvrir.

Était-il possible, en définitive, que Dageus McKeltar soit réellement ce qu'il prétendait être – un homme riche qui, pour certaines raisons obscures, avait besoin de dénicher des informations dans des textes médiévaux et qui n'avait d'autre ressource que de les « emprunter » avant de les restituer ? La part d'elle-même qui n'avait pas abdiqué toute logique refusait d'y croire. Pourtant, un élément l'intriguait. Pour obtenir que Tom lui prête le troisième *Livre de Manannán,* Dageus McKeltar avait fait don au musée de pièces d'époque authentifiées qui ne pouvaient être les fruits d'un vol. Pour quelle raison un vil malfaiteur se serait-il conduit ainsi ? Il lui fallait bien conclure que le comportement du Fantôme Celte n'était pas celui d'un mercenaire de sang-froid uniquement motivé par l'appât du gain.

Après leur petit dîner improvisé, il l'avait détachée du lit et l'avait conduite à la salle de bains, où il avait laissé à son intention de quoi se changer. Elle y avait passé une demi-heure enfermée. Dans un premier temps, elle avait cherché ces conduits d'aération par lesquels il est si facile de s'évader dans les films, mais qui n'existent jamais dans la réalité. Ensuite, elle avait envisagé d'écrire au rouge à lèvres un énorme SOS sur la fenêtre, avant d'y renoncer. Outre qu'il était peu probable que cela serve à quoi que ce soit à cette hauteur, elle ne tenait pas à ce qu'il découvre le pot aux roses et se doute qu'elle avait l'intention de lui fausser compagnie dès qu'elle en aurait l'occasion.

Chloé avait rapidement satisfait ses besoins naturels, mais elle ne s'était déshabillée que pour se changer, se contentant d'une rapide toilette au lavabo. Elle était restée indécise un moment devant l'unique brosse à dents, mais comme l'idée de ne pas se laver les dents lui était insupportable, elle avait décidé d'oublier que ce n'était pas la sienne. Après tout, avait-elle songé en haussant les épaules, le propriétaire de cette brosse avait quasiment glissé sa langue dans sa bouche. Elle avait préféré ne pas s'attarder sur le fait qu'il n'en avait rien fait et qu'elle en concevait quelque regret. Sa curiosité naturelle devait lui jouer des tours. Elle ne tenait pas à être la propriétaire de la prochaine petite culotte qui traînerait sous le lit de ce Don Juan – du moins essayait-elle fermement de s'en convaincre. De toute façon, avait-elle conclu en se rinçant la bouche, elle n'avait même pas de culotte à lui laisser en souvenir.

Naturellement, elle nageait dans les vêtements qu'il lui avait prêtés – un pantalon de jogging et une chemise –, mais au moins sa jupe ne risquait-elle plus de remonter sur ses jambes. Avant de s'éclipser, il avait atténué l'inconfort qu'il lui imposait en glissant un oreiller rebondi sous sa nuque, en donnant un peu plus de mou à ses liens et en remontant le couvre-lit jusqu'à son menton. Ceci fait, il était resté un long moment au pied du lit, à la contempler, le visage indéchiffrable dans la pénombre. Plus troublée qu'elle ne l'aurait souhaité, Chloé s'était tournée sur le côté autant qu'elle l'avait pu et avait fait mine de dormir. Sans insister, il était sorti, la laissant seule avec ses pensées.

Mais après avoir constaté une nouvelle fois à quel point elle était désarmée aux mains de son ravisseur, Chloé sentit les brumes du sommeil se refermer inexorablement sur elle. Lutter n'aurait servi à rien, sans compter qu'elle avait besoin de reprendre des forces si elle voulait chercher à s'enfuir le lendemain. Dans un ultime éclair de conscience, elle se rendit compte que l'odeur si troublante de Dageus McKeltar était partout autour d'elle, dans son oreiller, entre ses draps, sur les vêtements qu'il lui avait prêtés. Ce fut en regrettant confusément de n'avoir près d'elle que ce souvenir olfactif qu'elle s'endormit.

Trop énervé pour trouver le sommeil, Dageus s'attardait dans le salon et écoutait la pluie tambouriner sur les surfaces vitrées. Les sombres prophéties et les vagues mythes du *Midhe Codex* ne parvenaient pas à retenir son attention. Un érudit voyait dans cet ouvrage « un salmigondis de fantasmes médiévaux », et Dageus n'était pas loin de partager ce point de vue.

La sonnerie du téléphone vint le tirer de sa lecture morose. Il se garda bien d'aller répondre, se contentant de regarder clignoter le voyant du répondeur. Il ne savait que trop qui pouvait l'appeler à cette heure de la nuit.

Après le bip, une voix profonde et aussi rocailleuse que la sienne retentit dans le haut-parleur.

— Dageus, c'est Drustan.

Un silence suivit.

— Tu sais que je déteste parler à ces machines.

Il y eut de nouveau un long silence, suivi d'un lourd soupir.

— Gwen est à l'hôpital.

D'un bond, Dageus se leva. Il allait se précipiter pour décrocher lorsqu'il entendit Drustan préciser :

— Elle a eu quelques contractions prématurées.

L'inquiétude manifeste de son frère atteignit Dageus en plein cœur. Gwen, sa belle-sœur, était enceinte de jumeaux et entamait son septième mois de grossesse. Il attendit la suite avec anxiété. Il avait trop sacrifié afin que Drustan puisse rejoindre sa bien-aimée au XXIe siècle pour qu'il arrive malheur à Gwen maintenant !

— C'est passé, à présent, et elle va bien.

Dageus, soulagé, se laissa retomber sur le canapé.

— Les médecins disent que cela se produit parfois au dernier trimestre de grossesse. Si elle n'a pas de nouvelles contractions d'ici demain, elle pourra rentrer chez nous.

Un long moment, seul le souffle oppressé de son frère se fit entendre dans le haut-parleur.

— *Och !* Dageus... Mon frère, reviens chez nous.

Il y eut un silence, suivi d'une supplique murmurée :

— S'il te plaît.

5

Dageus n'avait pas trop de toute sa volonté pour résister à la tentation.

— Ce mot signifie « pont », expliqua Chloé derrière lui, et non « gué », comme vous l'avez noté.

Penchée au-dessus de son épaule, si proche de lui que ses cheveux lui effleuraient la joue, elle désignait du doigt les notes qu'il était en train de prendre. Il ne rêvait que de passer sa main derrière sa nuque afin d'attirer contre la sienne cette bouche si ravissante et si appétissante qui le narguait.

La libérer de ses liens au réveil pour la laisser libre de ses mouvements lui avait pourtant semblé la meilleure chose à faire. Outre qu'il aurait été inhumain de la garder plus longtemps ligotée, la savoir sur son lit, totalement à sa merci, excitait dangereusement le barbare en lui. Hélas, la voir sans arrêt papillonner autour de lui et se répandre en remarques et questions incessantes n'était pas non plus sans danger. Chaque fois qu'il levait les yeux vers elle, il sentait monter un grondement sourd au fond de sa gorge, né de son désir trop longtemps refoulé, de sa faim dévorante de la toucher, de la goûter.

— Je vous ai déjà dit que je détestais être épié par-dessus mon épaule !

Son parfum de femme sensuelle et pourtant innocente lui emplissait les narines, incitation permanente à la luxure. Bon sang ! songea-t-il. Ne comprenait-elle pas à quel point il pouvait être dangereux pour elle ? Apparemment, non. Si elle s'en était rendu compte, elle se serait empressée de s'enfuir comme une souris surprise par un gros chat affamé, au lieu de continuer à lui prodiguer doctement avis et conseils.

— Excusez-moi, dit-elle en se penchant de plus belle sur lui, mais je suis si curieuse... Et il me semble que vous commettez quelques erreurs d'interprétation. Selon moi, ce texte dit précisément : « Quand l'homme des montagnes, où nichent les aigles dorés, empruntera le pont qui enjambe la mort – vraiment curieuse, cette expression, vous ne trouvez pas ? –, le Draghar renaîtra de ses cendres. » Ce que peut être ce Draghar, en revanche, je n'en ai pas la moindre idée. Quel est ce livre ? Le *Midhe Codex* ? Je n'en ai jamais entendu parler. Où l'avez-vous déniché ?

Dageus secoua la tête d'un air exaspéré et referma l'épais volume avec un claquement sec.

— Asseyez-vous ! ordonna-t-il. À moins que vous ne préfériez vous retrouver ligotée sur mon lit.

Chloé se redressa vivement, les joues empourprées.

— Oh, pardon ! fit-elle d'un ton indigné. Je voulais juste vous aider un peu.

— Pour quelle raison ? Je suis un voleur, selon vous. Vous vous rappelez ? Un Wisigoth sans foi ni loi.

Elle fit la grimace, telle une gamine prise en flagrant délit de mensonge.

— Certes, admit-elle. Mais si vous souhaitez réellement rendre ces livres, comme vous le prétendez, plus vite vous en aurez terminé avec eux, plus vite ils retourneront à leurs propriétaires légitimes... En vous aidant à les décrypter, j'œuvre pour le bien public.

Satisfaite de la parfaite rationalité de sa démonstration, elle hocha la tête et lui sourit. Dageus émit un grognement et, d'un geste sec, l'invita une nouvelle fois à s'asseoir face à lui. À l'évidence, la demoiselle était plus curieuse qu'un jeune chat et fascinée par les antiquités celtiques. Non contente de couver des yeux le livre qu'il consultait, elle se frottait les mains comme si elle brûlait d'y toucher. Seigneur ! Que n'était-il un vieux volume oublié, pour bénéficier de l'attention sans partage de ces doigts longs et fins, sans doute patients et déterminés !

De mauvaise grâce, elle alla prendre place sur le canapé situé face au sien, de l'autre côté de la table basse en marbre surchargée de volumes anciens et de carnets de notes. Les bras et les jambes croisés, les lèvres boudeuses, elle le dévisagea en agitant un pied – un charmant et délicat petit pied nu aux ongles laqués de rose – dans le vide, comme pour exprimer l'agacement qu'il lui inspirait. Ses chevilles fines émergeaient du pantalon aux bords repliés qu'il lui avait prêté, tout comme ses bras graciles des manches abondamment roulées de la chemise écossaise dans laquelle elle flottait. Comme par un fait exprès, le capricieux soleil de mars avait décidé de faire une apparition et nimbait son abondante chevelure d'un halo cuivré. Dans cette lumière, elle avait tout d'une apparition.

Soudain, Dageus se surprit à imaginer ses cheveux ondulés caressant ses cuisses puissantes qu'il aurait dénudées pour elle, ses lèvres pulpeuses et roses refermées autour de...

— Pourquoi n'iriez-vous pas prendre votre petit déjeuner ? grommela-t-il en se forçant à revenir au *Midhe Codex*.

— Parce que c'est déjà fait, répondit-elle du tac au tac. Il ne vous est pas venu à l'idée que j'allais finir par perdre mon travail ? Et quand je serai virée, que pourrai-je faire, selon vous ? À supposer, bien entendu, que vous ayez réellement l'intention de me libérer...

Elle ponctua ses paroles d'un de ces regards hautains dont elle avait le secret. Puis, pour la douzième fois depuis son réveil, ses yeux s'égarèrent en direction de la porte d'entrée du duplex, comme si elle évaluait ses chances d'y parvenir avant qu'il ait le temps de la rattraper. Dageus n'était nullement inquiet. Jamais elle n'atteindrait l'ascenseur avant lui. Plus tôt dans la matinée, il avait senti, alors qu'il avait le dos tourné, son regard se poser sur une lourde lampe, puis sur sa nuque. Mais, en femme avisée, elle avait finalement renoncé à vérifier si la lampe était plus dure que son crâne.

Préférant ne pas répondre à sa question – c'était encore le meilleur moyen de couper court à toute polémique –, Dageus s'obligea à se concentrer sur la prophétie brumeuse que Chloé venait si obligeamment de traduire à son intention. Que pouvait bien être ce Draghar qui l'avait tant étonnée ? Comme elle, c'était la première fois qu'il découvrait un texte qui le mentionnait. Il ne faisait aucun doute pour lui que « l'homme des montagnes » n'était autre que lui-même. Quant au « pont qui enjambe la mort », sans doute fallait-il y voir une périphrase pour désigner le cercle de pierres levées qui lui avait permis de modifier le destin fatal de son frère. Mais qui était ce Draghar dont la renaissance était annoncée ? S'agissait-il d'un autre nom pour désigner les légendaires Tuatha Dé Danaan ? Cette prophétie signifiait-elle qu'ils allaient quitter leur retraite cachée pour le punir d'avoir brisé ses vœux et rompu le Pacte ?

Plus il plongeait dans ce corpus de textes antiques auxquels ni lui ni son frère n'avaient prêté attention auparavant, plus il lui paraissait évident que son clan avait négligé, et même oublié, tout un pan de son histoire. La bibliothèque des McKeltar était si vaste qu'à son époque d'origine, il avait à peine consulté un millième des ouvrages qu'elle contenait. La plupart des volumes n'avaient pas été ouverts depuis des centaines d'années. Il y avait là bien trop de connaissances accumulées pour qu'un homme puisse les acquérir en une vie. Et les McKeltar n'avaient d'ailleurs pas ressenti le besoin de le faire. Au fil du temps, ils avaient oublié leur passé. Dageus supposait qu'il était dans la nature humaine de vivre l'instant présent ou de se tourner vers l'avenir. Et en dépit de leur fabuleux héritage, ceux de son clan n'avaient jamais été autre chose que des hommes... ce qu'il aspirait quant à lui à rester.

Un mouvement furtif, capté du coin de l'œil, dissipa les songeries dans lesquelles il se perdait. Sans lever la tête du texte qu'il faisait mine d'étudier, Dageus remarqua que le canapé, face à lui, était vide. Apparemment, Chloé avait décidé de profiter de son inattention pour mettre ses plans d'évasion à exécution. Et cette fois, songea-t-il avec un mélange d'excitation et de regret, elle ne lui laissait d'autre choix que de l'en empêcher.

Chloé, le cœur battant, avait pratiquement atteint la porte lorsque Dageus tourna les yeux vers elle. Il secoua la tête d'un air dépité, se leva tranquillement, comme s'il n'y avait pour lui aucune urgence, et la rejoignit en dardant sur elle un regard de reproche. Ne sachant que faire d'autre, Chloé sortit de son fourreau une dague exposée sur le mur et la brandit devant elle.

— Je vous ai juré que je ne révélerais votre identité à personne, déclara-t-elle d'un ton décidé, malgré sa voix tremblante. Et je tiendrai ma promesse. Mais je ne peux me permettre de rester ici plus longtemps.

Nullement impressionné par l'arme pointée dans sa direction, Dageus fit un nouveau pas vers elle.

— Soyez raisonnable, dit-il d'une voix égale. Posez cette dague.

Plus déterminée que jamais, Chloé tendit la main vers le verrou, qu'elle tourna en toute hâte. Mais lorsqu'elle appuya sur la poignée et tira la porte à elle, elle s'aperçut que le verrou n'était pas fermé à l'origine et qu'elle n'avait fait que s'emprisonner. Précipitamment, elle effectua la manœuvre dans l'autre sens. La main large de Dageus s'abattit alors fermement sur le panneau en bois au-dessus de sa tête, mettant un terme brutal à ses espoirs de fuite.

Instinctivement, Chloé fit volte-face. Elle pointa la dague vers lui et eut la satisfaction de le voir tressaillir quand la lame effilée se posa sur son cœur. Un long moment, ils demeurèrent ainsi, plus immobiles que deux statues, le souffle court, à se défier du regard.

— Faites-le ! ordonna-t-il finalement.

— Qu... que voulez-vous dire ? balbutia-t-elle.

— Tuez-moi. Je suis un voleur. Quand vous m'aurez supprimé, vous n'aurez plus qu'à appeler la police pour leur prouver que je suis – ou plutôt que j'étais – le Fantôme Celte qui vous retenait prisonnière. Personne ne vous blâmera de m'avoir réglé mon compte pour pouvoir vous enfuir. Allez-y ! C'est ce que ferait n'importe quelle honnête citoyenne...

Chloé sentit la panique la gagner. Le tuer ? Elle en était bien incapable. Le simple fait de l'entendre parler de lui au passé la rendait malade !

— Je ne veux pas vous tuer, parvint-elle à murmurer. Je veux juste partir. Reculez-vous !

Mais au lieu de lui obéir, il pressa délibérément sa poitrine contre la pointe de la dague, arrachant à Chloé un petit cri de surprise. Elle avait nettement senti la peau céder au bout de la lame. Les lèvres de Dageus se retroussèrent en un sourire cruel. Elle était certaine de l'avoir blessé malgré elle, et cette certitude lui donnait la nausée.

— Tuez-moi ou lâchez cette arme ! reprit-il sur un ton qui prouvait qu'il ne plaisantait pas.

Chloé plongea son regard dans ces yeux dorés qui brillaient d'un éclat farouche. Soudain, elle crut les voir s'assombrir, se mêler d'ombres changeantes, passer de la couleur de l'ambre à celle du cuivre. Bien sûr, songea-t-elle pour se rassurer, ce ne pouvait être qu'une illusion, l'effet du stress qu'elle subissait. L'instant était dramatique, lourd d'un danger potentiel. Mais plus étrange et plus pénible encore était l'impression qu'ils n'étaient plus seuls, que quelque chose d'ancien, de très puissant et de très froid se dressait entre eux. À moins que la détermination qui se lisait dans les yeux de Dageus n'ait suffi à lui donner cette impression ?

Chloé écarta ces absurdités de son esprit. L'essentiel était qu'il semblait décidé à se sacrifier plutôt que de la laisser s'enfuir. Naturellement, jamais elle ne pourrait le tuer. Elle qui répugnait déjà à écraser un moustique n'aurait pour rien au monde voulu la mort de Dageus McKeltar, même s'il la retenait captive, même s'il n'était qu'un voleur, beau comme un ange tombé du ciel et amoral comme un bandit qui se jouait des lois pour se procurer ce dont il avait besoin.

Lorsqu'elle capitula finalement en abaissant la pointe de sa dague vers le sol, il effectua devant elle un mouvement si rapide qu'elle vit ses mains se mouvoir dans un brouillard confus. Avec un petit cri, elle lâcha sa dague, qui percuta le dallage dans un grand bruit métallique. L'instant d'après, l'éclat argenté d'un poignard lui passa devant les yeux et finit planté dans la porte, à deux doigts de son oreille.

— C'est pour vous, commenta-t-il, comme si de rien n'était. Je vous l'offre.

Encore tétanisée par la peur, Chloé tourna lentement les yeux vers l'arme fichée dans le panneau en bois.

— P... pardon ? bégaya-t-elle d'une voix faible.

— Ce poignard. C'est un authentique *skean dhu* du XIVᵉ siècle. Il est à vous.

Stupéfaite, Chloé leva la tête vers lui. Appuyé des deux mains contre la porte, il la dominait de tout son corps, mais elle savait qu'elle n'avait plus rien à craindre de lui. Ce poignard fiché à quelques centimètres de son visage, il le conservait caché sur lui et aurait pu s'en servir contre elle à tout moment. Mais il ne l'avait pas fait.

— Vous adorez les antiquités celtiques, n'est-ce pas ?

Incapable de parler, Chloé hocha la tête.

— Alors, allez-y, prenez-le.

Dageus venait de baisser les bras et de reculer d'un pas. Non sans mal, Chloé tira des deux mains sur le poignard, qui sortit du bois avec un bruit mat. Émerveillée, elle caressa le manche serti d'émeraudes et de rubis, puis éprouva du doigt la lame la plus fine qu'elle eût jamais vue sur ce genre d'arme.

— Ce *skean dhu* est une pièce unique ! s'exclama-t-elle. Il est en parfait état de conservation... Sa lame n'est même pas ébréchée ! Tom en donnerait une fortune...

— Il m'appartient, commenta sobrement Dageus. Ce sont les armoiries des Keltar que vous voyez là, sur le manche. Je vous l'offre. Vous l'emporterez quand vous partirez, au cas où vous perdriez votre emploi.

Sans autre commentaire, il tourna les talons et retourna s'asseoir sur le canapé. Le plus tranquillement du monde, il reprit l'étude du *Midhe Codex*. Chloé demeura figée près de la porte. Il ne l'avait pas verrouillée, et il lui aurait suffi de l'ouvrir et de se mettre à courir pour espérer lui échapper. Pourtant, elle n'en éprouvait plus le besoin. Par ses actes, il venait de lui démontrer mieux que par des mots qu'il n'avait pas l'intention de lui faire du mal.

Qui plus est, il lui mettait entre les mains un petit bijou qu'elle n'aurait même jamais rêvé de posséder. Les doigts de Chloé se refermèrent sur le manche de l'arme. Elle aurait dû refuser. Ou, du moins, protester poliment. Et elle n'allait pas tarder à le faire. D'un moment à l'autre.

Mais quelques minutes plus tard, il n'était toujours sorti aucun son de sa bouche, et elle dut se résoudre à admettre que certaines choses lui étaient humainement impossibles. Le Fantôme Celte lui offrait une prime, un cadeau de prix en échange de son silence et de sa coopération. Cela ne pouvait que poser un cas de conscience à une femme honnête telle que Chloé, mais le dilemme fut de courte durée...

Après avoir remis la dague dans son fourreau, elle empocha négligemment le *skean dhu* et se dirigea vers la buanderie.

— Mes affaires doivent être sèches, à présent, annonça-t-elle d'une voix neutre. Je vais m'habiller.

S'il ne lui avait pas tourné le dos, elle aurait pu voir un sourire triomphant illuminer le visage de l'homme qui venait d'acheter en douceur sa parfaite et docile coopération.

— Dageus chéri, tu me manques, j'ai tant besoin de toi. Je meurs sans toi.

Il y eut une pause.

— Appelle-moi. C'est Katherine.

La voix venait à peine de se taire lorsque Dageus pénétra dans la pièce. Pendant qu'il baissait le son du répondeur, son regard croisa celui de Chloé.

— Dageus chéri, je meurs sans toi... fit-elle d'un ton moqueur.

Elle était irritée, sans trop savoir pourquoi. Alors qu'elle était là, dans le salon, à faire défiler sous ses yeux éblouis les pages du *Midhe Codex*, il avait fallu que cette femme vienne troubler sa félicité avec ses roucoulades. Naturellement, la nature de ses relations avec Dageus ne prêtait pas à confusion et la laissait indifférente. Qu'il fût un coureur de jupons n'était pas une découverte pour elle.

Avec un sourire bien trop éblouissant pour sa tranquillité d'esprit, Dageus haussa les épaules.

— Que voulez-vous, *lass* ? Je ne suis qu'un homme.

Sur ce, il tourna les talons et regagna la cuisine, où il préparait leur dîner. Chloé s'efforça de reporter son attention sur sa lecture, mais le charme n'opérait plus.

— Êtes-vous né en Écosse ? demanda Chloé en repoussant avec un soupir de satisfaction son assiette devant elle.

Celui qu'elle devait à présent considérer comme son hôte venait de lui offrir un nouvel échantillon de ses talents culinaires – steaks Aberdeen Angus accompagnés d'une sauce au vin et aux champignons, jeunes pommes de terre rouges à la ciboulette, salade et pain croustillant tartiné de beurre au miel, vin pour elle, scotch Macallan pour lui.

— *Aye*, répondit-il, laconique. Dans les Highlands, près d'Inverness. Et vous, d'où êtes-vous originaire ?

— D'Indianapolis. Mais mes parents sont morts dans un accident de voiture lorsque j'avais quatre ans, et je suis partie pour le Kansas, où mon grand-père m'a élevée.

— Désolé.

En l'entendant, Chloé comprit que ce mot n'était pas dans sa bouche qu'une simple formule.

— Ce sang écossais qui coule dans vos veines, reprit-il, à qui le devez-vous ?

— À mon grand-père, expliqua-t-elle avec un sourire nostalgique, Evan MacGregor, l'Écossais le plus fier de ses origines à avoir jamais vécu dans ce pays. Et vous ? Qu'en est-il de votre famille ?

Un éclair de tristesse voila le regard de Dageus, mais si brièvement qu'elle ne fut pas sûre de ne pas l'avoir imaginé.

— Mon père et ma mère sont morts. Il me reste un frère.

Sans rien ajouter, il se leva brusquement, rassembla les plats et les assiettes et les porta à la cuisine. Intriguée par sa réticence manifeste à parler de sa famille, Chloé se promit de revenir sur le sujet. Mais à son retour, il la prit de court en plaçant un petit verre en cristal empli d'un vin rouge sang dans l'une de ses mains et un cigare dans l'autre.

— Qu'est-ce que c'est que ça ? s'étonna-t-elle en battant des paupières.

— Le meilleur cigare qui se puisse acheter et un verre d'un porto aussi rare que délicieux.

— Ah ! Et... que pensez-vous que je puisse en faire ?

— Les apprécier, tout simplement, répondit-il avec son plus charmant sourire.

Chloé fit rouler avec curiosité le cigare entre ses doigts. Elle n'avait jamais fumé, n'en avait même jamais eu envie. Mais s'il était un moment rêvé pour tenter de nouvelles expériences, c'était bien celui-ci, alors qu'elle se trouvait en compagnie d'un homme qui se fichait des convenances comme de sa première chemise. En fait, réalisa-t-elle, bien qu'elle fût prisonnière de cet appartement, elle ne s'était jamais sentie aussi libre qu'avec Dageus McKeltar.

— Vous n'avez pas besoin d'avaler la fumée, expliqua-t-il en s'accroupissant près d'elle. Je veux juste vous faire expérimenter la combinaison de la douceur du porto et de la saveur âcre de la fumée de cigare sur votre langue.

Sans attendre, il enflamma une allumette et la lui tendit.

— J'ai l'impression de faire quelque chose d'interdit, commenta-t-elle en rejetant la première bouffée.

Cela le fit sourire, et Chloé rougit en songeant à l'intensité avec laquelle il l'avait regardée téter le gros havane.

— Prenez une gorgée de porto, ordonna-t-il d'une voix suave, et laissez-la s'attarder un instant sur votre langue et votre palais.

Elle s'exécuta, et il reprit aussitôt :

— À présent, le cigare.

Chloé renouvela plusieurs fois l'opération, troublée par la saveur inédite qu'elle avait en bouche. Cela faisait longtemps qu'elle ne s'était pas sentie aussi vivante et insouciante. Elle se mit à rire et tourna la tête pour lui faire part de ses impressions, mais comme il s'était assis près d'elle, sur le canapé, ce furent ses lèvres que les siennes rencontrèrent.

Électrisée par ce baiser impromptu, Chloé sentit une chaleur inconnue d'elle la traverser. Dageus n'avait pas fumé, et sur ses lèvres, ce fut le goût du scotch qu'elle reconnut. Puis sa langue chaude et conquérante s'introduisit dans sa bouche, et elle eut l'impression que la terre vacillait. Elle ne se rendit même pas compte qu'il la débarrassait du verre de vin et du cigare. Pour ce qu'elle en savait, il avait tout aussi bien pu les jeter sur le sol.

— Chloé-*lass*... susurra-t-il en s'arrachant à ses lèvres. J'ai tant besoin de vous ! Ouvrez-vous à moi...

Il enfouit ses mains dans ses longs cheveux et l'embrassa avec plus de fougue encore. Soudain, le fait qu'il la retenait prisonnière, qu'il volait des livres, qu'il violait les lois n'eut plus aucune importance pour elle. Seule importait la sensation que lui procuraient cette langue habile, ces lèvres insatiables, qui la goûtaient et l'embrassaient comme elle ne l'avait jamais été. Les baisers légers succédaient aux explorations profondes, les morsures superficielles aux lentes glissades de ses lèvres contre les siennes. Avec une science érotique consommée, il mordillait, titillait, caressait sans retenue. Cet homme ne donnait pas de simples baisers : il prenait la bouche d'une femme comme on lui fait l'amour, la laissant meurtrie et ravie, brûlante et impatiente de recommencer.

Sous le pouvoir de ses lèvres diaboliques qui la faisaient gémir de plaisir, Chloé se sentait capable de tomber entre ses bras, abandonnée et soumise, comme nombre d'autres avant elle... comme cette Katherine, qui avait supplié Dageus sur son répondeur sans aucune pudeur et qu'il n'avait pas rappelée. Mais, contrairement à elle, Chloé savait qu'elle n'aurait pas la force de s'en remettre. Si elle se livrait à Dageus McKeltar, il se servirait d'elle avant de l'écarter d'un revers de main, comme il le faisait avec toutes les femmes qui commettaient l'erreur de succomber à son charme.

Alors, elle seule serait à blâmer, car elle savait déjà à quoi s'en tenir à son sujet. Et comment se sentirait-elle, une fois qu'il serait parvenu à ses fins et qu'il l'aurait négligemment rejetée ? Comme un vieux Kleenex usagé – voilà comment elle se sentirait.

— Stop ! parvint-elle à murmurer en le repoussant faiblement.

Cela ne suffit pas à l'arrêter. Ses mains glissèrent de ses cheveux jusqu'à sa poitrine, dont elles prirent possession. À travers le tissu du chemisier, ses pouces caressèrent les pointes de ses seins, qui se dressèrent instantanément. Chloé eut l'impression de se noyer. Cet homme était trop déterminé, trop puissant, trop viril. Si elle voulait vraiment l'arrêter, il lui fallait le faire sans attendre, car, d'ici peu, elle aurait perdu toute volonté de s'opposer à lui.

— Je vous en prie ! s'écria-t-elle en plaquant ses deux mains contre son torse pour le repousser. Arrêtez tout de suite.

Durant un interminable et sensuel instant, il maintint en otage sa lèvre supérieure entre ses dents, avant de se résoudre à mettre fin au baiser avec un grognement sourd. Les yeux flamboyants, le souffle aussi court que celui de Chloé, il garda le front posé contre le sien. Ce ne fut qu'à ce moment qu'elle se rendit compte que la température avait chuté dans la pièce. Une fenêtre venait sans doute de s'ouvrir quelque part, laissant pénétrer un courant d'air glacé.

Peu convaincue par cette explication, Chloé frissonna. Sa peau avait beau être brûlante, embrasée par la passion, ses cheveux se dressaient sur sa nuque et la chair de poule hérissait la peau de ses bras.

— Je ne vous ferai jamais de mal... dit-il d'une voix rauque, presque méconnaissable.

Peut-être pas physiquement, songea-t-elle, mais il y avait d'autres façons de souffrir. En l'espace de vingt-quatre heures, elle s'était lamentablement entichée d'un voleur. Elle s'était laissé fasciner par un don Juan qui, dès qu'il serait arrivé à ses fins avec elle, n'aurait de cesse de séduire une autre femme.

Chloé secoua la tête et se glissa jusqu'à l'autre bout du canapé, pressée de mettre le plus de distance possible entre eux. Accepter un pot-de-vin fastueux en dédommagement du tort qu'il lui causait était une chose. Courir de son plein gré à sa propre perte en était une autre.

— Je n'ai jamais ressenti un tel désir pour une femme, reprit-il à mi-voix.

Chloé haussa les épaules. Elle ne devait pas être la première à avoir droit à ce petit discours.

— Ne dites pas de bêtises, bougonna-t-elle. Vous me connaissez à peine.

— Je vous ai désirée dès l'instant où je vous ai aperçue dans la rue.

— Dans la rue ?

Étonnée, Chloé scruta intensément son visage. Le fait qu'il ait pu la remarquer à son insu avant qu'ils ne tombent l'un sur l'autre dans sa chambre lui paraissait incroyable.

— Nous nous sommes croisés à votre arrivée ici, précisa-t-il. J'étais dans un taxi garé de l'autre côté de la chaussée quand la voiture du musée vous a déposée. Dès que je vous ai vue, votre beauté m'a frappé, et je...

Il se tut brusquement et se renfrogna.

— Et vous ? demanda-t-elle timidement.

Un sourire amer se dessina sur les lèvres de Dageus. Du bout du pouce, il essuya la bouche de Chloé, encore sensible et humide de ses baisers.

— Et je me suis dit qu'une femme comme vous n'était pas faite pour moi.

Le désir qu'elle avait vu jusqu'à cet instant briller dans ses yeux s'éteignit soudain, remplacé par une expression si lointaine et si glaciale qu'elle en tressaillit. Il venait délibérément de briser le fragile contact qui s'était établi entre eux. Curieusement, Chloé se sentit trahie et humiliée.

— Venez, dit-il en se levant d'un bond du canapé. Il est temps d'aller au lit.

Avec un autre de ces sourires moqueurs qui n'atteignaient jamais ses yeux, il ajouta :

— Seule, puisque vous insistez.

— Pourquoi avez-vous pensé qu'une femme comme moi n'était pas faite pour vous ? demanda-t-elle en se levant à son tour.

Soudain, sans savoir pourquoi, il lui semblait fondamental qu'il accepte de le lui dire. Mais Dageus ne lui répondit pas et l'accompagna sans rien ajouter jusqu'à la salle de bains, où il lui remit des serviettes et lui proposa de se doucher. Mais après ce qui venait de se passer entre eux, Chloé ne se sentait pas suffisamment en confiance pour rester nue le temps d'une douche. Lorsqu'elle eut refermé la porte derrière elle, elle se contenta donc de se brosser les dents après une toilette rapide.

En ressortant, vêtue de son pyjama improvisé, elle le retrouva devant la porte. Il l'entraîna jusqu'à son lit, dans le but manifeste de l'y attacher de nouveau.

— Est-ce vraiment nécessaire ? protesta-t-elle en le regardant nouer le premier foulard.

— Ça ne l'est pas, si vous acceptez de dormir à mes côtés.

Pour toute réponse, elle lui tendit son deuxième poignet. Il y eut ensuite un interminable moment de flottement, durant lequel il se tint debout au pied du lit. Ils se jaugèrent du regard, et Chloé espéra qu'il ne lisait pas dans ses yeux le même désir qu'elle voyait briller au fond des siens. Elle le connaissait à peine, se trouvait à sa merci, mais elle le désirait du plus profond de son être, comme elle n'avait jamais désiré aucun homme, avec une force qui lui faisait peur. Et elle avait beau essayer de se convaincre du contraire, elle était certaine qu'il le savait aussi bien qu'elle.

Ce fut avec un intense soulagement qu'elle le vit tourner les talons et se diriger enfin vers la porte. En chemin, il lança par-dessus son épaule, d'un ton détaché :

— Si j'ai dit que vous n'étiez pas faite pour moi, c'est parce que vous êtes une femme fondamentalement bonne, *lass*. Alors que moi, je ne suis pas un homme bon.

Dageus garda un long moment la main posée sur la poignée de la porte, résistant à l'impérieux besoin de se ruer de nouveau dans la chambre pour prendre de force à Chloé ce qu'elle refusait de lui donner de son plein gré. Mais il n'aurait fait ainsi que précipiter leur perte à tous deux, songea-t-il pour se reprendre. En outre, cette nuit, il avait du pain sur la planche.

Ce fut au prix d'un effort surhumain qu'il parvint à gagner l'étage inférieur. La lutte qui l'opposait à ses ténèbres intérieures le faisait trembler de tous ses membres. Tout en se préparant, il se dit avec angoisse qu'il devenait de plus en plus difficile au fil des jours de discerner en lui ce qui relevait du travail de sape des Anciens ou de sa propre personnalité. Mais cette certitude nouvelle qu'il était un demi-dieu et que rien ne pouvait lui résister – même une femme qui n'était pas consentante – n'appartenait pas au véritable Dageus, il le savait.

En achevant d'enfiler son manteau, il jeta un dernier regard à l'escalier qui menait au second niveau du duplex. La femme qu'il s'interdisait d'aimer mais qu'il ne pouvait se permettre de relâcher y était en sécurité. Jamais elle ne saurait qu'il s'était absenté quelques heures. Avant de sortir, il monta le thermostat. Depuis qu'il habitait dans cet appartement, il y faisait décidément bien froid...

6

À son retour, Dageus était trop agité pour dormir. Le fait d'avoir eu recours à la magie n'y était sans doute pas pour rien. Le *féth fiada*, charme druidique qui rend invisible celui qui l'utilise, lui avait une nouvelle fois permis d'arriver à ses fins. Avant que les Anciens ne se glissent en lui, il ignorait jusqu'à l'existence d'un tel pouvoir. Mais à présent, leurs connaissances étaient siennes, et chaque fois qu'il s'en servait, il se faisait l'effet d'un homme assis au bord d'un gouffre, qu'il contemplait avec fascination et horreur. Le pire, c'était que l'abîme le fixait également de ses yeux cramoisis et malfaisants, guettant la moindre de ses faiblesses pour s'emparer de lui.

Il avait plus que jamais besoin de la tendresse, de la douceur, de la sauvage sensualité d'une femme, afin de se sentir un peu plus vivant, un peu moins inhumain. Bien sûr, il aurait pu aller sonner chez Katherine. Il savait qu'elle l'aurait accueilli à bras ouverts malgré l'heure tardive, et il aurait pu se perdre en elle jusqu'à se sentir de nouveau en vie et maître de lui-même. Mais Katherine n'était plus la femme qu'il lui fallait. La femme qu'il lui fallait dormait dans son lit, un étage au-dessus de lui...

Rien n'aurait été plus facile que de monter les marches quatre à quatre, tout en se déshabillant, d'aller s'allonger sur ce corps tentateur qu'il avait ligoté à son lit. Il se savait capable de rendre Chloé folle de lui, de l'amener à le supplier de lui faire l'amour. Sans doute ne se laisserait-elle pas faire dans un premier temps, mais il connaissait les caresses qui amènent une femme à surmonter toutes ses réticences.

Quand il se retrouva dans l'escalier, le souffle oppressé, le pull à moitié passé au-dessus de sa tête, Dageus gémit et se força à respirer à fond pour se reprendre. S'il se laissait aller à la rejoindre dans l'état où il se trouvait, il ne pourrait que lui faire du mal. Il était trop affamé, trop à cran pour qu'il en soit autrement.

En grinçant des dents, il remit son pull et s'accrocha fermement à la rampe pour redescendre. Pour se calmer, il alla se plaquer contre la froide surface vitrée du salon et observa les lumières nocturnes de Central Park. Mais par deux fois encore, il se surprit à gravir l'escalier. Et par deux fois, non sans mal, il parvint à résister.

En désespoir de cause, il se laissa tomber sur le sol et s'infligea une interminable série de pompes, jusqu'à ce que son corps en sueur demande merci. Pour détourner ses pensées de leur obsession, il récita par cœur des chapitres entiers de l'histoire de son clan, compta à rebours en latin, puis en grec, et pour finir en des langues plus obscures et plus difficiles.

Enfin, au terme de tous ces efforts, il sentit qu'il avait repris le contrôle de lui-même – du moins autant que cela lui était possible sans faire l'amour.

Pour achever de retrouver son sang-froid, il alla prendre l'air sur la terrasse.

Savoir qu'il venait de remporter une nouvelle victoire sur ses hôtes indésirables le galvanisait. À n'en pas douter, c'étaient leurs voix haïssables qui avaient insinué en lui la tentation à laquelle il avait failli succomber – « Force-la ! Qu'attends-tu ? Tu pourrais même l'amener à aimer cela... » Il ne leur suffisait plus de le pousser sournoisement à utiliser la magie contre son gré, ils visaient aussi à le faire agir contre sa conscience. Or, rien n'aurait pu le déshonorer autant que de violer Chloé.

Accoudé à la rambarde humide de pluie, il contempla la ville qui s'étendait à ses pieds, jamais tout à fait tranquille, encore bourdonnante d'activité à 4 heures du matin. Le temps était incertain, comme il l'était depuis des jours, fluctuant d'heure en heure entre éclaircies et ondées, entre hausses et baisses brutales de température. De nouveau, il faisait presque bon, mais le fin crachin qui tombait pouvait très bien tourner à l'averse de neige avant midi. Comme pour se mettre au diapason de sa bataille intérieure, songea-t-il, le printemps faisait la course pour battre l'hiver de vitesse. Mais contrairement à la saison nouvelle, lui n'était pas assuré de remporter la victoire...

Avec un soupir, Dageus décida de s'accorder encore un moment de répit, jusqu'au lever du soleil, avant d'aller se replonger dans le troisième *Livre de Manannán*. Une fois cette tâche achevée, il pourrait partir. Il avait peu d'espoir cependant de trouver ce qu'il cherchait dans ce tome. L'ouvrage comptait autrefois cinq volumes, mais il n'en restait que les trois premiers. Les livres un et deux, qu'il avait déjà lus, rapportaient les légendes relatives aux dieux d'Irlande avant l'arrivée des Tuatha Dé Danaan. Le livre trois relatait leur rencontre avec la première vague d'envahisseurs venus peupler l'île. Au rythme où se déroulait l'épopée, il était à craindre que rien d'intéressant pour lui ne survienne avant le livre cinq, qui n'existait plus, peut-être, que dans un endroit au monde : la bibliothèque du clan Keltar.

Que cette perspective lui plaise ou non, il devait donc se préparer à retourner chez lui et à y affronter ce frère qu'il redoutait tant de rencontrer. Il avait déjà perdu trop de temps à essayer de se tirer d'affaire par lui-même, et le temps était une denrée de plus en plus rare pour lui.

Quant à Chloé Zanders, il était à présent trop las pour continuer à se mentir : elle était sienne et devrait bien se résoudre à le suivre. Pour adoucir son sort, il tenterait de la convaincre en faisant appel à son amour immodéré pour tout ce qui touchait au monde celtique. Mais si cela ne suffisait pas...

Si cela ne suffisait pas, il était déterminé à employer tous les moyens qui se révéleraient nécessaire. Une seule idée l'habitait : maintenant qu'il l'avait trouvée, elle ne le quitterait plus.

Debout sous la douche à jets multiples – trois à gauche, trois à droite, un au-dessus de sa tête –, Chloé soupirait de plaisir. Au matin, elle s'était réveillée dans la peau d'une icône *grunge* et avait décidé de se laver coûte que coûte, même s'il lui fallait pour cela le faire sous le regard de son hôte. Dageus avait dû lire dans ses pensées, car avant qu'elle ne s'enferme dans la salle de bains, il lui avait tendu une chaise, qu'elle avait fermement coincée sous la poignée de la porte.

Elle se sentait d'autant moins rassurée qu'elle avait passé une partie de la nuit à se débattre dans un cauchemar où il surgissait dans sa chambre pour la violer. « Je ne suis pas un homme bon », lui avait-il avoué. Depuis, cette phrase ne cessait de trotter dans son esprit.

Chloé était assez tentée de le croire. Il n'était pas un homme bon, mais un homme qui vivait selon ses propres règles. Il volait le bien d'autrui – même s'il se targuait de rendre le fruit de ses larcins après usage et ne dérobait que ce qui l'intéressait. Il la retenait prisonnière – même s'il lui cuisinait de succulents repas et l'avait dédommagée en lui offrant un inestimable *skean dhu*. Au pire, il était un criminel ; au mieux, un homme qui évoluait aux marges du monde civilisé. Mais puisqu'elle avait accepté son « cadeau » sans protester, ne se retrouvait-elle pas désormais elle aussi dans ces mêmes marges ? Par ailleurs, elle avait du mal à le prendre tout à fait au sérieux. S'il avait été véritablement mauvais, le lui aurait-il avoué ? Aurait-il cessé de l'embrasser quand elle le lui avait demandé ?

Dageus McKeltar demeurait une énigme pour elle. La décoration de son appartement avait beau être résolument contemporaine, son comportement n'était pas exempt de manières étrangement surannées. Sa façon de parler, bien que moderne, se teintait de temps à autre d'un formalisme curieux, émaillé d'archaïsmes gaéliques. Chloé avait parfois l'impression d'entrevoir qui il était vraiment, sans jamais parvenir à mettre le doigt dessus. Quant à ses yeux, ils avaient décidément quelque chose d'étrange.

Elle était peut-être une fille de la campagne, mais elle n'était pas totalement naïve. Cet homme était dangereux. Il aurait fallu qu'elle soit morte pour ne pas le comprendre. Le danger semblait sourdre de ses pores aussi généreusement que la testostérone... Pourtant, il paraissait avoir à cœur de le maîtriser au prix d'une contraignante discipline. Sans cacher son désir pour elle, pas une fois il n'avait abusé de la situation. Certes, il aurait été hasardeux d'en tirer la moindre conclusion. Peut-être, après avoir goûté à tant de conquêtes faciles, appréciait-il qu'une femme lui résiste.

Eh bien, s'il aimait cela, conclut-elle, il allait être servi. Car elle avait beau être intriguée par lui – et sans doute même séduite –, elle n'était pas prête à rejoindre la cohorte de femmes qui n'avaient fait qu'un bref passage dans son lit.

Sur cette bonne résolution, Chloé se lava les cheveux deux fois et se savonna abondamment. Il ne lui était jamais arrivé de rester deux jours sans prendre de douche, et elle demeura sous le jet relaxant jusqu'à ce qu'elle se sente parfaitement propre et récurée. Ensuite, drapée dans une sortie de bain moelleuse à souhait, elle déplaça la chaise, ouvrit la porte... et resta bouche bée en découvrant ce qui l'attendait dans la chambre.

La moitié de sa garde-robe se trouvait sur le lit, en piles très soigneusement rangées. Ses vêtements avaient même été rassemblés en « tenues » complètes, comme si celui qui les avait déposés là les avait choisis en les imaginant sur elle. Il avait même pris la peine de joindre quelques livres. Au sommet de la pile, elle remarqua *The Highlander's*

Touch[1], un de ses romans sentimentaux favoris. Elle porta la main à sa bouche pour étouffer son rire. Dageus McKeltar était décidément incorrigible s'il s'imaginait pouvoir l'attendrir à coups de rêveries sensuelles et romantiques.

À l'étage inférieur, elle pouvait l'entendre discuter au téléphone de sa voix rocailleuse à l'accent si typique, tandis que montait dans l'escalier la délicieuse odeur du café et des *scones* fraîchement sortis du four. Sans doute aurait-elle dû lui en vouloir de s'être introduit de nuit chez elle pour fouiller ses tiroirs. Mais curieusement, peut-être parce qu'il l'avait fait avec tant d'élégance et de délicate attention, elle en était charmée et émue.

Malgré les bonnes dispositions dans lesquelles se trouvait Chloé, Dageus lui adressa à peine la parole. Il semblait d'humeur boudeuse. Distant et morose, il restait avec elle d'une politesse parfaite mais paraissait en permanence sous pression, plus que jamais sous le joug de cette discipline de fer qu'il s'imposait.

Ses yeux brillaient de nouveau d'un éclat étrange. Elle se demanda s'ils pouvaient varier de couleur en fonction de l'éclairage. Parfois noisette, il leur arrivait de passer du vert bleuté au brun verdâtre. Ils n'avaient plus en tout cas cette belle couleur ambre qu'elle leur avait connue. La plupart du temps, ils avaient la teinte du cuivre foncé.

Après sa douche, perchée sur le plan de travail de la cuisine, elle le regarda mettre la dernière

1. Troisième roman de Karen Marie Moning, inédit en français (*N.d.T.*).

main à leur petit déjeuner. Pour la première fois, l'occasion lui était donnée de le voir de dos, ce qui lui permit de prendre pleinement conscience de l'extraordinaire longueur de ses cheveux. Ils étaient repliés et rassemblés par un lien de cuir, mais elle estima que, dénoués, ils devaient lui arriver à la taille. Cela lui ressemblait bien, songea-t-elle, de les conserver aussi méticuleusement noués tant que l'envie ne lui prenait pas de les libérer.

Perturbée par son mutisme, elle tenta à plusieurs reprises d'engager la conversation, mais ne récolta pour fruit de ses efforts que quelques monosyllabes et grognements. Finalement, découragée, elle renonça, et ce fut dans un silence presque religieux qu'ils passèrent l'après-midi à lire. Pendant que Chloé consultait le *Midhe Codex* en tournant les pages avec des mouchoirs en papier, Dageus prenait furieusement des notes puisées dans le troisième *Livre de Manannán*. À 17 heures, n'y tenant plus, elle se leva et alla allumer négligemment le téléviseur.

Elle tomba sur un bulletin d'informations en cours et haussa le son quand elle comprit de quoi il était question.

— ... tard cette nuit que le Fantôme Celte a frappé une nouvelle fois, du moins selon la police. L'audace de cette action, ainsi que ses motivations, laissent les enquêteurs abasourdis. C'est en effet aux petites heures du jour que toutes les antiquités précédemment dérobées par le célèbre cambrioleur ont été découvertes entreposées sur un bureau du plus important commissariat de New York. Une fois de plus, nul n'a rien vu ni entendu, et surtout pas nos fins limiers, dont on peut se demander si...

Indifférente à la suite du commentaire, Chloé retourna s'asseoir sur le canapé. À travers la pièce, elle contempla un long moment Dageus, qui soutint son regard.

— Ainsi, vous l'avez vraiment fait... murmura-t-elle enfin. Je n'arrive pas à y croire.

— Vous me prenez pour un menteur ? Je vous avais dit que je le ferais.

Chloé hocha distraitement la tête, perdue dans ses pensées. Soudain, une évidence la frappa, qu'elle ne put s'empêcher de formuler à haute voix.

— Alors, cela veut dire que vous devez partir bientôt.

Il se contenta de hocher la tête, le visage impassible, et Chloé se réfugia dans la contemplation de ses ongles pour masquer la déception qui venait de fondre sur elle.

— Je vois... marmonna-t-elle vaguement.

Dageus ne répondit pas, mais son sourire de triomphe, qu'elle ne vit pas, valait tous les cris de victoire.

Quarante-trois étages plus bas, au pied de l'immeuble où résidait Dageus, sur un trottoir encombré de banlieusards pressés de rentrer chez eux après leur journée de travail, un homme se frayait un chemin dans la foule pour en rejoindre un autre. Après s'être salués, ils trouvèrent un abri discret près d'un kiosque à journaux. Bien qu'ils se fondissent dans la masse grâce à leurs luxueux costumes sombres et leurs traits aussi quelconques que leurs coupes de cheveux, ils se distinguaient par le tatouage de serpent ailé dont l'extrémité dépassait du col de leur chemise.

— Il est là-haut. Avec une femme.

Personne ne prêtait attention à eux, mais Giles avait parlé à voix basse, en lançant autour de lui des regards soupçonneux. Il avait pu louer à prix d'or un appartement situé presque en face de celui de Dageus McKeltar, et il venait de passer une heure à observer aux jumelles celui-ci et sa nouvelle conquête.

— Quel est ton plan ? demanda Trevor, son compagnon.

— Nous attendons ici jusqu'à ce qu'il s'en aille. Avec un peu de chance, il la laissera chez lui. Nos ordres sont de lui compliquer la vie, de le forcer à user de ses pouvoirs pour survivre.

— Comment ?

— Nous allons faire de lui un fugitif traqué par la police. La présence de cette femme nous facilite les choses. Dès qu'elle sera seule, je m'introduirai dans l'appartement, je lui réglerai son compte, j'alerterai la police – anonymement, bien sûr – et j'arrangerai la scène du crime et le cadavre de manière à ce qu'il soit clair pour tout le monde que notre homme est un tueur psychopathe. Si, dans l'heure qui suit, tous les flics de cette ville ne se retrouvent pas pendus à ses basques, c'est à n'y rien comprendre... Simon est convaincu qu'il ne se laissera pas emprisonner.

Un rire sans joie ponctua cet exposé sinistre avant que Giles ne conclue :

— Mais même s'il devait l'être, cela servirait notre cause. Je suis persuadé qu'un petit séjour dans une prison fédérale accélérerait la transformation.

Trevor acquiesça d'un hochement de tête et demanda :

— Et moi ?

— Tu attends ici. Monter à deux serait trop risqué. Il ne connaît pas notre existence et ne doit pas la connaître. Si quelque chose tourne mal, préviens Simon immédiatement.

Trevor hocha une nouvelle fois la tête, et ils se séparèrent pour guetter chacun de leur côté la sortie de Dageus McKeltar. Ils étaient l'un comme l'autre des hommes patients. Ils avaient attendu ce moment toute leur vie. Ils étaient les élus, les bienheureux nés à temps pour voir la prophétie se réaliser. Ils avaient voué leur existence à la renaissance promise du Draghar, et ils étaient disposés à se sacrifier pour lui.

7

Un coursier d'une agence de voyages apporta une épaisse enveloppe à Dageus un peu avant qu'une équipe de chez Jean Georges ne vienne livrer leur dîner. Chloé osait à peine imaginer le prix d'une telle folie – elle ignorait même que Jean Georges livrait à domicile –, mais elle supposait que quelqu'un d'aussi riche que semblait l'être son hôte pouvait se passer à peu près toutes ses fantaisies.

Pendant qu'ils mangeaient dans le salon devant la cheminée, Dageus ne cessa pas de travailler sur le livre qui avait initialement amené Chloé à le rencontrer. Sur la table basse reposait, toujours cachetée, l'enveloppe aux armes de l'agence de voyages. Un peu plus tôt dans la soirée, elle avait profité de ce qu'il était dans la cuisine non pas pour l'ouvrir, mais pour jeter un coup d'œil aux notes qu'il avait prises tout l'après-midi. Il lui était rapidement apparu qu'il traduisait et copiait tout ce qui avait trait aux Tuatha Dé Danaan, une des races mythiques qui avaient selon la légende débarqué en Irlande aux premiers temps du peuplement de l'île. Il avait également griffonné quelques questions qu'il se posait sur la nature du

Draghar, ainsi que divers commentaires sur les pouvoirs des druides.

Grâce à ses études et aux contes celtiques que lui avait racontés autrefois son grand-père, Chloé possédait suffisamment de connaissances pour ne pas se noyer dans ce fatras. À l'exception de ce mystérieux Draghar, il n'y avait rien là qu'elle n'eût appris ou lu précédemment. Mais plusieurs de ces notes étaient rédigées dans des langues qu'elle ne connaissait pas, ce qui suscitait en elle un malaise atténué par une bonne dose de curiosité. En remontant jusqu'au sumérien, les langues mortes n'avaient pas de secrets pour elle. En général, il lui était possible, à partir de quelques lignes d'une écriture, d'en situer l'époque et la région d'origine. Hélas, ce n'était pas le cas des commentaires que Dageus avait écrits dans ces langues énigmatiques.

Que diable Dageus McKeltar cherchait-il avec une telle opiniâtreté ? se demanda Chloé en repoussant son assiette vide devant elle. Chaque nouvelle bribe d'information qu'elle découvrait à son sujet ne faisait qu'attiser l'étonnement admiratif qu'il lui inspirait. Doté d'un physique et d'une fortune à faire pâlir d'envie n'importe quel homme, il était aussi d'une intelligence au-dessus de la moyenne et d'une culture hors du commun. Elle n'avait jamais rencontré personne d'aussi fascinant, mais au fond, que savait-elle de lui ? Qui était-il vraiment ?

Désignant du regard le gros volume ouvert devant lui, elle demanda de but en blanc :

— Allez-vous enfin me dire ce que vous cherchez là-dedans ?

Lentement, il leva les yeux, et Chloé se sentit rougir. Tout au long de la journée, quand il ne l'avait pas ignorée avec ostentation, son regard avait été rempli d'un désir sans fard dont elle n'aurait pu prétendre qu'il la laissait de marbre. Une seule de ses œillades se révélait plus efficace et plus brûlante que le plus corsé des aphrodisiaques. Pas étonnant que cet homme fût un bourreau des cœurs ! songea-t-elle. Sous ses yeux, elle avait l'impression d'être la femme la plus belle et la plus désirable au monde. Comment n'aurait-elle pas pu se sentir prête à tout quand il la regardait ainsi ? D'autant plus qu'il lui avait signifié on ne peut plus clairement ses intentions à son égard. Mais il avait aussi reconnu être sur le départ. La conjonction de ces deux évidences rendait toute tentation de lui céder presque suicidaire.

— Alors ? insista-t-elle vivement. Auriez-vous perdu votre langue habituellement si bien pendue ?

Chloé se sentait furieuse contre elle-même de se montrer si faible et si sensible à son charme, et furieuse contre lui d'être si diaboliquement séduisant.

Avant de lui répondre, Dageus haussa ses sourcils noirs et l'enveloppa d'un regard si caressant qu'elle sentit ses joues s'empourprer de nouveau.

— Et si je vous disais que je cherche le moyen de lever une malédiction mortelle et très ancienne ?

Chloé laissa fuser un rire grinçant. Il ne pouvait être sérieux. Sorts et malédictions appartenaient au monde des légendes, tout comme les Tuatha Dé Danaan. Et pourtant...

Et pourtant, son grand-père, lui, y avait cru. Selon lui, tout mythe, toute légende contenait toujours une part de vérité. Mais sa formation scientifique incitait Chloé au doute et à la prudence. Le contenu originel de ces mythes était à jamais perdu. D'abord répétés de génération en génération par des bardes qui en adaptaient le contenu au gré de leur fantaisie ou de leur public, ils avaient été ensuite rassemblés et écrits, subissant au passage les « arrangements » destinés à les édulcorer pour qu'ils cadrent avec les critères politiques et religieux en vigueur. Tout historien sérieux ne pouvait qu'admettre les limites de sa science. Se faire une idée précise d'une époque en se basant sur de rares et fragiles témoignages qui avaient traversé les siècles revenait à tenter de cartographier le Sahara à partir d'une poignée de sable.

— Vous croyez vraiment à tout ça ? reprit-elle en agitant la main vers les textes rassemblés sur la table basse.

Le plus tranquillement du monde, Dageus répondit :

— Oui, pourquoi ? Pas vous ?

Chloé émit un claquement de langue agacé.

— Comment un homme aussi intelligent que vous peut-il prendre pour argent comptant un ramassis de contes médiévaux ? Vous allez sans doute me dire aussi que les Tuatha Dé Danaan ont réellement existé ?

— Et comment ! s'écria-t-il avec un sourire amer. Même s'il fut un temps où je n'y croyais pas.

Il s'était exprimé avec le fatalisme d'un homme qui parle d'expérience, comme s'il avait quelque raison personnelle de croire à ce qu'il avançait.

— Qu'est-ce qui vous permet d'être si catégorique ?

Pour toute réponse, il haussa les épaules et fit mine de s'absorber de nouveau dans sa lecture.

— OK, admettons, s'empressa-t-elle d'ajouter. Vous parliez d'une malédiction, tout à l'heure. De quoi s'agit-il ?

Chloé ne pouvait se résoudre à le laisser couper court à cette conversation, si surréaliste pût-elle paraître. Les légendes qui retenaient l'attention de Dageus avaient peuplé ses rêves depuis son enfance et avaient orienté jusqu'à son choix de carrière. Avec lui, elle avait l'impression de renouer avec les excitantes soirées au coin du feu au cours desquelles son grand-père avait ouvert son esprit aux complexités du monde réel et surnaturel.

Sans lui répondre, Dageus contempla d'un air songeur le feu qui crépitait dans l'âtre.

— Allez, ne vous faites pas prier, insista-t-elle. Je vous jure que je n'en parlerai à personne. De toute façon, quelle importance cela peut-il avoir, puisque vous partez ?

— Et si je vous disais que c'est moi qui suis maudit ? demanda-t-il d'une voix rêveuse.

Chloé engloba du regard le décor luxueux qui les entourait.

— Je vous répondrais qu'un tas de gens aimeraient être aussi maudits que vous.

— Vous voyez ? conclut-il d'un ton résigné. Vous n'êtes pas prête à entendre la vérité. Jamais vous ne me croiriez.

Un sourire sans joie ponctua sa réponse.

— Essayez toujours, répliqua-t-elle en croisant les bras sur sa poitrine.

— Et si je vous disais que je suis un druide venu d'une époque très éloignée ?

Cette fois, Chloé ne put réprimer son exaspération.

— Si vous ne tenez pas à discuter, dites-le franchement, mais épargnez-moi ces sornettes !

— Et si je vous disais, poursuivit-il cependant, que je cesse d'être maudit lorsque je vous embrasse, que seuls vos baisers peuvent peut-être me sauver ? Me croiriez-vous ?

Chloé ouvrit la bouche, mais aucun son n'en sortit. Tenter de lui faire croire qu'il était un druide venu du passé qu'elle seule pouvait sauver d'une sombre malédiction était parfaitement ridicule... mais délicieusement romantique. Avec une bonne dose de mauvaise foi, elle maugréa :

— Vous avez raison. Jamais je ne pourrais croire ça.

Satisfait de sa démonstration, Dageus retourna sans plus attendre à sa lecture. Frustrée, Chloé croisa les jambes et agita impatiemment le pied. Elle était déterminée à en rester là, mais son regard revenait obstinément se fixer sur l'enveloppe de l'agence de voyages. À sa grande honte, elle s'entendit finalement demander d'un ton acerbe :

— Quand partez-vous, exactement ?

— Demain soir, répondit-il sans la regarder.

Chloé écarquilla les yeux, effarée d'apprendre que son aventure touchait à sa fin. Bien qu'elle eût essayé de lui échapper la veille, sa prochaine libération ne lui paraissait soudain plus aussi désirable. Quel goût pourrait avoir la liberté si elle devait ne plus jamais le revoir ?

Elle devinait déjà ce qui allait se passer. Il disparaîtrait de son existence sans un remords ni un regard en arrière, et elle retournerait à la sienne. Elle reprendrait son travail au musée – jamais Tom ne la licencierait pour une absence de quelques jours, et elle trouverait bien une excuse pour se justifier. Chaque pièce d'antiquité celtique qui lui passerait entre les mains lui rappellerait Dageus McKeltar. La nuit, lorsqu'elle ne trouverait pas le sommeil et se retournerait dans son lit solitaire, elle se demanderait sans fin ce qui serait arrivé si elle lui avait cédé.

Plus jamais on ne lui servirait de dîners fins au coin du feu dans un somptueux duplex de la Cinquième Avenue. Plus aucun homme ne la regarderait comme le Fantôme Celte avait su le faire. Bien vite, sa vie reprendrait son habituelle, épuisante et morne cadence. Combien de temps lui faudrait-il pour oublier qu'il lui était arrivé de se sentir si intrépide et si intensément vivante ?

— Reviendrez-vous à Manhattan ? s'enquit-elle d'une petite voix timide.

— Non.

— Jamais ?

— Jamais.

Un soupir échappa à Chloé. Elle se mit à enrouler nerveusement une mèche autour de son doigt, avant de se décider à lancer :

— Oubliez ce que je viens de dire et expliquez-moi en quoi vous êtes maudit.

— M'aideriez-vous, si vous parveniez à croire que je le suis ?

Il avait enfin levé les yeux et soutenait son regard avec une étrange ferveur, comme si sa vie dépendait de la réponse qu'elle allait lui donner.

— Oui, répondit-elle spontanément. Sans aucun doute.

Avec stupeur, elle découvrit que c'était vrai. Elle n'approuvait pas ses méthodes, il y avait nombre de choses à son sujet qu'elle ignorait ou ne comprenait pas, mais si elle pouvait faire quelque chose pour lui venir en aide, elle n'hésiterait pas. Tout simplement parce qu'elle ne supportait pas l'idée de le voir souffrir.

— En dépit de ce que je vous ai fait ? insista-t-il.

Chloé haussa les épaules.

— Je n'ai pas eu à me plaindre de la façon dont vous m'avez traitée.

Sans parler du *skean dhu* qu'il lui avait offert, ajouta-t-elle pour elle-même. Allait-il vraiment lui permettre de le conserver ? Elle s'apprêtait à lui poser la question lorsqu'il tendit le bras, saisit l'enveloppe sur la table basse et la lui donna.

— Dans ce cas, conclut-il avec détermination, venez avec moi.

Chloé attrapa l'enveloppe. Le cœur battant, pensant avoir mal entendu, elle demanda :

— Pardon ? Qu'avez-vous dit ?

Dageus hocha la tête avec un sourire indulgent.

— Ouvrez-la. Vous comprendrez.

Les doigts tremblants, Chloé sortit de l'enveloppe deux billets d'avion. Le premier était au nom de Dageus McKeltar... et le second à celui de Chloé Zanders. Départ le lendemain, 19 heures, atterrissage à Londres pour une courte correspondance, terminus Inverness, en Écosse. Sous le coup de l'émotion, elle faillit crier de joie. Moins de quarante-huit heures plus tard, elle pourrait, si elle le désirait, fouler la terre de ses ancêtres, qu'elle avait toujours voulu connaître.

Elle ouvrit et referma la bouche à plusieurs reprises avant de réussir enfin à protester :

— Je ne peux pas simplement sauter dans un avion avec un...

Comme elle se taisait, embarrassée, Dageus acheva pour elle :

— Avec un voleur ?

— OK ! s'exclama-t-elle. Vous avez rendu à la police tout ce que vous aviez emprunté. Il n'en reste pas moins que je vous connais à peine !

— Vous souhaitez faire mieux connaissance avec moi, *lass* ? Vous m'en voyez ravi. Mais dépêchez-vous, car je m'en vais demain. À moins que vous n'acceptiez de me suivre ? Certaines occasions ne se présentent pas deux fois. C'est maintenant ou jamais.

Chloé le dévisagea un long moment en silence, partagée entre l'envie de lui sauter au cou et celle de lui envoyer ses billets d'avion à la figure. Oserait-elle commettre un acte aussi irréfléchi, tout remettre en cause sur un coup de tête, jeter ses doutes aux orties et partir à l'autre bout du monde en compagnie d'un homme dont elle ne savait rien ? Par ailleurs, elle se voyait mal retourner à sa vie antérieure, retrouver son modeste studio avec sa salle de bains de la taille d'une boîte d'allumettes, reprendre son travail mal payé dont le seul avantage était de lui permettre d'approcher des trésors qu'elle ne pourrait jamais se payer.

Au pire, que pouvait-il lui arriver ? Si Dageus avait voulu s'en prendre à elle de force, il aurait eu l'occasion de le faire dès le premier jour. Tout ce qu'elle risquait, c'était de finir par céder à son charme, et il ne dépendait que d'elle d'échapper à cette menace. Si elle parvenait à garder son sang-froid et à lui résister, il finirait peut-être par se lasser et par l'abandonner en Écosse, ce qui était loin de l'emplir d'épouvante. Elle pourrait toujours trouver un petit boulot pour subsister, rester sur place aussi longtemps qu'elle en aurait envie, se rendre en pèlerinage dans le village natal de son grand-père, visiter autant de musées, de châteaux, de bibliothèques qu'il lui plairait – enfin vivre et non survivre... Vu sous cet angle, ce voyage impromptu en compagnie d'un homme à qui elle redoutait une heure plus tôt de devoir dire adieu le lendemain n'avait rien d'une idée folle.

Dageus ne l'avait pas quittée des yeux durant toute la durée de ce débat intérieur. Quand il vit finalement son regard indécis et troublé plonger au fond du sien, il se leva, écarta impatiemment la table basse et s'agenouilla à ses pieds. Avec un frisson délicieux, elle sentit ses mains se refermer autour de ses mollets et lui communiquer leur chaleur à travers la toile de son jean.

— Laissez-vous convaincre ! lança-t-il d'une voix basse et pressante. Si ce n'est pour moi, faites-le au nom du sang écossais qui coule dans vos veines. N'avez-vous pas envie de connaître la terre de vos ancêtres ? Songez à ces splendeurs qui vous attendent : les landes couvertes de bruyère, les lochs insondables, les montagnes sauvages... Je mettrai à vos pieds une Écosse que personne d'autre ne pourra jamais vous montrer !

— Mais mon travail... objecta-t-elle pour la forme.

— Au diable votre travail ! Vous parlez les langues anciennes. Vous m'aiderez à traduire les textes dont j'ai besoin, et je vous paierai pour cela.

— Vraiment ? Combien ?

Chloé se mordit les lèvres et rougit, atterrée d'avoir manifesté si étourdiment l'intérêt que son offre suscitait en elle. Sa remarque le fit sourire, et elle comprit qu'il ne doutait plus de sa victoire quand il répondit :

— Choisissez une pièce de ma collection. Celle qui vous plaira.

Sa voix se réduisit à un murmure tentateur pour ajouter :

— Non, attendez, j'ai mieux à vous proposer. Choisissez-en trois, en échange d'un mois de votre temps.

Déjà, les idées se bousculaient dans l'esprit de Chloé. L'offre de Dageus ouvrait des perspectives inespérées devant elle. À son retour à New York, elle pourrait vendre l'une des trois pièces de collection – il lui suffirait d'en choisir une sur les trois qu'elle ne serait pas tentée de garder pour elle – afin de financer la fin de ses études. Son diplôme en poche, elle pourrait choisir le prestigieux musée dans lequel elle voudrait travailler, habiter une rue plus riante, se payer de merveilleuses vacances à travers le monde... Elle, Chloé Zanders, mènerait enfin la vie dont elle n'avait pu jusqu'à présent que rêver.

« C'est ça ! railla la voix de la raison en son for intérieur. Et tout ce que le diable te demande en échange, c'est ton âme. » Décidant de l'ignorer, elle s'enquit avec méfiance :

— Vous voulez dire... trois pièces de votre collection en plus du *skean dhu* que vous m'avez déjà offert ?

— *Aye !*

— Pourquoi Inverness ? poursuivit-elle, décidée à mener son interrogatoire à son terme.

Une ombre passa sur le visage de Dageus.

— Je vous l'ai dit. C'est de cet endroit que les McKeltar sont originaires.

Après un moment d'hésitation, il ajouta :

— C'est aussi là que vivent mon frère Drustan et son épouse, Gwen.

Si Chloé avait encore eu des réticences, cette seule précision aurait suffi à la décider. Quel danger pouvait représenter pour elle un homme qui l'emmenait en visite dans sa famille ? Si elle se montrait assez intelligente pour résister à ses tactiques de don Juan sans scrupules, elle aurait un mois pour apprendre à le connaître, tenter de découvrir derrière les apparences l'homme qu'il était vraiment, et peut-être que... En un mois, il pouvait se passer énormément de choses. « Et c'est alors, persifla la voix de la raison en elle, que le beau prince tomba éperdument amoureux de la pauvre petite paysanne orpheline. » Mais le cœur de Chloé, sourd au bon sens, battait la chamade.

— Dites oui ! supplia Dageus en resserrant l'emprise de ses doigts autour de ses jambes. Vous en avez envie autant que moi. Je peux le lire dans vos yeux. Nous n'aurons qu'à déposer les objets que vous choisirez chez vous avant de partir.

— Certainement pas ! protesta-t-elle. Ils ne seront pas en sécurité dans mon appartement.

— Alors, reprit-il, nous les mettrons à l'abri dans un coffre privé à ma banque.

— C'est moi qui conserverai la clé ?

Il se contenta de hocher la tête, la victoire se lisant déjà sur son beau visage.

— Pourquoi faites-vous tout cela ? lâcha-t-elle dans un souffle.

— Je vous l'ai dit. Je n'ai jamais désiré aucune femme comme je vous désire.

À ces mots, Chloé se renfrogna et précisa sèchement :

— Je ne coucherai pas avec vous, McKeltar !

Soudain, son beau rêve vacillait. Pensait-il pouvoir l'acheter comme une vulgaire call-girl ? Si elle finissait, à un moment quelconque de leur voyage, par lui tomber dans les bras, ce serait de son plein gré, et elle ne pourrait s'en prendre qu'à elle. Mais il avait besoin de comprendre – et d'admettre – que cette perspective n'entrait pas en ligne de compte dans leur marché. Pour que ce soit bien clair, elle précisa, en le fixant droit dans les yeux :

— Vos antiquités ne rémunèrent que mes compétences de traductrice. La prostitution n'est pas dans mes cordes.

Dageus parut choqué par sa remarque. L'air solennel, il posa la main sur son cœur et dit :

— Pour qui me prenez-vous ? Vous portez atteinte à mon honneur.

— Je vous prends pour un don Juan incorrigible. Et je vous soupçonne de n'avoir pas renoncé à me séduire.

— Il faudrait que je sois mort pour renoncer à vous séduire.

Agacée par son outrecuidance mais plus troublée qu'elle ne l'aurait voulu par ses paroles, Chloé lança d'un air de défi :

— Vous pouvez toujours essayer. Mais sachez que je n'ai pas l'intention d'être le prochain nom sur la liste de vos conquêtes.

— Je ne vois pas d'autre femme dans cette pièce, fit-il avec la plus parfaite innocence. Ai-je demandé à quelqu'un d'autre de m'accompagner en Écosse ?

— Ne jouez pas au plus fin avec moi. Je voulais juste m'assurer que vous compreniez bien les termes de notre marché.

— Oh, mais je les comprends parfaitement... répondit-il d'une voix suave. Cela signifie-t-il que vous acceptez ?

D'un hochement de tête, Chloé acquiesça. Son cœur se mit à battre à coups redoublés dans sa poitrine tant l'instant lui paraissait solennel. Elle venait de prendre une décision qui allait peut-être changer le cours de son existence... pour le meilleur ou pour le pire. Mais il était trop tôt pour se demander si elle était en train de commettre la plus grosse erreur de sa vie. Pour l'heure, elle ne voulait songer qu'à son bonheur.

Pleine d'impatience et d'excitation, Chloé se leva pour aller choisir ses trésors, avec l'œil d'une experte et sans aucune pitié pour le portefeuille de son généreux bienfaiteur.

8

Dès le lendemain matin, Chloé eut l'occasion de constater que Dageus n'avait pas renoncé à la séduire. Encore ensommeillée, elle atteignit le bas de l'escalier et entra en collision avec lui alors qu'il sortait de la salle de bains du niveau inférieur, vêtu simplement d'une courte serviette nouée autour des hanches. Il la prit par les coudes pour la retenir.

Dans un premier temps, elle tenta vaillamment de ne fixer que son visage, mais le combat était perdu d'avance. Sa curiosité ne pouvait résister à sa peau brillante et dorée, qui ne demandait qu'à être admirée, à défaut de pouvoir être caressée. Torse sculpté, où l'on voyait une coupure due à la dague avec laquelle elle l'avait menacé, abdominaux onduleux, fine ligne de poils noirs disparaissant trop vite sous le tissu éponge blanc, le tout humide au sortir de la douche et parcouru de petites rigoles qui ne faisaient que souligner sa plastique irréprochable... Sans parler des cheveux rassemblés en une tresse lâche sur sa poitrine.

Le plus discrètement possible, Chloé déglutit et lâcha un « bonjour » qui ressemblait à un coassement.

— *Madainn mhath, lass*, répondit-il en gaélique. Je suppose que vous avez bien dormi sans vos liens ?

Il ne l'avait peut-être pas attachée, songea Chloé, mais il était venu dormir devant sa porte. Tard dans la nuit, elle l'avait entendu s'y installer et remuer longuement avant de parvenir à trouver le sommeil.

— Oui, répondit-elle, un peu essoufflée. J'ai bien dormi.

Elle tenta de se reprendre et de soutenir son regard sans ciller, mais cet homme était décidément trop beau pour ne pas troubler les sens d'une femme. Un sourire narquois aux lèvres, Dageus lâcha ses bras et conclut :

— Nous avons beaucoup à faire avant de partir. Donnez-moi juste quelques minutes pour m'habiller.

La laissant plantée là, il se mit à gravir l'escalier. Machinalement, Chloé pivota sur ses talons pour le regarder monter. Il n'avait pas tenté de l'embrasser. Elle était vexée qu'il ne l'ait pas fait, tout en s'en voulant de réagir ainsi. Il avait le don d'éveiller en elle une contradiction absurde : décidée à ne pas se laisser séduire, elle se sentait trahie quand il n'essayait pas de le faire.

Avec des mouvements empreints de la grâce féline qui lui était propre, Dageus parvint en haut des marches sans que Chloé ait quitté des yeux ses mollets, dont les muscles jouaient souplement sous la peau. Elle n'aurait pas dû s'attarder sur les rondeurs évocatrices de ses fesses, révélées bien plus que masquées par le tissu-éponge. Elle aurait mieux fait de détourner le regard de ses hanches étroites, de son dos à la musculature noueuse, de ses larges épaules, car le pire – ou le meilleur ! – restait à venir.

Avant de disparaître sur le palier avec un rire caustique, ce diable d'homme ôta d'un geste la serviette qui lui ceignait les hanches. Ce ne fut pas la vue de ses fesses nues qui arracha à Chloé un cri de surprise. Ce fut la vision qu'elle eut, l'espace d'un instant, de son entrejambe.

Chloé était sous la douche lorsque Dageus quitta l'appartement. Il préférait ne pas s'attarder, de peur de ne pouvoir résister à l'envie de la rejoindre. Elle n'était pas prête à lui accorder ce dont il avait besoin, et il aurait tout le temps d'arriver à ses fins en Écosse. Au bas de l'escalier, elle s'était attendue qu'il l'embrasse – il l'avait lu dans ses yeux. Mais il y avait trop à faire avant leur départ, et il savait qu'il valait mieux attiser le désir d'une femme plutôt que de le satisfaire tout de suite. C'était dans ce but qu'il avait écarté les jambes, en haut de l'escalier, de manière à lui offrir un bref aperçu de ses parties viriles, qu'elle n'oublierait pas de sitôt...

En montant dans un taxi, Dageus sourit en songeant que Chloé n'avait pas hésité longtemps avant d'accepter l'offre qu'il lui avait faite. Il préférait qu'il en fût ainsi. Il n'aurait pas aimé se retrouver dans l'obligation de la forcer à le suivre. La veille, elle lui avait donné une liste des affaires qu'il devait récupérer dans son appartement. Il lui fallait, en particulier, prendre son passeport, rangé dans sa boîte à bijoux. Il n'était pas arrivé à la séduire suffisamment pour qu'elle partage son lit, mais elle partageait déjà sa vie de telle manière que, jour après jour, heure après heure, se renforçait entre eux une intimité à laquelle il aspirait de tout son être.

Chloé Zanders était devenue une obsession pour lui, et pas uniquement sur le plan sexuel. Il voulait l'entendre lui raconter sa vie en détail, lui confier ses joies et ses peines, ses peurs et ses espoirs. La veille, il l'avait en quelque sorte testée en lui révélant de manière voilée qui il était vraiment. Il avait voulu savoir ce qu'elle était prête à encaisser de l'incroyable vérité. Elle avait choisi de ne pas le croire, ce qui ne le surprenait pas, mais sa réaction mesurée prouvait qu'elle était une femme ouverte à tous les possibles.

Il s'était rendu compte, en la regardant hésiter longuement devant sa collection de trophées pour choisir ceux qu'elle emporterait, que sa beauté n'était plus tout ce qui l'intéressait. Il la voulait tout entière, âme et corps confondus, sans restriction aucune. Cela lui semblait aussi vital que de se libérer des démons tapis en lui, comme si les deux choses pouvaient être liées. Et après tout, peut-être l'étaient-elles. Aussi sa stratégie ne consistait-elle plus seulement à la mettre dans son lit. À présent, c'était son cœur qu'il voulait conquérir, pour lui seul et à jamais.

« Comme si une femme comme elle pouvait te donner son cœur ! se moqua une voix railleuse au fond de lui. As-tu donc perdu l'esprit, en même temps que ton âme ? »

— *Haud yer wheesht !* grommela-t-il.

Le chauffeur de taxi lui adressa un regard perplexe dans le rétroviseur.

— Euh... j'vous d'mande pardon, m'sieur ?

— Excusez-moi. Je parlais tout seul.

« Et même si, par extraordinaire, elle finit par tomber amoureuse de toi, que pourras-tu lui promettre ? poursuivit la voix impitoyable et moqueuse. Quel avenir as-tu à lui offrir ? »

— N'essayez pas de me la voler maintenant, marmonna Dageus entre ses dents serrées. Elle est tout ce que j'ai.

Ignorant le chauffeur, qui l'épiait dans le rétroviseur d'un regard ouvertement inquiet, il plongea la main dans sa poche pour vérifier que les clés de l'appartement de Chloé s'y trouvaient bien. Elles n'y étaient pas. Il jura sourdement en se rappelant qu'il les avait laissées dans la cuisine après y avoir pris son petit déjeuner. Bien qu'il ne rechignât pas à forcer les portes pour ne pas avoir recours à la magie quand ce n'était pas nécessaire, il répugnait à le faire en plein jour, surtout pour pénétrer chez la femme qui occupait ses pensées.

Le taxi se traînait dans un embouteillage de plus en plus dense. Comprenant qu'il aurait aussi vite fait de rentrer chez lui à pied, Dageus lança un billet sur le siège avant et sortit du véhicule.

Sous la douche, Chloé passa sur ses jambes un rasoir emprunté à Dageus, ignorant la petite voix qui lui soufflait qu'une femme n'avait pas besoin de s'épiler par un temps pareil, à moins d'avoir l'intention d'ôter son pantalon à un moment ou à un autre de la journée. Puis elle finit de se rincer et se sécha, avant d'appliquer sur sa peau une lotion hydratante.

Se sachant seule, elle regagna la chambre dans le plus simple appareil, enfila une culotte et un soutien-gorge, puis se mit à rassembler quelques affaires dans un sac en attendant que le produit de beauté fasse effet. Elle avait encore du mal à prendre pleinement conscience de ce qui lui arrivait. Quatre jours plus tôt, elle était entrée dans ce duplex sans avoir la moindre idée de l'aventure qui l'y attendait. Et ce soir, elle traverserait l'océan en compagnie de l'homme qui l'avait enlevée, sans savoir le moins du monde ce qui se produirait ensuite. Quand elle y réfléchissait un peu trop attentivement, tout ceci lui paraissait fou. Pourtant, elle s'était rarement sentie aussi bien et sûre d'elle-même. Le fait qu'elle n'ait pas à faire ses adieux à Dageus était tout ce qui comptait pour elle. Le lendemain, il serait encore à ses côtés – et peut-être le resterait-il pour toujours. Le temps était sans doute venu pour elle de le reconnaître : elle était irrésistiblement attirée par cet homme unique et étrange. Aucune prudence, aucune logique n'y pouvait rien changer.

En achevant de s'habiller, Chloé dressa la liste des détails de dernière minute auxquels il lui fallait veiller et songea qu'elle devait absolument donner signe de vie à Tom avant de quitter New York. Son absence ne tarderait pas à le rendre malade d'inquiétude, si ce n'était déjà fait. Un courrier électronique lui parut tout de suite préférable à un coup de fil. Restait à savoir ce qu'elle pourrait bien lui écrire pour justifier une absence d'un mois entier.

J'ai fait la connaissance du Fantôme Celte, et il n'est pas exactement le criminel auquel on pourrait s'attendre. En fait, c'est l'homme le plus sexy, le plus mystérieux, le plus intelligent qui soit, et j'ai décidé de le suivre en Écosse. Il m'a offert trois splendides antiquités celtiques pour l'aider à traduire d'obscurs textes médiévaux qui devraient l'aider à se débarrasser d'une malédiction dont il est victime.

Naturellement, ce fut un tout autre message qu'elle tapa sur l'ordinateur de Dageus, après avoir entré son code d'identification dans son propre compte Yahoo.

Tom,

Ma tante Irène vient de tomber gravement malade, et j'ai dû partir sans préavis pour le Kansas. Je suis absolument désolée de n'avoir pu vous en informer plus tôt, mais son état est critique et réclame une attention de tous les instants. Il m'est impossible de vous donner une date pour mon retour. Selon l'évolution de son état, mon absence pourrait durer quelques semaines, peut-être plus. Je vous appellerai dès que possible.

Chloé

En relisant le message avant de l'envoyer et d'éteindre la machine, Chloé s'émerveilla de la facilité avec laquelle elle mentait. Sans même parler de sa soi-disant maladie grave, tante Irène était une pure invention de sa part... En quatre jours, la jeune femme droite et honnête qu'elle était s'était mise à fumer le cigare, à accepter des pots-de-vin et à mentir sans vergogne. Que lui était-il donc arrivé ? La réponse à cette question coulait de source : Dageus McKeltar. Voilà ce qui lui était arrivé.

Comme si sa seule évocation avait suffi à le faire revenir, elle entendit alors la porte de l'appartement se refermer et se rua hors du bureau en criant :

— Que faites-vous déjà là ? Vous avez oublié quelque chose ?

Mais en arrivant sur le seuil du salon, elle étouffa un petit cri de surprise et se figea sur place. Un homme habillé d'un costume strict se tenait penché sur la table basse, devant la cheminée. De taille moyenne, mince, les cheveux bruns, il avait l'air distingué et très intéressé par les documents étalés sous ses yeux. Apparemment, songea Chloé avec mauvaise humeur, elle n'était pas la seule à s'aventurer dans l'appartement en l'absence de son propriétaire. Il faudrait vraiment que Dageus s'habitue à fermer la porte à clé en partant.

L'inconnu, qui avait tourné la tête dans sa direction en l'entendant arriver, lui adressa un sourire rassurant et dit :

— Désolé de vous avoir fait peur. Pourriez-vous me dire si Dageus McKeltar est là pour me recevoir ?

Chloé nota qu'il s'était exprimé avec un fort accent britannique et qu'un étrange tatouage dépassait du col de sa chemise, bien peu en rapport avec la stricte élégance du personnage.

— Je ne pense pas vous avoir entendu frapper.

En fait, Chloé était certaine qu'il ne l'avait pas fait. Peut-être les amis de Dageus s'en dispensaient-ils ?

— Vous êtes un de ses amis ? ajouta-t-elle.

— Oui, répondit-il avec assurance. Mon nom est Giles Jones. Dageus est-il là ?

— Pas pour le moment, mais je lui dirai que vous êtes passé.

Sa curiosité étant plus forte que sa prudence, Chloé se rapprocha. Elle avait la chance de parler à l'un des amis de l'homme qui l'intriguait plus que tout. Qu'allait-il pouvoir lui révéler à son sujet ?

— Êtes-vous... un ami proche ? insista-t-elle.

Un sourire étrange précéda la réponse de Giles Jones.

— Très proche. Et vous-même, qui êtes-vous ? Je ne pense pas qu'il m'ait jamais parlé d'une aussi ravissante jeune femme.

— Chloé Zanders.

— Enchanté, mademoiselle Zanders. Pouvez-vous me dire où est allé Dageus et s'il sera bientôt là ?

— Il devrait en avoir pour une heure. Vous pouvez lui laisser un message, si vous voulez.

— Une heure ? répéta-t-il d'un air indécis. Vous en êtes sûre ? Je pourrais peut-être attendre son retour, au cas où il rentrerait plus tôt...

— Cela m'étonnerait ! Nous nous envolons ce soir pour l'Écosse, et il est allé chercher quelques affaires dans mon appartement qui se trouve...

Le brusque changement d'attitude de son interlocuteur lui coupa le souffle et la parole. Envolé le sourire aimable, disparue la politesse exquise. Il n'y avait plus sur son visage qu'une expression froide et résolue. Et dans sa main droite, un poignard qu'elle ne l'avait même pas vu sortir de sa poche.

Les yeux écarquillés, pétrifiée par la surprise et la peur, Chloé secoua la tête, sans quitter l'arme du regard. Avec un rictus menaçant, l'homme se dirigea vers elle. À reculons, en s'abstenant de tout mouvement brusque, elle l'entraîna vers la cuisine et dit d'une voix tremblante la première chose qui lui passa par la tête :

— Alors, vous... vous n'êtes pas un de ses amis.

Avec un rire à glacer le sang, il répondit mystérieusement :

— Pas encore. Mais ça ne saurait tarder.

— Que voulez-vous ? reprit Chloé. Si c'est de l'argent, il en a plus qu'il ne lui en faut et sera ravi de vous en donner. Il y a aussi toutes ces antiquités que vous voyez autour de vous et qui valent des fortunes. Vous n'avez qu'à vous servir, je ne vous en empêcherai pas, je vous le jure. Je pourrais... je pourrais même vous aider à les empaqueter !

En le distrayant ainsi, Chloé tentait de gagner du temps. La cuisine n'était plus qu'à quelques pas dans son dos, et elle espérait bien trouver une arme quelconque pour se défendre sur l'un des plans de travail.

— Ne vous fatiguez pas, répliqua l'homme sèchement. Ce n'est pas l'argent qui m'intéresse.

Chloé sentit ses jambes fléchir sous elle. Une douzaine de scénarios plus horribles les uns que les autres défilèrent dans son esprit. Quelle imbécile elle faisait ! Se laisser ainsi embobiner par son propre assassin... « Vous pouvez toujours tirer une fille de son Kansas natal, disait-on chez elle, mais jamais vous ne retirerez le Kansas d'une fille qui en vient. »

Saisie par une brusque inspiration, elle jeta un coup d'œil à sa montre et s'exclama vivement :

— Oh ! Il est déjà si tard ? Je n'ai pas vu le temps passer. Dageus devrait être là d'une minute à l'autre.

Un rire sardonique lui répondit.

— Belle tentative ! commenta l'inconnu. Mais ça ne prend pas.

D'un bond, il plongea sur elle, mais Chloé parvint à l'éviter et se précipita dans la cuisine. L'adrénaline coulait à flots dans ses veines. Les mains tremblantes, elle ramassa frénétiquement tout ce qui lui tombait sous la main pour le lancer sur lui. La cafetière Thermos l'atteignit à l'épaule, répandant des giclées de café bouillant dans les airs. Une planche à découper en bois le frappa en pleine poitrine. Puis vinrent les verres à vin en baccarat, qui s'écrasèrent l'un après l'autre sur le sol, après avoir failli le toucher au visage.

Son assaillant se protégeait de son mieux avec les bras, mais il avançait sans faiblir, en grognant de fureur. Chloé, proche de l'hyperventilation, avalait chaque goulée d'air comme si ce devait être la dernière. Elle recula encore, à la recherche de nouvelles munitions. Une passoire, un pot en terre, un trousseau de clés, un sablier, une poêle, des flacons d'épices, quelques verres supplémentaires jaillirent de ses doigts sans blesser son agresseur. Elle cherchait sans se décourager l'arme qui lui permettrait de l'affronter. Il devait forcément y en avoir une, dans ce musée privé qui avait tout de l'armurerie médiévale...

Dans son dos, Chloé reconnut le bouton d'un tiroir. Elle le tira et fourragea fébrilement à l'intérieur, sans trouver autre chose que des torchons. Dans le tiroir du milieu, un rouleau de sacs-poubelle et un autre d'aluminium l'aidèrent à gagner un peu de temps. Dans le dernier tiroir, enfin, ses doigts impatients palpèrent une bouteille de vin, qu'elle dissimula derrière son dos en attendant, immobile comme une statue, que l'homme se précipite sur elle. Il le fit exactement de la manière qui lui convenait le mieux, tête en avant, et elle fracassa de toutes ses forces la bouteille sur son crâne, les aspergeant tous les deux de vin rouge et de verre brisé.

L'homme, s'agrippant à ses hanches, l'entraîna dans sa chute. Chloé se sentit surpassée par la force de son adversaire, qui luttait pour la maintenir au sol. Elle paniqua en voyant l'éclair d'argent de sa lame passer à deux doigts de son visage. Avec l'énergie du désespoir, elle parvint sans trop savoir comment à frapper son menton du genou, avant de lui enfoncer les deux pouces dans les yeux.

Cette contre-attaque lui fit brièvement perdre ses moyens, et Chloé en profita pour ramper sur le sol, hors de sa portée. Mais, déjà, il se reprenait.

— Ah ! Sale garce, tu vas voir ! grommela-t-il entre ses dents.

D'une main de fer, il lui attrapa la cheville. D'un geste preste, Chloé ramassa sur le sol un tesson de bouteille et s'en servit pour lui entailler les doigts. Avec un sentiment de triomphe, elle l'entendit crier de douleur et sentit qu'il lâchait prise.

Affalée sur le sol, ensanglantée et en larmes, couverte de vin et de verre brisé, Chloé était fermement décidée, malgré la terreur qui la faisait hoqueter, à vendre chèrement sa peau.

Dageus pénétra dans l'antichambre en se demandant si Chloé se trouvait toujours sous la douche. Incapable de s'en empêcher, il l'imagina dans toute la splendeur de sa nudité, le corps ruisselant d'eau, offrant son visage au jet bienfaisant et rejetant dans son dos le flot de ses cheveux. La main sur la poignée, il se demanda s'il lui serait possible, cette fois, de résister à la tentation de la rejoindre.

Puis il entendit à l'intérieur un bruit de chute, suivi d'une voix masculine qui poussait un juron retentissant, et il se précipita dans l'appartement. Le spectacle qu'il découvrit le laissa pantois, lui faisant perdre de précieuses secondes. Couverte d'un liquide rouge qu'il espérait ne pas être du sang, Chloé se tenait au milieu du salon, hagarde, échevelée, en pleurs et secouée de hoquets. Elle brandissait à deux mains la *claymore* trop lourde pour elle qu'elle avait récupérée sur le manteau de cheminée. Elle lui tournait le dos et faisait face à un homme qui sortait de la cuisine, le regard meurtrier fixé sur elle, un poignard tendu à bout de bras devant lui. De l'endroit où ils se trouvaient, ni elle ni lui n'étaient en mesure de remarquer sa présence.

— Chloé-*lass*, recule-toi !

Instinctivement, craignant qu'elle ne fût trop choquée pour se mettre à l'abri, Dageus avait eu recours à la Voix de Puissance des druides, aux ordres de laquelle aucun mortel ne pouvait résister. L'inconnu qui la menaçait sursauta. Quand il aperçut Dageus, son visage trahit la surprise, ainsi qu'un sentiment plus indéfinissable, qui aurait pu passer pour de la terreur mêlée d'émerveillement. Après l'avoir dévisagé longuement, avec une sorte d'adoration fanatique, il laissa son regard errer vers la porte d'entrée dont Dageus lui barrait l'accès, puis vers les portes-fenêtres ouvertes de la terrasse, sur laquelle il finit par trouver refuge.

En grondant de colère, Dageus marcha lentement vers lui. L'homme n'avait aucune chance de lui échapper, et il n'aurait servi à rien de précipiter les choses. Chloé avait obéi à son ordre et s'était réfugiée devant la cheminée, le corps tendu, le visage livide. Elle s'accrochait à la *claymore* comme à une bouée et tenait toujours debout, ce qui était un signe rassurant. Après tout, songea-t-il avec soulagement, les traces rouges qui la maculaient ne devaient pas être uniquement du sang.

— Ça va aller, *lass* ? demanda-t-il sans quitter des yeux son agresseur.

Dageus sentait un pouvoir ancien enfler peu à peu en lui. Un pouvoir qui n'était pas sien, un pouvoir traître et tentateur, qui l'incitait à punir l'intrus en usant de sorts archaïques, maléfiques, interdits. Il n'aurait qu'à proférer quelques mots, et l'homme souffrirait mille morts pour avoir osé s'en prendre à la femme qui lui appartenait...

Dageus serra les poings et lutta pour rendre son esprit imperméable à la tentation. Il était un homme, pas un esprit mauvais surgi du passé pour semer la désolation. Il était bien assez fort et maître de lui pour régler le problème par lui-même. Sans savoir comment, il était persuadé que s'il avait recours à la magie pour se débarrasser de l'étranger, il signerait sa propre perte.

— Ou... oui... parvint à bafouiller Chloé entre deux hoquets. Je crois que ça va.

Grondant comme un fauve en chasse, les yeux flamboyants de fureur, Dageus s'avança vers l'homme, qui recula devant lui. Furtivement, celui-ci jeta par-dessus son épaule un regard à la rambarde de pierre qui ceinturait la terrasse, comme pour évaluer la distance qui l'en séparait.

Ce qu'il fit ensuite fut tellement inattendu que Dageus se figea sur place, pris de court. Après avoir levé le visage et les mains vers le ciel, paumes ouvertes, l'homme lança d'une voix forte, le regard brillant d'un zèle fanatique :

— Puisse ma mort servir le Draghar mieux que ne l'a fait ma vie !

Dageus était encore sous le choc de ce qu'il venait de dire quand, sans la moindre hésitation, l'homme gagna en courant le bord de la rambarde et sauta tête la première dans le vide, comme on plonge dans l'océan.

9

— Qu'est-ce que c'est ? demanda Chloé en tressaillant.

— Une pommade cicatrisante.

Avec application, Dageus étalait le baume sur les plaies de la jeune femme, tout en murmurant des charmes réparateurs dans une langue ancienne.

— Plutôt efficace, commenta-t-elle. Ça va déjà mieux.

Dageus leva les yeux vers elle, s'efforçant de focaliser son attention sur son visage plutôt que sur ses formes délicieuses, à peine dissimulées par son soutien-gorge et sa culotte en dentelle. Après le suicide de son agresseur, il s'était précipité vers elle et l'avait déshabillée avec une hâte motivée seulement par le besoin de constater l'étendue de ses blessures. Heureusement, il avait découvert bien plus de vin rouge que de sang sur ses vêtements. Elle ne souffrait finalement que de quelques coupures peu profondes aux pieds et d'éraflures sur les bras et les jambes.

— Voilà... murmura-t-il. J'ai fini.

Assise à ses côtés sur le canapé, elle s'était tournée vers lui de manière à poser ses pieds sur ses genoux tandis qu'il les soignait. Il saisit un plaid en cachemire sur le dossier, le drapa autour de ses épaules et l'y enveloppa tout entière. En voyant qu'elle rougissait, comme si elle réalisait seulement dans quelle tenue elle se trouvait, Dageus comprit qu'elle était toujours sous le choc.

Pour ne pas céder à l'envie de la serrer contre lui, il se força à reprendre ses massages sur ses pieds, mais sans plus faire appel aux charmes guérisseurs. Il avait utilisé ses dons de druide avec trop de prodigalité, au cours des derniers jours. Il lui faudrait y renoncer durant quelque temps pour rétablir l'équilibre.

— Cet homme m'a menti, expliqua Chloé en repoussant de son visage ses cheveux encore humides au sortir de la douche. Il a affirmé qu'il était un de vos amis et... Mais au fait, pourquoi êtes-vous revenu ?

— J'avais oublié les clés de votre appartement.

— Ô mon Dieu ! lâcha-t-elle dans un souffle. Et si ça n'avait pas été le cas ?

— Inutile de vous faire des frayeurs, vous en avez déjà eu assez comme cela. Vous êtes saine et sauve, et c'est tout ce qui compte.

Ce qu'il serait devenu dans le cas contraire, Dageus préférait ne pas y songer.

— Vous ne connaissiez pas cet individu, n'est-ce pas ? insista-t-elle. Il a dit cela pour me mettre en confiance ?

— Je n'avais jamais vu cet homme de ma vie.

Sur ce point, au moins, il ne mentait pas.

— Il a dû trouver mon nom dans l'annuaire, ou sur la liste des propriétaires de l'immeuble.

Il ne figurait ni dans l'un ni dans l'autre, mais elle n'avait pas à le savoir.

— Pourquoi les agents de sécurité l'ont-ils laissé monter ?

Dageus haussa les épaules.

— Je suis sûr qu'ils ne l'ont pas fait. Sans doute a-t-il réussi à tromper leur vigilance.

À présent qu'il était rassuré sur le sort de Chloé, il lui fallait songer à nettoyer les dégâts dans la cuisine avant l'arrivée de la police. Fort heureusement, l'immeuble comportait vingt-huit terrasses au-dessous de la sienne. Il ne faisait aucun doute à ses yeux, en vertu des privilèges dont bénéficient les riches à toutes les époques, que les enquêteurs ne se résoudraient à importuner le propriétaire du duplex qu'en dernier lieu.

Déjà, un emploi du temps serré s'élaborait dans son esprit : effacer toute trace de lutte, empaqueter les deux derniers livres qu'il avait empruntés et les faire porter à leur propriétaire, passer à la banque pour y mettre en sécurité les trésors de Chloé, puis chez elle pour récupérer ses affaires et son passeport. Ensuite, seulement, ils pourraient prendre la route de l'aéroport. Il était heureux qu'ils partent le soir même. Il l'avait entraînée contre son gré dans une aventure dont il ne comprenait pas lui-même tous les enjeux. Il lui devait sa protection, et il lui serait plus facile de la lui accorder durant leur voyage, et ensuite chez son frère.

« Puisse ma mort servir le Draghar ! » avait lancé l'inconnu avant de sauter. Cela n'avait toujours aucun sens pour Dageus. Il avait été tellement stupéfait d'entendre l'homme prononcer ces mots qu'il en était resté interdit. Il s'en voulait à présent de n'avoir rien fait pour le retenir. Au moins aurait-il pu ainsi le forcer à s'expliquer. Qui s'intéressait ainsi à lui ? En quoi le mystérieux Draghar, que l'homme semblait si déterminé à servir, était-il lié à ce qui lui arrivait ? S'il s'agissait, comme il l'avait déjà envisagé, d'une faction des Tuatha Dé Danaan, et si cette faction avait décidé de lui donner la chasse, pourquoi s'en prendre à Chloé ? Qui plus est, si le Draghar était réellement composé de membres de la mythique race immortelle, comment expliquer que ceux-ci aient envoyé un simple mortel pour accomplir leurs basses besognes ? Car mortel, l'homme l'était incontestablement. Dageus l'avait vu de ses yeux s'écraser sur une voiture et ne pas s'en relever.

Il secoua la tête et repoussa ces questions. Pour l'heure, il ne servait à rien de les examiner. Il était plus urgent d'agir. Il devait d'abord faire en sorte que Chloé et lui arrivent sains et saufs en Écosse. Ensuite, lorsqu'ils seraient tous les deux à l'abri dans le château de son frère, il chercherait les réponses qui lui manquaient.

Gentiment, il reposa les pieds de Chloé sur le canapé. Elle l'observait en silence. Ses pupilles étaient encore dilatées, mais ses joues avaient retrouvé un peu de couleur.

— Je vous prie de m'excuser, *lass*, dit-il gravement. J'aurais dû être présent pour vous défendre. Cela ne se reproduira plus.

— Vous n'avez pas à vous excuser ! protesta-t-elle avec un petit rire joyeux. Vous n'êtes pas responsable des fous qui se promènent en liberté dans cette ville. Car il me paraît évident que cet homme n'avait pas toute sa raison. Vous l'avez vu comme moi : il a sauté dans le vide !

Elle secoua longuement la tête, comme si elle avait encore du mal à y croire.

— A-t-il dit quelque chose avant de se suicider ? Il m'a semblé qu'il s'adressait à vous.

Heureusement, songea Dageus, Chloé se trouvait trop loin à ce moment-là pour comprendre l'énigmatique prière que l'homme avait proférée.

— Cela n'avait aucun sens, répondit-il. Un charabia de dément. Je crois que vous l'avez correctement jugé. Soit cet homme était fou, soit...

Avec un haussement d'épaules, il renonça à conclure.

— Soit il était drogué, acheva-t-elle à sa place. Il est vrai que ses yeux étaient étranges, comme ceux des fanatiques prêts à tout que l'on voit dans les films.

Après une courte pause, elle ajouta fièrement :

— Quand je pense que je me suis battue contre lui, j'ai du mal à y croire...

Elle paraissait à la fois surprise et ravie de cet exploit – et elle avait toutes les raisons de l'être. Petite et menue comme elle l'était, songea Dageus avec admiration, il lui avait fallu un courage phénoménal pour résister à un homme armé et fermement déterminé à la tuer.

— Vous avez fait des merveilles, Chloé-*lass*... murmura-t-il en remettant en place une mèche de cheveux derrière son oreille. Vous êtes une femme extraordinaire.

La gorge nouée, les doigts tremblants, Dageus était en train de perdre le peu de maîtrise qu'il lui restait. Il lui était de plus en plus difficile d'ignorer les trésors dont il n'était séparé que par un léger plaid. Une faim de loup, dévorante, insensible à toute compassion, étrangère à toute raison, le tenaillait. En lui, une voix tentatrice et persuasive était à l'œuvre pour le convaincre que dans l'état où elle se trouvait, Chloé n'aurait pas à souffrir de ses assauts, qu'elle pourrait même y puiser une certaine consolation...

Il lui fallait s'éloigner d'elle au plus vite.

— Vos pieds vont mieux ?

Elle les posa sur le sol, se leva avec précaution et fit quelques pas prudents. Dageus détourna en hâte le regard vers la fenêtre et serra les bras contre lui pour les empêcher de se refermer sur elle. Il savait que s'il se hasardait à la toucher maintenant, il la renverserait aussitôt sur le canapé et s'enfoncerait en elle, égoïstement et sans préliminaires, tant l'abstinence prolongée le rendait primitif, presque animal.

— Mais oui ! s'exclama-t-elle. Ils vont beaucoup mieux. Je ne sais pas ce qu'il y a dans cette pommade, mais elle fait des miracles !

— Le temps presse. Pourquoi n'iriez-vous pas finir vos bagages ?

Même à ses propres oreilles, sa voix avait un accent rauque, guttural. En proie à la panique, Dageus se leva d'un bond et se précipita vers la cuisine. Il n'y était pas encore parvenu qu'il sentit la main de Chloé se poser sur son épaule. Tout son corps se raidit. Il ferma les yeux, absorbé dans une prière muette : « Par pitié, *lass*, je ne tiens pas à vous violer... »

— Je sais que je ne suis pas belle à voir dans l'état où je suis, plaisanta-t-elle, mais vous pourriez quand même vous retourner.

Les dents serrées, Dageus ouvrit les yeux et pivota sur ses talons.

— Même si vous ne l'avez pas fait exprès, reprit-elle, merci d'avoir oublié mes clés. Votre étourderie m'a probablement sauvé la vie.

Sans doute pour lui prouver sa reconnaissance, elle prit ses joues dans ses mains, se hissa sur la pointe des pieds et déposa un léger baiser sur ses lèvres.

Un électrochoc n'aurait pas fait plus d'effet à Dageus. Il parvint difficilement à desserrer les dents pour répéter :

— Probablement ?

— Je me débrouillais plutôt bien ! Sans compter qu'avec cette *claymore*, j'aurais peut-être réussi à lui régler son compte...

Enfin, après lui avoir adressé un sourire timide mais non dénué d'espièglerie, elle fit volte-face et se dirigea vers l'escalier. Arrivée sur la première marche, elle tourna la tête vers lui et lança, en se frottant les bras à travers la couverture :

— Je sais que cela n'a pas d'importance étant donné que nous partons, mais vous devriez prévenir le syndic que cet appartement connaît de sérieux problèmes de chauffage... Cela ne vous dérangerait pas de monter le thermostat ?

Sur ce, sans attendre de réponse, elle se hâta de gravir les marches.

Cinq minutes plus tard, adossé contre le mur, Dageus tentait encore de récupérer, étant donné l'effort qu'il avait dû fournir pour se maîtriser lorsqu'elle avait si innocemment posé ses lèvres sur les siennes. Elle l'avait embrassé comme s'il était un homme honorable, sain et en pleine possession de son *self-control*.

Elle l'avait embrassé comme s'il n'était pas l'homme qui risquait à tout moment de lui prendre de force sa virginité.

Il lui était arrivé une fois de se rendre chez Katherine alors qu'il était dans un état de manque assez semblable à celui qu'il connaissait à présent. Il avait lu dans ses yeux la peur et l'excitation lorsqu'il l'avait pénétrée rudement, sans un mot, dans la cuisine où il l'avait trouvée. Sans doute avait-elle eu un aperçu de la bête qui se réveillait en lui quand les ténèbres se faisaient trop denses dans son esprit. Peut-être était-ce ce qui l'avait troublée et avait provoqué en elle une jouissance décuplée.

Chloé était différente. Gentiment, presque chastement, elle l'avait embrassé du bout des lèvres. Et cela avait suffi à déchaîner la bête en lui.

À distance, Trevor regarda Dageus McKeltar et sa compagne quitter l'immeuble autour duquel la police s'était activée durant des heures, procédant d'abord aux constatations autour du cadavre de Giles avant de partir à la recherche de témoins éventuels. En milieu d'après-midi, le plus gros des forces de police avait déserté les lieux, ne laissant sur place que les deux inspecteurs chargés de l'enquête.

Trevor ne ressentait aucune compassion particulière pour son comparse décédé. Sa mort avait été rapide, et les membres de la secte du Draghar, qui croyaient en la transmigration des âmes, ne la craignaient pas. Dans une autre époque, dans un autre corps, Giles ne tarderait pas à renaître, tout comme les Anciens le feraient bientôt dans le corps de ce Highlander qui parvenait encore à leur résister.

En observant la petite jeune femme qui accompagnait McKeltar, Trevor se demanda comment Giles avait pu échouer dans sa mission. Avait-il plongé de cette terrasse de lui-même, ou Dageus McKeltar l'avait-il précipité dans le vide ? Il n'en saurait sans doute jamais rien, mais peu importait. Seul comptait le fait que les deux tourtereaux étaient à présent sortis de leur cage dorée et qu'il ne devait pas perdre leur trace.

En se fondant dans la foule, dense à cette heure de sortie des bureaux, Trevor se rapprocha discrètement du couple. Un bras passé autour des épaules de la jeune femme, l'Écossais la dominait de toute sa hauteur. Le Draghar serait à l'aise dans sa nouvelle incarnation, songea Trevor avec admiration. Aussi grand et puissant qu'un guerrier d'un autre âge, l'homme possédait une autorité naturelle dont les Anciens sauraient faire bon usage pour imposer leur volonté. Nulle faiblesse ni hésitation dans cet homme. Il émanait de lui une puissance qui ne pouvait passer inaperçue.

Puis McKeltar baissa les yeux et sourit à sa compagne. Trevor se renfrogna et redoubla d'attention. Le regard possessif du Highlander disait assez le souci qu'il se faisait pour la sécurité de la jeune femme. Comme s'il se tenait constamment sur ses gardes, il scrutait discrètement la foule environnante et semblait faire de son corps un bouclier pour la protéger. Personne n'aurait pu s'en prendre à elle sans se heurter d'abord à lui.

En les suivant à distance, Trevor grimaça de déception. Simon n'allait pas aimer cela. Quant à lui, il aurait sans doute du mal à mener à bien la mission que Giles n'avait su conclure et qui, suivant les ordres du grand maître du Draghar, lui incombait désormais.

Le couple disparut soudain sous le porche d'une banque. Sans perdre un instant, Trevor alla glisser une pièce dans un distributeur de journaux et se posta à côté de la porte d'entrée, adossé contre un mur. C'était une ruse éculée, mais elle réussit. Lorsque les tourtereaux quittèrent l'établissement, une demi-heure plus tard, il tenait toujours son journal ouvert devant lui et surprit entre eux une bribe de conversation d'où il ressortait qu'ils devaient s'envoler le soir même pour l'Écosse.

La suite allait être un jeu d'enfant, se dit-il en repliant son journal et en les regardant s'éloigner. Il sortit son portable de sa poche pour annoncer la nouvelle à Simon. Les informaticiens de la secte n'auraient aucun mal à découvrir de quel aéroport McKeltar et sa compagne partiraient et quel vol ils emprunteraient. Et réserver une place à son nom dans le même avion ne poserait sans doute pas de problème non plus.

Quelques heures plus tard, Trevor se glissa sur son siège, une douzaine de rangs derrière sa proie. Il aurait préféré s'asseoir plus près, mais l'appareil était à moitié vide, et il craignait que l'Écossais ne finisse par le remarquer.

Il avait suivi les tourtereaux comme une ombre tout l'après-midi et n'avait jamais trouvé le moment adéquat pour frapper. Tuer à l'arme blanche était le *modus operandi* favori de la secte, verser le sang constituant un rituel en lui-même, mais il lui avait fallu se résoudre à se défaire de son poignard avant d'embarquer. Il lui restait sa cravate pour étrangler la jeune femme, à supposer qu'il finisse par trouver un moyen de rester seul avec elle.

À présent, il regrettait de ne pas savoir ce qui s'était passé dans le duplex. Pour qu'il se tienne ainsi sur ses gardes, McKeltar avait dû deviner quelque chose qui lui faisait redouter une autre attaque. En cas d'échec, Giles était censé faire passer son geste pour celui d'un cambrioleur ou d'un psychopathe. À l'évidence, il n'était pas parvenu à en convaincre McKeltar, sinon celui-ci ne se serait pas conduit de cette façon. Depuis que Trevor les suivait, il n'avait pas quitté sa compagne une seule fois. Quand elle avait dû se rendre aux toilettes de l'aéroport, il l'y avait escortée, avant de se poster devant la porte avec un air farouche, en condamnant l'accès jusqu'à ce qu'elle en sorte. Et lorsqu'il y avait eu trop de passagers autour d'eux dans la salle d'attente, il l'avait emmenée dans le hall. Trevor devait se rendre à l'évidence : cet homme était un bouclier vivant.

En proie à une migraine lancinante, il ferma les yeux et se massa longuement les tempes en soupirant. Il lui restait à espérer qu'en Écosse, quand il se serait procuré une nouvelle arme, McKeltar, à bout de fatigue, finirait par relâcher sa vigilance, même si ce n'était que pour quelques instants. Il n'en fallait pas plus à Trevor pour remplir sa mission.

10

Le vol à destination de Londres était à moitié vide. Les lumières avaient été tamisées pour le confort des voyageurs qui désiraient dormir. Chloé et Dageus avaient à leur disposition tout un rang de sièges dont ils avaient relevé les accoudoirs pour plus de commodité. À peine l'avion avait-il décollé que Chloé avait sombré dans un profond sommeil.

À présent, à moitié réveillée, les yeux clos, le sourire aux lèvres, elle savourait pleinement l'aventure fabuleuse qui était en train de transformer sa vie en rêve. Elle volait en plein ciel dans le plus parfait confort, en route pour l'Écosse, en compagnie d'un homme auprès de qui elle se sentait plus vivante qu'elle ne l'avait jamais été.

Avec un soupir rêveur, Chloé ouvrit les yeux et découvrit que Dageus la dévisageait tout à son aise. Dans la pénombre, son visage aux traits sauvagement masculins était d'une beauté à couper le souffle. Ses yeux brillaient d'un éclat fiévreux. Elle se perdit dans son regard un long moment. Il lui semblait étonnant qu'elle ait pu un jour trouver ses yeux dorés comme ceux d'un tigre. Comparer leur couleur à celle d'un whisky assombri par les ans était plus approprié. Mais ce qui la surprenait le plus était la tristesse poignante et insondable qu'elle y décelait. Quelle blessure secrète pouvait donc tourmenter cet homme, que la nature et la fortune avaient comblé ?

« Cesse donc tes rêveries romantiques, Zanders ! railla en elle la voix de la raison. Ce don Juan a tout simplement envie de t'embrasser... »

Comme pour lui donner raison, Dageus pencha la tête vers elle à cet instant précis. Chloé savait qu'elle aurait dû se détourner, se soustraire à ces lèvres finement ourlées qui venaient à la rencontre des siennes, mais elle n'en avait ni l'envie ni le courage. Tout concourait à la plonger dans un état de faiblesse coupable : la lumière voilée, leur confortable intimité, les passagers endormis... mais aussi et surtout le désir impérieux qu'elle avait d'être embrassée. Quel mal y avait-il à accepter un petit baiser ? Ils étaient entourés d'une centaine de personnes, aussi la situation ne risquait-elle guère de dégénérer.

Mais dès que leurs bouches entrèrent en contact, elle comprit son erreur. Dageus goûtait ses lèvres avec une douceur et une retenue qui ne la satisfaisaient guère. Pour une fois qu'elle s'autorisait un baiser, elle était décidée à ce qu'il ne soit pas tiède ! Avec un gémissement de protestation, elle laissa sa langue s'aventurer à la rencontre de la sienne. La réaction de Dageus fut immédiate et foudroyante. Avec le grognement sourd d'une bête affamée, il plongea les doigts dans ses cheveux et la plaqua contre son siège. Sa langue pénétra si loin en elle qu'elle en perdit le souffle.

Le baiser qu'il lui donna alors n'avait rien d'un baiser de séducteur. C'était le baiser d'un homme qui s'offre tout entier à une femme, pour la marquer corps et âme comme au fer rouge. Elle se noyait en lui, dans le parfum grisant et épicé de sa peau habillée de cuir, enivrée par les caresses de sa langue et de ses doigts forts dans ses cheveux. Elle n'osait donner libre court aux gémissements de plaisir qui montaient en elle. Être forcée d'accueillir ce baiser dans le plus parfait silence, avec la crainte de voir surgir une hôtesse à tout moment, décuplait l'érotisme de la situation.

La langue de Dageus allait et venait dans sa bouche en une imitation sans pudeur de l'acte sexuel. Toute volonté de lui résister avait abandonné Chloé, toutes ses défenses s'étaient effondrées sous ses assauts et, à cet instant, il aurait pu faire d'elle ce que bon lui semblait. Aussi fut-elle cruellement déçue quand le baiser prit fin. Incapable du moindre geste, du moindre mot, elle resta immobile et pantelante contre le dossier de son siège. Il se recula un peu et la dévisagea un instant, manifestement satisfait de constater l'effet dévastateur de ses efforts. Puis, en un tour de main, il souleva ses jambes et les posa en travers des siennes, de manière à ce qu'elle se retrouve adossée au hublot.

— Si vous souhaitez que j'en reste là, dit-il à mi-voix, il faut me le dire tout de suite. Ensuite, il sera trop tard...

Il y avait tant de délicieuses promesses dans son regard que Chloé frissonna longuement. Ses yeux se posèrent sur sa poitrine, et elle sentit les pointes de ses seins se dresser. Dageus produisait un tel effet sur ses sens qu'un seul de ses regards suffisait à l'affoler.

Sans comprendre ce qu'il faisait, elle le vit remonter la couverture dont elle avait couvert ses jambes jusqu'à son menton. Puis ses mains se glissèrent dessous, et elle laissa sa tête reposer contre le hublot, les paupières closes.

— Ouvrez les yeux, *lass* ! Je veux vous voir me regarder pendant que je vous caresse.

Il avait parlé tout bas, mais ça n'en était pas moins un ordre. Docilement, Chloé battit des paupières et s'exécuta. Toute volonté semblait l'avoir désertée. Il lui fallait pourtant arrêter Dageus tant qu'il en était encore temps. La raison comme la prudence le lui commandaient. Et elle allait bientôt s'y résoudre. Très bientôt...

Dageus ne lui en laissa pas le temps. Dissimulés par la couverture, ses doigts se glissèrent sous son pull. D'un geste sûr, il dégrafa son soutien-gorge et emprisonna ses seins dans ses mains. Une onde de plaisir, aussi subite qu'inattendue, la submergea. Dans un ultime éclair de conscience, elle comprit que c'était ce dont elle rêvait secrètement depuis qu'elle le connaissait – sentir ses mains larges, chaudes et exigeantes caresser sa peau nue. Au plus profond de son corps s'esquissa ce qui ressemblait à un spasme d'extase. Soudain, Chloé reprit conscience de l'endroit où ils se trouvaient, et la panique s'empara d'elle. Et si, sous ses habiles caresses, elle finissait par jouir ? Et si elle ne pouvait se retenir de crier ?

— Arrêtez ! parvint-elle à protester d'une voix faible.

— Trop tard...

Une des mains de Dageus vint se lover entre les jambes de Chloé, où elle se pressa fermement. Le plaisir soudain de le sentir là faillit la faire crier comme elle le redoutait. Sans pouvoir s'en empêcher, elle ondula du bassin, autant pour accentuer cette délicieuse torture que pour s'y soustraire.

À travers la toile du jean, il avait réussi à trouver le bourgeon sensible de son clitoris, qu'il caressait impitoyablement, avec une habileté d'expert, usant de la couture interne de la braguette pour accentuer l'effet de ses caresses.

— Laissez-vous aller, murmura-t-il, tout contre ses lèvres. Donnez-moi au moins ce plaisir, si vous ne voulez pas m'en donner d'autre...

Chloé n'avait pas besoin de cet encouragement. Elle ne maîtrisait plus rien des réactions qu'il suscitait au plus intime d'elle-même. Ayant rompu toutes les amarres, elle se sentit emportée avec ivresse sur la crête d'une vague de plaisir. Sa jouissance fut cataclysmique et soudaine. Elle s'y livra corps et âme, sans retenue. Elle aurait sans doute réveillé tous les passagers en se couvrant de honte pour le reste de ses jours s'il n'avait pris la précaution d'étouffer dans un baiser fougueux ses cris et ses soupirs.

Ainsi réduite au silence, Chloé put savourer à son aise le feu d'artifice de sensations qui explosait en elle. Loin de mettre un terme à leur manège, les mains de Dageus se déchaînaient entre ses cuisses et sur ses seins, démultipliant le plaisir qu'il lui offrait. Dans un éclair final, son premier orgasme prit fin, laissant des milliers de petites taches lumineuses sous ses paupières. Mais alors que son corps se détendait et que la réalité du monde environnant commençait à lui revenir, un second orgasme, plus brusque et plus puissant que le précédent, la prit totalement par surprise.

Pendant que le plaisir l'emportait, puis retombait, Dageus ne cessa de l'embrasser, avec une fougue qui se teinta peu à peu de douceur et de tendresse. Les bras passés autour de son cou,

Chloé s'accrochait désespérément à lui, incapable de le lâcher. Ils demeurèrent ainsi un long moment, front contre front, les yeux dans les yeux, leurs souffles emmêlés.

Puis, après une ultime caresse, les mains de Dageus se retirèrent, et il se redressa lentement contre son siège. Il y demeura adossé un long moment, les yeux clos, comme s'il n'osait bouger. Enfin, un soupir s'échappa de ses lèvres. Avec un gémissement sourd, il se tortilla maladroitement et porta la main à sa braguette pour y rajuster son sexe dressé.

Chloé serra les poings et ferma les yeux, s'efforçant sans succès d'oublier cette partie de son anatomie qu'il venait d'effleurer, et dont il lui avait si malicieusement offert à Manhattan un éloquent aperçu. Ce souvenir ne cessait de lui revenir en mémoire, lui troublant les sens et excitant sans fin son insatiable curiosité.

Furieuse contre elle-même, elle se redressa à son tour contre le dossier de son fauteuil et tourna la tête vers le hublot, par lequel on ne distinguait qu'une nuit piquetée d'étoiles. Elle commençait à prendre la mesure de ce qui venait de se produire, et ce que lui disait la voix de sa conscience l'agaçait au plus haut point. « Plutôt que de lui céder, se moquait celle-ci, tu aurais mieux fait de sauter de cet avion sans parachute. L'atterrissage aurait été moins douloureux et moins brutal que celui qui t'attend si tu le laisses arriver à ses fins... »

Découragée, Chloé se recroquevilla sur son siège et se lova sous sa couverture. Occupés l'un et l'autre à reprendre le contrôle de leurs émotions, Dageus et elle ne prononcèrent pas un mot, n'échangèrent pas un regard. Comment avait-elle pu se montrer si naïve et si faible ? À l'avenir, songea-t-elle avec une détermination nouvelle, elle devrait tout faire pour éviter qu'une telle chose se reproduise. Si, le lendemain matin, elle acceptait de lui ne serait-ce qu'un baiser, elle était certaine de se retrouver dans son lit le soir même... Dageus McKeltar était trop séduisant, trop charmeur, trop intelligent, trop... tout simplement trop pour elle. C'était un professionnel de la joute amoureuse qui ne ferait de l'inexpérimentée Chloé Zanders qu'une bouchée, avant de passer au plat suivant.

Chloé s'était de nouveau assoupie. Incapable de trouver le sommeil, Dageus se plongea dans les notes qu'il avait prises avant leur départ, mais sans grand résultat. Il était aussi concentré qu'un homme en proie aux affres de la frustration sexuelle peut l'être. C'est-à-dire pas du tout...

Le visage de Chloé convulsé par le plaisir ne cessait de hanter sa mémoire – ses lèvres meurtries par ses baisers, la peau fine autour de sa bouche irritée par sa barbe naissante, ses yeux révulsés sous l'effet de l'orgasme que ses doigts lui avaient offert... par deux fois, qui plus est. Dans la tourmente du plaisir, elle s'était accrochée à lui comme si elle avait besoin de lui. Il avait tenu ses seins fermes et épanouis dans ses mains. Même si ce n'était qu'à travers la toile de son jean, il l'avait caressée là où elle n'avait permis à aucun homme de la caresser.

Quand, au moment de l'orgasme, elle s'était blottie contre lui, il avait éprouvé un tel besoin de la posséder qu'il avait failli lancer un charme pour obscurcir l'esprit des passagers. Il avait également envisagé la possibilité de l'entraîner dans les toilettes et n'y avait renoncé qu'en raison de sa virginité. Pour rien au monde il n'aurait pris l'hymen de Chloé comme un barbare, à la sauvette, entre quatre murs de carton-pâte.

Jamais auparavant Dageus n'avait été le jouet d'un désir si puissant. Il savait que ses tourments ne s'apaiseraient qu'en faisant l'amour avec Chloé. Sa frustration était intense et le mettait à l'agonie, mais le fait d'avoir pu lui donner du plaisir avait, dans une certaine mesure, effacé le plus gros de son manque, de sa fureur animale. Les baisers et les caresses qu'elle avait acceptés de lui, le contact limité mais réel de leurs peaux, sa chaleur, sa douceur sous ses doigts lui avaient permis, à sa propre surprise, de reprendre un peu de son *self-control*.

Jusqu'à présent, seul un acte sexuel complet – et réitéré si possible – avait eu le pouvoir de lui apporter quelque répit et de relâcher la pression que les Anciens exerçaient sur lui. Il en allait tout autrement depuis qu'il connaissait Chloé. Quelques baisers d'elle suffisaient à calmer la bête en lui. Il n'aurait su dire pourquoi ni comment, mais sans doute fallait-il en chercher les raisons dans la profondeur de ses sentiments pour elle.

Pour l'heure, il devait se concentrer sur des préoccupations plus urgentes. Au cours des jours suivants, il lui faudrait être en possession de tous ses moyens intellectuels et physiques pour résister à ce qui l'attendait. Il savait que le processus de transformation, mis en veilleuse depuis qu'il avait quitté l'Écosse, se réveillerait dès qu'il aurait remis les pieds sur sa terre natale. Il devait trouver coûte que coûte un moyen de l'enrayer. Et pour y parvenir, il avait besoin de son frère. Qu'allait-il bien pouvoir lui dire ?

« Drustan, c'est moi, Dageus. Je suis désolé de

t'avoir menti, mais je suis sous l'emprise des druides noirs, et il me faut avoir accès à la bibliothèque pour m'en libérer... » En guise d'entrée en matière, on pouvait rêver mieux. « Drustan, j'ai failli à mon devoir. Pour te sauver, j'ai brisé mes vœux. À présent, tu dois me supprimer... » Non, pas ça. Pas encore. « *Och !* Mon frère, aide-moi... » Mais le voudrait-il ?

— Par tous les feux de l'enfer ! s'était exclamé son père lorsque Dageus avait trouvé le courage de lui avouer sa faute. Tu aurais dû le laisser mourir !

— Le laisser mourir ? avait répété Dageus, scandalisé par sa réaction. Dis-moi comment j'aurais pu faire une chose pareille !

— En n'oubliant pas qui tu es ! Tu l'as sauvé, mais c'est au prix de ta propre disparition. À présent, j'ai perdu mes deux fils. Le premier, c'est le temps qui me l'a pris. Le second, ce sont les arts maudits !

— Pas encore, avait répondu Dageus d'une voix grondante de colère. Les Anciens n'ont pas encore gagné.

Mais il avait compris au regard de son père que celui-ci n'avait aucun espoir.

C'était cette nuit-là qu'il avait quitté son époque, pour que son clan n'ait pas à supporter le poids de sa faute. À présent, il était de retour chez lui, et c'était auprès des siens qu'il venait humblement chercher réconfort et soutien. Se retrouver dans cette position de faiblesse n'avait rien pour réjouir un homme tel que lui, né pour protéger et servir. Hélas, il ne pouvait en être autrement. Il lui faudrait bien accepter d'étouffer sa fierté.

Avec un sourire de reconnaissance, Dageus prit le scotch qu'il avait réclamé et que lui apportait l'hôtesse. Il l'avala d'un trait, et à mesure que la chaleur familière se répandait en lui, la boule d'angoisse qui s'était formée dans sa gorge commença à se dissoudre. Peut-être ferait-il bien de s'adresser à Gwen en premier lieu. Avec son intelligence et sa générosité coutumières, sa belle-sœur pourrait peut-être intercéder en sa faveur et modérer les réactions de son frère.

Il en était là de ses réflexions quand Chloé poussa un petit gémissement dans son sommeil. Sa main bandée sortit de la couverture pour se porter à sa poitrine. Un sentiment de rage et d'impuissance le déchira soudain. Penser que quelqu'un s'en était pris à elle, avait voulu la tuer à cause de lui était insupportable. Il était de son devoir de tout faire pour la protéger. Et pour y parvenir, il avait besoin de réponses rapides aux questions qu'il se posait.

La rage au cœur, Dageus se força à revenir à l'étude de ses notes. Une heure plus tard, juste avant l'atterrissage, il referma son carnet avec un soupir. À force de concentration, il avait fini par découvrir une mention succincte concernant la guerre sans merci qui avait suivi le départ d'Irlande des Tuatha Dé Danaan. Il s'agissait d'un bref paragraphe qui évoquait treize druides malfaisants – ils étaient donc tant que cela à assiéger son âme ! – punis de leur désobéissance par un châtiment exemplaire. Dageus avait également relevé une courte note de bas de page, qui renvoyait pour plus de détails au cinquième *Livre de Manannán*.

Livre qui se trouvait, si sa mémoire était bonne, dans la bibliothèque du château Keltar.

11

Pour la seconde fois en moins de quarante-huit heures, Chloé faisait l'étrange et irritante expérience qui consistait à arpenter en compagnie de Dageus McKeltar une rue noire de monde. Comme à Manhattan la veille, les hommes s'écartaient spontanément devant eux, estimant sans doute plus prudent de ne pas se frotter à lui. Quant aux femmes, il en allait tout autrement, ce qui représentait le côté irritant de la chose. Nombre d'entre elles ne bougeaient qu'à peine, profitant de l'occasion pour se frotter au passage contre son bras. Ne voyaient-elles donc pas qu'il était accompagné ?

Dageus demeurait parfaitement insensible à ces manœuvres. Sans doute devait-il y être habitué... Chloé aurait aimé éprouver la même indifférence que lui, mais elle devait se rendre à l'évidence : elle était jalouse de l'attention que les autres femmes portaient à son beau compagnon, ce qui ne pouvait que l'inquiéter. La troublante intimité qu'ils avaient partagée dans l'avion avait sans aucun doute fait vibrer sa fibre sentimentale. Or, elle ne pouvait se permettre d'éprouver des sentiments pour cet homme, tant il était manifeste qu'ils n'étaient pas partagés.

Dès l'instant où ils avaient atterri à Inverness, Dageus avait changé d'attitude à son égard. Il semblait se soucier uniquement d'accomplir les formalités, de rassembler leurs bagages, de trouver une voiture de location. Chloé avait dû revenir trois fois à la charge avant qu'il accepte de s'arrêter en ville pour y prendre ce café dont elle avait si désespérément besoin après quinze heures de voyage. Pour rien au monde elle n'aurait voulu se présenter devant sa famille dans les affres du manque de caféine.

Le détachement dont il faisait preuve à son égard la blessait. Il y avait quelques heures à peine, cet homme l'avait embrassée à pleine bouche et caressée jusqu'à l'extase. Pourtant, à en juger par son attitude, on aurait pu croire qu'ils se connaissaient à peine. « À quoi t'attendais-tu ? lança en elle la voix moqueuse qui commençait à lui taper sur les nerfs. À une déclaration d'amour enflammée ? Tu sais pourtant que sexe et sentiment ne vont pas forcément de pair chez les hommes. »

Lorsqu'ils pénétrèrent enfin dans un café, elle se tint debout à côté de lui au comptoir et épia son visage à la dérobée pendant qu'il passait commande. En elle, l'irritation cédait peu à peu le pas à la résignation. Après tout, s'il voulait jouer à ce petit jeu-là, elle pouvait y jouer aussi. Les bras croisés sur sa poitrine, elle fit mine de s'absorber avec la plus parfaite indifférence dans la lecture d'un menu.

— Ne vous inquiétez pas, je ne cesse pas de vous désirer, Chloé-*lass*, lui murmura-t-il soudain à l'oreille. Il n'y a pas une seconde où je ne pense à vous.

Chloé ne put s'empêcher de tressaillir. Était-il donc télépathe, par-dessus le marché ? Elle haussa les sourcils et le dévisagea un instant de son air le plus glacial, avant de répliquer :

— Pourquoi m'inquiéterais-je ? Vous vous imaginez sans doute que je n'ai rien de mieux à faire que de penser sans arrêt à vous ?

Un sourire presque timide, qui lui ressemblait bien peu, passa sur les lèvres de Dageus.

— Non, bien sûr. Je voulais juste vous dire que quand j'ai l'air de vous ignorer, vous ne devez pas faire la tête. Signalez-moi simplement que vous avez besoin d'un peu d'attention.

— Je ne fais pas la tête, mentit-elle en retournant à la consultation morose du menu. Et je n'ai besoin de rien d'autre que d'un café, merci.

— Aimeriez-vous que nous passions la nuit ici, à l'hôtel, au lieu de nous rendre tout de suite chez mon frère ? suggéra-t-il négligemment.

Pour toute réponse, Chloé se contenta d'un haussement d'épaules.

— Je comprends, reprit-il d'un air matois. Une nuit ne vous suffit pas. Femme insatiable... Vous préféreriez que nous restions une semaine entière au lit tous les deux !

— Reprenez-vous, McKeltar ! protesta-t-elle vivement. Désolée de vous décevoir, mais contrairement à ce que toutes ces femmes pourraient vous faire croire, ajouta-t-elle en désignant d'un geste la rue piétonne derrière la vitrine, le monde entier ne tourne pas autour de vous.

Les narines de Dageus palpitèrent et un fol espoir lui fit battre le cœur lorsqu'il reconnut le sentiment qui animait Chloé. Sa jalousie ne faisait aucun doute. Elle avait vu les passantes se retourner sur lui – oui, il l'avait remarqué, lui aussi –, et cela l'avait mise hors d'elle. Que le désir qu'il lui inspirait fût assez puissant pour la rendre jalouse était un signe encourageant. Il ne la laissait donc pas indifférente. Peut-être même nourrissait-elle quelque sentiment pour lui. Il lui fallait se montrer patient. Elle était simplement trop têtue pour l'accepter et le reconnaître. Ce qui ne signifiait nullement qu'il devait attendre sans rien faire...

Il posa une main sur son épaule et tendit l'autre pour attraper le sucrier placé à côté d'elle, se collant contre son dos et pressant délibérément la bosse dure et volumineuse de son bas-ventre contre les rondeurs appétissantes de ses fesses. Ainsi ne pourrait-elle pas l'accuser de mentir quand il affirmait qu'il la désirait en permanence.

Chloé tressaillit et faillit renverser son café sur elle.

— Vous êtes incorrigible ! lança-t-elle à mi-voix, pour ne pas créer d'esclandre. Pour que les choses soient claires, mettez-vous bien dans le crâne que ce qui s'est passé cette nuit entre nous n'était qu'un accident dû à la fatigue et au stress. Un accident qui ne risque pas de se reproduire !

Beau joueur, Dageus s'inclina devant elle et reprit sa place au comptoir comme si de rien n'était. Il savait que le rouge qui enflammait les joues de Chloé n'était pas dû qu'à la colère. Et si elle s'imaginait pouvoir le rejeter après lui avoir accordé de telles privautés, elle se trompait. Mais cela, songea-t-il, elle le découvrirait bien assez tôt...

Plus ils approchaient du but, plus Dageus sentait grandir son appréhension. Après mûre réflexion, il avait décidé de se présenter chez Drustan sans s'annoncer – peut-être dans l'espoir que ce serait Gwen qui viendrait les accueillir, et non son époux.

À la dérobée, il observait Chloé sur le siège passager. Sa présence le réconfortait, et pourtant il avait failli rebrousser chemin une demi-douzaine de fois. Accomplir sans elle ce retour au bercail aurait été une vraie torture.

S'il avait voyagé seul, il aurait sans doute commencé par se tourner vers les bibliothèques et musées, repoussant le plus longtemps possible l'inévitable, inventant toutes sortes de prétextes pour ne pas s'avouer qu'il redoutait comme le diable les retrouvailles avec son frère. Avoir Chloé près de lui l'obligeait à faire preuve d'un courage qui, pour une fois, lui manquait.

La mauvaise humeur de Chloé n'avait pas duré. Elle débordait de curiosité pour tout ce qu'elle découvrait depuis leur arrivée à Inverness, et il n'y avait sans doute plus assez de place en elle pour la colère. Chaque nouveau paysage donnait lieu à d'incessantes questions. Quel était le nom de cette ruine ? À quelle date le printemps arrivait-il ? Y avait-il des martres dans la nature et lui serait-il possible d'en voir ? Mordaient-elles ? Pouvait-on les domestiquer ? Visiteraient-ils quelques musées prochainement ? Iraient-ils à Glengarry ? À quelle distance s'en trouvaient-ils ?

Dageus répondait à ses questions de manière laconique, mais Chloé était trop excitée par ses découvertes pour s'en formaliser. Il ne faisait aucun doute pour lui qu'elle était déjà tombée amoureuse de l'Écosse. Son enthousiasme lui rappelait douloureusement l'époque – si éloignée, lui semblait-il – où il considérait lui aussi le monde avec des yeux émerveillés.

Profitant de ce qu'elle s'était plongée dans un silence songeur, Dageus reporta son attention sur les retrouvailles qui l'attendaient. Il n'avait pas revu Drustan (éveillé, du moins) depuis qu'un charme de la reine des bohémiens l'avait plongé dans une léthargie de plusieurs siècles. Sans tenir compte des cinq cents ans qui les séparaient à présent tous deux de leur époque d'origine, cela faisait exactement quatre ans, un mois et douze jours. Ils avaient passé leurs dernières heures ensemble à essayer en vain de condenser les joies, les jeux et les souvenirs d'une vie entière.

Frères jumeaux et amis inséparables depuis leur premier cri, poussé à trois minutes l'un de l'autre, ils s'étaient dit adieu cette nuit-là comme s'ils ne devaient plus jamais se revoir. Mais le destin en avait décidé autrement.

Drustan était allé rejoindre en haut de la tour la chambre dans laquelle il avait décidé d'attendre, ni vivant ni mort, de pouvoir retrouver par-delà les siècles la femme qu'il aimait. Au début, Dageus n'avait pu passer devant cette tour sans saluer au passage son jumeau disparu, avant d'y renoncer lorsque sa peine était devenue trop lourde à porter.

Avant le « départ » de son frère, ils avaient établi tous les deux les plans d'un nouveau château destiné à devenir, à quelques lieues du berceau de la famille, la résidence de Drustan et Gwen dans le futur. Pour tromper sa douleur, Dageus s'était investi corps et âme dans sa construction. Il avait supervisé le travail de centaines d'ouvriers et d'artisans, s'était assuré que tout serait parfait et suffisamment solide pour traverser les siècles, avait mis lui-même la main à la pâte quand il le fallait.

Cette tâche, loin de le détacher de son frère, n'avait fait que le lier définitivement à lui. Impossible pour un homme de travailler si dur pendant trois longues années à la création d'une demeure sans y laisser un peu de son âme... Il ne s'en était rendu compte qu'à l'achèvement des travaux. Durant des jours, il avait arpenté les pièces vides, essayant de se représenter la vie de famille qui les ferait vibrer de rires et de cris tant de siècles plus tard. Cette promesse d'une vie heureuse était d'autant plus cruelle qu'il savait que la sienne serait dénuée d'amour.

Puis était arrivé le jour fatal de l'incendie qui avait coûté la vie à Drustan. Au plus fort de son chagrin, Dageus avait trouvé refuge dans la demeure déserte. Il avait imaginé Gwen dans l'avenir, désespérée de devoir renoncer à l'homme qu'elle avait si tendrement – et si brièvement – aimé. Il savait que jamais elle ne referait sa vie avec un autre. Avec sa sensibilité exacerbée de femme qui avait beaucoup souffert, Nell avait deviné avant que Gwen ne disparaisse que celle-ci était enceinte de jumeaux. Elle avait choisi de n'en rien dire à Drustan, mais elle s'était confiée à Dageus. Gwen aurait donc la lourde charge d'assumer seule l'éducation de ses enfants. Drustan ne les connaîtrait pas. Jamais leurs cavalcades ne résonneraient dans le grand escalier. Leurs yeux ne s'égareraient pas par la fenêtre de la nursery, dont il avait choisi l'orientation et le point de vue tout spécialement pour eux.

Tout ce qui semblait si vide en lui depuis que Drustan n'était plus à ses côtés s'était soudain rempli de rage et de frustration. Il avait agité les poings vers le ciel en hurlant et en maudissant le destin cruel qui, avec la mort de son frère, ôtait à son existence toute signification. Il avait remis en cause tout ce qu'il avait été amené à craindre et à respecter depuis sa naissance. Et lorsque les premières lueurs de l'aube avaient fait rougeoyer le ciel, une certitude s'était imposée à lui.

Ce château qu'il avait bâti pour la personne qu'il aimait le plus au monde accueillerait un jour ceux à qui il était destiné. Toute autre perspective était insupportable. Même s'il devait le payer de son âme, comme l'affirmait l'antique légende, l'enjeu en valait la peine.

— Hé ! lança soudain Chloé à côté de lui. Vous allez bien ?

Brusquement tiré de ses pensées, Dageus se rendit compte qu'ils étaient arrêtés à un stop. À en juger par les voitures qui klaxonnaient derrière eux, cela devait faire un moment qu'ils étaient à l'arrêt.

— Ça va, grommela-t-il en accélérant. Je réfléchissais, c'est tout.

Il marqua une pause et pesa soigneusement ses mots avant d'ajouter :

— Vous savez, cela fait un bon moment que nous ne nous sommes pas vus, mon frère et moi.

Il n'avait pas la moindre idée de la réaction qu'aurait son jumeau en le retrouvant. Saurait-il, au premier coup d'œil, à quel point il était sous l'emprise des Anciens qui assiégeaient son âme ? Quelle explication Dageus pourrait-il alors lui fournir ? « Oui, c'est vrai, j'ai abusé du pouvoir des pierres levées pour te sauver, mais la légende était fausse. Il n'existe pas d'esprits maléfiques cachés entre les dimensions. Si j'ai tardé à rentrer chez nous, c'est parce que j'ai été tellement ébahi par le XXIe siècle que j'ai pris le temps de le découvrir. »

C'était à peu de choses près le mensonge qu'il avait servi à son frère le jour où, incapable de résister au besoin d'entendre sa voix, il avait commis l'erreur de lui téléphoner. Depuis, Drustan n'avait cessé d'essayer de le joindre. Dageus, lui, avait renoncé à décrocher il y avait des mois de cela.

— Si je comprends bien, reprit Chloé d'une voix douce, ce sont pour vous des retrouvailles.

— En quelque sorte.

Si Drustan décidait de lui tourner le dos, conclut Dageus pour lui-même, il ne lui resterait qu'à écumer bibliothèques et musées en compagnie de Chloé. Ce n'était pas elle qui s'en plaindrait, mais il doutait de pouvoir y trouver ce dont il avait besoin. Il était à peu près sûr que Drustan ne s'en prendrait pas physiquement à lui, ce qui aurait pu advenir s'il n'était pas rentré de lui-même en Écosse et l'avait obligé à venir lui donner la chasse en Amérique. Mais pouvait-il espérer que Drustan prendrait cette visite pour ce qu'elle était : un appel à l'aide ?

Dageus sentit que Chloé l'observait avec attention et se garda bien de tourner la tête vers elle.

— Votre frère et vous... vous avez eu un différend ? demanda-t-elle finalement.

— On peut dire ça.

Chloé n'insista pas, mais quelques instants plus tard, sa main se posa sur la sienne sur le levier de vitesse. Surpris par son geste, Dageus tressaillit, avant de sentir une étrange émotion naître en lui. Il avait l'habitude que les femmes le touchent, mais ce contact-là lui était bien plus cher et bien plus doux que la caresse la plus torride. Quand une femme le touchait dans les jeux du sexe, c'était dans l'espoir d'en retirer du plaisir. Chloé, elle, lui offrait de la compassion et de la tendresse, sans rien attendre en retour.

Du haut de son poste d'observation, Adam Black ne quittait pas des yeux la voiture de location qui s'engageait prudemment sur les routes de montagne du pays Keltar. Il y avait bien longtemps, sa reine avait interdit à tout Tuatha Dé Danaan d'approcher d'un membre du clan élu à moins de mille lieues. Mais puisque le Pacte avait été violé par l'un des Keltar, il avait décidé que les vieux édits n'avaient plus cours.

Il savait pour quelle raison Aoibheal avait pris cette décision : pour respecter leur serment de veiller au fil des générations au respect du Pacte, les Keltar devaient être à l'abri de toute interférence venue du monde des faës. Or, il existait au sein du Peuple de la Faërie des groupes qui n'avaient jamais accepté l'exil de leur race dans une autre dimension. Ceux-ci n'auraient été que trop heureux de faire en sorte que le Pacte soit brisé, afin de pouvoir regagner le monde des mortels et le conquérir. Mais, en vertu de l'interdit édicté par Aoibheal, aucun membre du clan Keltar n'avait eu l'occasion d'être approché par un faë depuis le jour où le Pacte avait été scellé.

Adam était d'avis qu'en cela, sa reine avait commis une erreur. Au terme de quatre millénaires de transmission de père en fils, les Keltar avaient oublié le sens de leurs obligations, bien qu'ils continuassent à les remplir fidèlement. Ils ne croyaient plus à l'existence de leurs anciens bienfaiteurs, pas plus qu'ils ne se rappelaient l'impitoyable guerre qui avait valu à leur famille de devenir le clan élu. Leur histoire avait revêtu à leurs yeux la couleur du mythe. Ils continuaient à accomplir à Yule, Beltane, Samhain et Lughnassadh les rites sacrés, mais ils n'avaient plus conscience d'œuvrer ainsi à maintenir en place les frontières qui séparaient le monde des humains de celui des faës.

Peut-être, un jour, une génération n'avait-elle pas transmis en totalité à la suivante la tradition du clan. Peut-être un père était-il mort avant d'avoir pu révéler à son fils tous les secrets. Peut-être avait-on négligé de copier les vieux textes avant qu'ils ne se désagrègent. Qui le saurait jamais ? Les humains oubliaient si facilement leur histoire ! Alors qu'une religion vieille de deux mille ans se parait à leurs yeux des voiles du mystère, comment auraient-ils pu ne pas oublier une tradition deux fois plus ancienne ?

Ainsi, songea Adam Black en regardant avec un sourire narquois la voiture apparaître en haut d'une colline, le renégat était de retour dans son pays natal, ramenant chez elles par la même occasion les âmes maudites des treize druides noirs. Cette idée avait quelque chose de fascinant. Bien qu'il n'eût pas l'intention de le lui apprendre, il se demandait ce que sa reine en aurait pensé. Depuis qu'il lui avait annoncé que le Pacte avait été rompu, elle était en réunion permanente avec son Conseil, qui ne parvenait pas à se mettre d'accord sur le sort des mortels.

Quelque quatre mille ans auparavant, son peuple avait dû s'exiler dans son royaume caché pour éviter qu'hommes et faës ne se détruisent. Après le départ des Tuatha Dé Danaan, il n'avait pas fallu attendre longtemps pour que le Draghar menace d'annihiler, en usant des arts sacrés, les deux races simultanément. Aoibheal n'accepterait jamais qu'une telle menace puisse planer de nouveau sur le Peuple de la Faërie, conclut Adam avec un soupir. Il trouvait les McKeltar attachants, mais il y avait fort à parier que leurs jours étaient comptés.

12

Gwen McKeltar soupira de bien-être en s'adossant à la poitrine solide mais accueillante de son époux. Elle était allongée entre ses cuisses, dans un bain moussant qui lui arrivait au menton, les bras de l'homme qu'elle aimait serrés autour d'elle, et rien au monde n'aurait pu la rendre plus heureuse.

Pauvre Drustan ! songea-t-elle en souriant. Au cours de son deuxième trimestre de grossesse, elle l'aurait boxé s'il avait tenté de la toucher. À présent que débutait le troisième, elle l'aurait frappé sans remords s'il ne l'avait pas fait.

Drustan ne paraissait pas lui en vouloir. Il était vrai que le marathon d'amour auquel ils s'étaient livrés lors de leurs retrouvailles, six mois plus tôt, aurait suffi à calmer les ardeurs de n'importe quel homme. Mais le mari de Gwen n'était pas n'importe quel homme, et il avait accueilli avec enthousiasme son récent revirement d'humeur. Depuis, il ne cessait d'imaginer de nouvelles positions adaptées à son état de future mère. Celle de la baignoire était l'une de ses préférées.

Des dizaines de chandelles répandaient dans la salle de bains leur belle lumière dorée. Les yeux fermés, Gwen se laissait flotter dans cet océan de détente et de douceur quand un coup de sonnette se fit entendre au rez-de-chaussée.

Drustan déposa un baiser au creux de son cou.

— Attendons-nous quelqu'un ? s'enquit-il.

Avec un frisson de plaisir, Gwen le sentit mordiller du bout des dents la peau tendre où ses lèvres s'étaient posées.

— Mmm... murmura-t-elle, ravie. Pas que je sache.

Ils n'y prêtèrent plus attention. De son petit pas pressé, étonnamment vif pour un homme de son âge, Farley se chargerait d'ouvrir la porte.

De son vrai nom Ian Llewelyn MacFarley, Farley était leur majordome. Chaque fois qu'elle pensait à lui, Gwen se sentait fondre de tendresse. Grand, les épaules voûtées, les cheveux blancs comme neige, l'homme devait approcher des quatre-vingts ans – s'il ne les avait pas déjà dépassés. Il mentait sur son âge comme sur tout le reste, mais elle l'adorait, d'autant plus que Drustan avait lui aussi une faiblesse pour cette vieille fripouille. Son mari faisait preuve à son égard d'une patience inhabituelle. Il n'était pas rare qu'il l'invite le soir à partager un petit verre devant un bon feu et l'écoute raconter des contes d'autrefois.

Gwen savait que même si son mari s'était facilement adapté à son siècle d'adoption, il resterait toujours en lui un peu du *laird* du XVIe siècle qu'il avait été. Lorsqu'ils avaient emménagé dans leur nouvelle demeure, au lieu de consulter les petites annonces pour trouver du personnel ou de s'adresser à une agence spécialisée, il s'était rendu à Alborath pour faire passer le mot à l'épicerie et chez le coiffeur du village.

Moins de deux heures plus tard, Farley s'était présenté au château. Il prétendait avoir fait fonction de maître d'hôtel dans les meilleures maisons d'Angleterre – plus tard, ils avaient découvert qu'il n'avait jamais quitté l'Écosse – et leur avait proposé de se charger du recrutement de toute la domesticité dont ils pourraient avoir besoin.

Depuis ce jour, Gwen et Drustan vivaient cernés par les MacFarley. Il y en avait dans les cuisines, dans les écuries, dans les jardins, occupés au ménage, à l'entretien du linge, au service comme aux menues réparations. Pour autant que Gwen pût en juger, ils avaient embauché toute la famille du majordome – ses neuf enfants plus leurs conjoints, quatorze de ses petits-enfants, et peut-être même quelques arrière-petits-enfants pour faire bonne mesure.

Et bien qu'il fût rapidement devenu manifeste qu'aucun d'eux n'avait les qualifications requises pour les postes qu'ils occupaient, Drustan se déclarait satisfait de leurs services. Sa mansuétude s'expliquait par le fait qu'il avait entendu dire au village que l'ouvrage manquait. En termes plus contemporains, Alborath était affligé d'un fort taux de chômage. En apprenant cela, le seigneur féodal qui sommeillait en Drustan s'était réveillé. Sans hésiter et au mépris de son propre intérêt, il accordait asile et protection au clan MacFarley. Gwen n'y trouvait rien à redire. N'était-ce pas également pour cela qu'elle l'aimait ?

Quelques coups frappés à la porte de la salle de bains vinrent la tirer de ses pensées.

— Milord ? lança prudemment Farley.

Au soupir de Drustan se mêla le petit rire de Gwen. Décidé à adopter les coutumes du XXIe siècle, son mari insistait pour se faire appeler « monsieur McKeltar ». Hélas pour lui, le majordome était un farouche adepte de la vieille école.

— Oui ? répondit-il néanmoins.

— Désolé de vous déranger, milord, reprit le vieillard. Mais il y a dans le hall un homme qui demande à vous parler. Je sais que cela ne me regarde en rien, mais je crois préférable de vous avertir qu'il m'a l'air... dangereux. Oh ! Il ne s'est pas montré impoli, pas plus que sa compagne, qui me semble être une jeune femme très correcte, mais... quelque chose en lui me paraît curieux. J'espère que vous ne m'en voudrez pas de ce jugement, étant donné qu'il vous ressemble tellement – par certains côtés seulement, mais...

Farley s'éclaircit la voix, et Gwen sentit Drustan se raidir dans son dos.

— Ce visiteur affirme être votre frère et demande à être reçu, conclut abruptement le domestique. Dois-je le faire patienter ?

Gwen n'entendit pas la réponse de Drustan, car celui-ci venait de se redresser d'un bond dans la baignoire, la faisant glisser en arrière et boire la tasse. Quand elle refit surface, il avait quitté la salle de bains.

Depuis qu'ils avaient remonté l'allée bordée d'arbres centenaires qui menait au château, Chloé allait de surprise en surprise, mais elle était trop ébahie pour reprocher à Dageus de ne pas l'avoir prévenue de ce qui les attendait.

Le hall était immense et ouvrait sur une multitude de corridors qui partaient dans toutes les directions. Une rambarde en bois aux balustres richement sculptés ceignait la galerie du premier étage. Un grand escalier qui se divisait à mi-course en deux élégantes volées de marches y menait. Sur les murs, d'antiques tapisseries aux teintes passées formaient un contrepoint aux riches couleurs des tapis répandus sur le sol dallé de pierre. La pièce comportait deux cheminées dont les dimensions excédaient celles de sa salle de bains à New York.

— Cela vous plaît, *lass* ? s'enquit Dageus en la regardant déambuler, le nez en l'air.

— C'est magnifique.

— Oui, approuva-t-il en se rengorgeant. C'est le moins qu'on puisse dire.

Amusée, Chloé songea qu'il n'aurait pas paru plus fier s'il avait bâti ce chef-d'œuvre d'architecture médiévale de ses mains. Sa curiosité reprenant le dessus, elle ajouta :

— Est-ce ici que vous avez grandi ?

— En quelque sorte.

Chloé émit un claquement de langue agacé.

— J'en suis déjà lasse, mais il me semble que je n'ai pas fini d'entendre cette réponse. Si vous voulez que je vous sois d'une quelconque utilité, il faudra bien vous résoudre un jour à m'en dire davantage sur vous.

Le sourire de Dageus se figea sur ses lèvres, et ce fut avec circonspection qu'il répondit :

— Oui, je sais. Plus tard, *lass*... Pour l'instant, voyons si je peux survivre à l'accueil que mon frère...

Le reste de sa phrase mourut sur ses lèvres, et ses yeux s'envolèrent vers le milieu de l'escalier, à l'endroit où les deux volées de marches se joignaient. Chloé suivit la direction de son regard et poussa un petit cri de surprise. Un homme qui ressemblait comme deux gouttes d'eau à Dageus se tenait là et les observait.

— Ô mon Dieu ! s'exclama-t-elle, le souffle court, car le nouveau venu ne portait pour tout vêtement qu'une courte serviette nouée autour des hanches. Pourquoi ne m'avez-vous pas dit que vous étiez jumeaux ?

— Ne bouge pas, Dageus ! ordonna l'homme d'une voix grondante. Je vais m'habiller et j'arrive. Excusez-moi, mademoiselle, mais il fallait que je le voie de mes propres yeux sans attendre.

Déjà, il remontait les marches quatre à quatre. Arrivé sur le palier, il se retourna et cria avant de disparaître :

— Surtout, ne le laissez pas s'enfuir !

À côté d'elle, Chloé sentit Dageus se raidir. L'espace d'un instant, elle eut l'impression qu'un courant d'air glacé balayait le hall.

— Les femmes disent souvent que je suis plus beau que lui, lâcha-t-il enfin d'une voix froide. Et meilleur amant. Alors, inutile de le lorgner ainsi. Il est marié.

— Je ne le lorgnais pas ! protesta-t-elle, sachant qu'elle n'avait pas fait autre chose. Je l'ai peut-être fixé, mais c'est parce que j'ai été surprise par votre ressemblance.

Une lueur inquiétante flamba dans le regard de Dageus.

— Je ne veux pas le savoir ! Il n'est pas correct de la part d'une femme de lorgner un homme marié.

Plus que son reproche injustifié, ce fut son attitude qui surprit Chloé. Dageus semblait furieux, mais aussi et surtout... jaloux !

L'homme qui les avait accueillis de manière si abrupte réapparut bientôt en haut des marches. Et en découvrant l'expression qui se peignait sur son visage, Chloé se demanda comment Dageus avait pu craindre qu'il ne lui fasse mauvais accueil. Ses yeux brillaient d'amour pour ce frère qu'il couvait du regard, et même s'il lui était difficile d'en être certaine à cette distance, elle aurait juré qu'ils étaient pleins de larmes.

En guise de salut, Dageus se contenta d'un hochement de tête accompagné d'un laconique :

— Drustan.

Celui-ci faillit s'étrangler de colère.

— Quoi ? C'est tout ce que tu trouves à me dire ? Pas même un : « Bonjour, Drustan. Je suis désolé de n'être pas venu plus tôt et de n'avoir pas donné signe de vie durant des mois » ?

Tout en parlant, il avait entrepris de descendre l'escalier. Chloé retint son souffle, fascinée par cette montagne de muscles en mouvement. Drustan McKeltar se déplaçait avec la même grâce féline que son frère. Bien qu'il ait pris le temps d'enfiler un pantalon, il était resté torse nu, et sa peau, sous laquelle les muscles jouaient souplement, luisait d'humidité, comme s'il sortait à peine de la douche.

Arrivé au bas des marches, l'homme ouvrit les bras et tonna :

— Viens donc ici saluer ton frère comme il convient !

Chloé tourna la tête pour observer la réaction de Dageus et ne fut pas déçue. Bien qu'il parût aussi impassible et réservé qu'à l'ordinaire, ses yeux trahissaient l'émotion qui s'était emparée de lui. Raide et droit comme ces pierres levées devant lesquelles ils étaient passés, on aurait pu le croire aussi insensible qu'elles sans ses poings crispés le long de ses flancs et son regard, qui débordait de tendresse. Elle avait ainsi l'occasion de vérifier qu'il se tenait plus que jamais sur ses gardes quand il était assailli par de profondes émotions. Dageus McKeltar n'était pas homme à rire, danser et crier pour exprimer sa joie.

Enfin, il se mit à marcher, tel un automate, pour rejoindre Drustan. En observant les deux hommes dans les bras l'un de l'autre, Chloé se rendit compte qu'ils n'étaient pas exactement semblables. Bien qu'aussi noirs que ceux de Dageus, les cheveux de Drustan étaient bouclés et ne lui tombaient que jusqu'aux épaules. Ses yeux étaient argentés, et non dorés comme ceux de son frère. De taille identique, les deux hommes n'avaient cependant pas la même stature. Drustan était plus puissamment musclé, Dageus plus souple, plus félin. Ils possédaient la même mâchoire carrée, mais la bouche de Dageus était plus pleine, plus voluptueuse – la bouche d'un jouisseur-né.

Tout à sa contemplation, Chloé ne prit conscience de la présence d'une femme près d'elle que lorsque celle-ci lui adressa la parole.

— Ils sont beaux, n'est-ce pas ?

La nouvelle venue, aussi grande (ou plutôt aussi petite) qu'elle, était enceinte jusqu'aux dents. Ses cheveux blonds, mêlés de mèches platine et châtain clair, étaient attachés en chignon sur sa nuque et paraissaient humides. Chloé se sentit rougir. À l'évidence, elle sortait elle aussi de la douche, et elle croyait savoir qui lui avait tenu compagnie dans la salle de bains... Nimbée de cette aura unique qui est l'apanage des femmes enceintes, elle était superbe. Qui plus est, son sourire dénotait une femme ouverte et accueillante.

— Très ! répondit Chloé en lui rendant son sourire complice. Mais j'avoue que je suis encore sous le choc. Dageus n'avait pas pris la peine de m'annoncer qu'ils étaient jumeaux.

Sa compagne eut un rire facétieux.

— Quand nous nous sommes rencontrés, Drustan ne me l'a pas dit non plus. Il l'a regretté par la suite quand, par erreur, j'ai embrassé Dageus en croyant l'embrasser, lui... Je vous laisse imaginer la dispute que ma méprise a engendrée. Vous avez sans doute déjà constaté à quel point les McKeltar pouvaient se montrer... possessifs.

Puis elle ajouta, en tendant la main à Chloé :

— Je vous prie de m'excuser. J'aurais dû commencer par me présenter. Je suis Gwen, la femme de Drustan.

— Enchantée. Je m'appelle Chloé Zanders. Mais...

Chloé hésita un instant, avant de se résoudre à préciser :

— Mais les relations que j'entretiens avec votre beau-frère sont strictement amicales et professionnelles.

— Je vois.

Chloé n'était pas certaine d'apprécier cette réponse et le petit sourire goguenard qui l'accompagnait. Que Gwen voyait-elle, exactement ?

— Comment vous êtes-vous rencontrés ? reprit Gwen McKeltar.

Chloé se trouva bien embarrassée pour lui répondre. Elle ne pouvait tout de même pas raconter à cette inconnue que Dageus l'avait kidnappée et attachée sur son lit, avant de faire d'elle une femme qu'elle n'était plus très sûre de connaître.

— C'est une longue histoire...

— Tant mieux ! s'exclama Gwen en glissant son bras sous le sien pour l'entraîner vers l'escalier. Ce sont celles que je préfère. J'ai hâte de l'entendre.

Elle s'arrêta un instant et se tourna vers le majordome aux cheveux blancs qui avait observé toute la scène à distance.

— Farley, soyez gentil de nous faire porter du thé et du café dans la véranda, ainsi que quelques gâteaux. Je meurs de faim.

— Avec plaisir, milady.

Après avoir lancé à sa patronne un regard de pure vénération, le domestique trottina à petits pas pressés vers l'un des multiples corridors qui donnaient sur le hall.

— Allons faire plus ample connaissance pendant que ces messieurs rattrapent le temps perdu, suggéra Gwen. Je crois qu'ils ont beaucoup de choses à se dire.

Effectivement, les premières effusions passées, Dageus parlait à son frère avec intensité et animation. Mieux valait ne pas les déranger. Sans hésiter, Chloé emboîta le pas à son hôtesse.

— J'en serais ravie. J'ai des milliers de questions à vous poser...

13

Après le départ des deux femmes, Drustan et Dageus allèrent s'enfermer dans la bibliothèque, qui était au maître de maison le repaire que constituait pour son épouse la véranda avec vue sur les jardins.

Drustan était incapable de quitter des yeux son jumeau. Au cours des dernières semaines, il avait presque fini par renoncer à le voir revenir chez eux. Ce qu'il aurait été contraint de faire si Dageus était resté aux États-Unis le révulsait. Le jour où Christopher lui avait remis la lettre funeste que lui avait laissée Silvan, il l'avait réduite en pièces et jetée dans les flammes sous le coup de la révolte et de la fureur. Le retour à la maison de l'enfant prodigue lui procurait un soulagement dont il n'avait pas fini de savourer les effets. Son frère était là, près de lui, et cela seul importait, même s'il ne retrouvait pas le Dageus vivant et enjoué qu'il avait laissé cinq siècles plus tôt.

Assis sur une chaise près de l'âtre, ses longues jambes étendues devant lui, les pieds posés sur un tabouret, Dageus observait les flammes d'un air absent.

— Que penses-tu de ton château, Drustan ? Il me paraît avoir triomphé de l'épreuve du temps.

Drustan hocha la tête, sans le quitter du regard.

— Il est encore plus beau que sur les plans que nous avions dessinés. Je ne pourrai jamais te remercier assez de ce que tu as fait pour moi, Dageus. Ni pour le château... ni pour le reste.

Ils avaient tellement de choses à se dire, tous les deux. Et rien qui fût de nature à les réjouir... Drustan était conscient que c'était à lui de faire le premier pas. Après le sacrifice que Dageus avait consenti pour qu'il puisse vivre, c'était la moindre des choses.

Il traversa la pièce à grandes enjambées, gagna le bar et leur servit deux larges rasades d'un scotch Macallan de trente-cinq ans d'âge – rien n'était trop beau pour fêter le retour de son frère.

— Alors ? demanda-t-il d'un ton dégagé, en lui tendant son verre. Comment t'en sors-tu avec *eux* ?

Dageus sursauta. Pour la première fois depuis leurs retrouvailles, il fixa son frère droit dans les yeux et avala son scotch d'un trait, avant de lui tendre son verre pour qu'il le resserve. Sans un mot, Drustan s'exécuta. Son frère dégusta plus lentement son deuxième scotch et répondit enfin :

— Plus difficilement depuis que je suis de retour en Écosse.

— À quel moment tes yeux ont-ils changé ?

Il n'y avait d'ailleurs pas que ses yeux qui avaient changé, songea Drustan. Sa façon de se déplacer n'était plus la même qu'autrefois. Le moindre de ses gestes était contrôlé, comme s'il ne pouvait dominer ceux qui étaient en lui qu'au prix d'une maîtrise de tous les instants.

— Quelle couleur ont-ils ? demanda-t-il.

— Ils ne sont plus dorés, répondit Drustan. Ils ont une couleur étrange. À peu près celle de ton whisky.

— Ils deviennent plus sombres quand la pression se fait plus forte, expliqua Dageus avec une grimace de dépit.

Drustan hésita à poser la question qui lui brûlait les lèvres, mais s'il voulait venir en aide à son frère, il ne devait y avoir aucun tabou entre eux.

— Qu'est-ce que cela fait de... de les avoir en toi ?

Dageus avala d'un trait le reste de son verre, se leva et alla se poster devant la cheminée.

— C'est comme s'il y avait une bête sauvage à l'intérieur de ma tête, Drustan, ou une bombe à retardement. J'ai en moi un pouvoir extraordinaire, un pouvoir à l'état pur, que je me refuse à utiliser, mais dont je me surprends parfois à faire usage contre mon gré.

Par-dessus son épaule, Dageus lui lança un sourire qui n'atteignit pas ses yeux. Ces yeux qui avaient débordé de rire et de joie autrefois, mais dont l'impassible froideur aujourd'hui épouvantait Drustan.

— Depuis quand es-tu au courant ?

— Depuis le début, avoua Drustan. Père avait laissé une lettre pour moi. Tu n'aurais pas dû me sauver, Dageus.

« Mais merci de l'avoir fait », ajouta-t-il pour lui-même, partagé comme à l'accoutumée entre une gratitude sans bornes et une immense culpabilité.

— Ce que j'aurais dû faire, c'est monter une meilleure garde près de toi, répondit Dageus en secouant la tête d'un air têtu. Sais-tu où j'étais, la nuit où c'est arrivé ? Dans le lit d'une femme des

Lowlands, dont je ne puis me rappeler ni le visage ni le nom.

La mine sombre, Drustan écoutait son frère. Il ne disait rien, mais tous ses sens étaient en alerte. Il buvait Dageus du regard, épiait le moindre de ses gestes, étudiait chacune de ses expressions. Son frère l'avait dit lui-même : il y avait en lui un pouvoir immense. Le fait qu'il fût arrivé à en contenir les méfaits si longtemps emplissait Drustan d'admiration.

Curieux d'en apprendre davantage sur ce qu'il allait leur falloir combattre, il attendit que son frère ait le dos tourné pour lancer une sonde mentale dans sa direction. Sous la violence du choc, il faillit tomber de sa chaise. Dans son estomac, le whisky qu'il venait d'avaler fit une tentative pour rebrousser chemin. Paniqué, il se retira en toute hâte. Par Amergin ! Comment Dageus faisait-il pour supporter cette chose en lui ? Une bête monstrueuse, vorace vivait sous sa peau, se tapissait au creux de son être tel un serpent prêt à se détendre et à frapper. Cette chose avait un appétit sans limite, une détermination sans faille. Elle était énorme, puissante, suffocante. Que son frère parvînt encore à respirer et à vivre en telle compagnie relevait du miracle.

Comme s'il avait senti son intrusion, Dageus pivota sur ses talons, les sourcils froncés, et pointa vers lui le goulot de la bouteille de scotch, qu'il venait de déboucher.

— Ne refais jamais ça !

Puis, sans prendre la peine de lui demander son avis, il vint d'office lui remplir son verre. Drustan l'avala comme si sa vie en dépendait et attendit que la brûlure du scotch se répande en lui avant de parler.

— Comment as-tu su que je te sondais ?

— Je l'ai senti. Et eux aussi... Il vaudrait mieux pour toi ne plus recommencer. Laisse-les tranquilles !

Encore secoué par sa pénible expérience, Drustan hocha la tête. Il n'avait pas besoin des mises en garde de son frère pour renoncer à toute nouvelle tentative.

— Parlons un peu de cette charmante jeune femme que tu as amenée avec toi, reprit-il pour changer de sujet. Est-elle au courant de ce qui t'arrive ?

Bien qu'il fût surprenant qu'il puisse encore éprouver le moindre sentiment alors que les Anciens faisaient le siège de son âme, Drustan avait remarqué les regards possessifs et farouchement protecteurs que son frère lançait à sa compagne.

— Chloé n'a aucune raison de se douter de quoi que ce soit, répondit Dageus. Mais c'est une femme intelligente. Il lui arrive de me regarder bizarrement, comme si elle soupçonnait quelque chose.

— Tu comptes le lui dire ?

— Comment veux-tu que je m'y prenne ? « Au fait, *lass*, je suis un druide du XVIe siècle qui a brisé ses vœux sacrés et se trouve depuis envahi par les âmes maudites de treize druides noirs. Je dois m'en débarrasser, sous peine de devenir un fléau planétaire, à moins que faire l'amour avec toi ne suffise à m'en empêcher... »

— Comment ? demanda Drustan, en proie à une vive agitation. Qu'as-tu dit ?

— Quand je fais l'amour, la pression que les Anciens exercent sur moi se relâche. Je ne sais pas pour quelle raison, mais dès que je me sens devenir froid et détaché de tout, il n'y a que dans les bras d'une femme que je retrouve un peu de mon humanité. Rien d'autre n'est efficace.

— Ah ! C'est donc pour cela que tu l'as amenée ici.

Dageus haussa les épaules et marmonna :

— Ce n'est pas ce que tu penses. Elle résiste.

Drustan faillit s'étrangler avec son scotch.

— Tu plaisantes ? Pourquoi ne la séduis-tu pas comme tu sais si bien le faire ?

— J'y travaille.

Cette réponse laconique laissa Drustan perplexe. Depuis qu'ils étaient en âge de s'intéresser aux femmes, Dageus était toujours arrivé à ses fins avec elles, d'une manière ou d'une autre. En quoi la jeune Américaine était-elle différente ? La réponse lui apparut soudain avec la clarté d'une évidence.

— Par Amergin ! lâcha-t-il dans un souffle. Elle est ta promise, n'est-ce pas ?

Sans lui répondre, Dageus alla ouvrir une fenêtre et aspira avidement quelques goulées de l'air froid et incomparablement savoureux des Highlands.

— Dès l'instant où Gwen m'est apparue, poursuivit Drustan dans son dos, j'ai reconnu en elle la femme qui m'était destinée. Un druide reconnaît d'instinct celle qui pourra échanger avec lui les vœux d'amour éternel. C'est ce qui t'est arrivé avec Chloé, n'est-ce pas ?

Dageus ne lui répondit pas, mais le regard qu'il lui lança par-dessus son épaule en disait long. Drustan sentit l'espoir renaître en lui. En dépit du monstre qu'il lui fallait combattre, son frère demeurait suffisamment humain pour tomber amoureux. Drustan savait d'expérience que là où tout le reste semble échouer, l'amour produit parfois des miracles. Il estimait également que pour mettre en échec les forces du mal, l'amour était l'arme la plus puissante et la plus appropriée.

Lorsque Gwen les rejoignit dans la bibliothèque, un peu plus tard, Chloé n'était pas avec elle. Dageus se leva d'un bond. Il n'avait pas encore eu le temps de parler à Drustan – et encore moins à sa femme – du danger que Chloé courait depuis qu'un membre du mystérieux Draghar s'en était pris à elle à New York.

— Où est-elle ?

Surprise par cet accueil, Gwen se figea devant lui.

— Moi aussi, je suis très heureuse de te revoir, Dageus, dit-elle d'une voix doucereuse. Trop aimable à toi de venir enfin nous rendre visite. Cela ne fait que quelques mois que nous t'attendons.

— Où est-elle ? répéta-t-il, les poings serrés.

— Du calme. Elle est à l'étage, en train de prendre une douche. La pauvre vient de voyager pendant près de vingt-quatre heures, et bien qu'elle m'ait dit avoir dormi dans l'avion, elle a l'air d'être épuisée.

Avec un sourire radieux, Gwen ajouta :

— Nous n'avons pas eu le temps de discuter beaucoup, mais je l'adore déjà. C'est une tête, comme moi. À présent que tu es rassuré, je pourrais peut-être avoir un baiser ?

Dageus se détendit et lui adressa un sourire d'excuse. S'il y avait un endroit où Chloé était en sécurité, c'était bien entre ces murs. Lors de la construction du château, il avait ciselé lui-même les charmes protecteurs inscrits dans les principales pierres angulaires. Avec une joie sans mélange, il ouvrit grands les bras pour y accueillir la femme qui lui avait sauvé la vie autrefois et qui avait fait de son frère un homme heureux.

— C'est tellement bon de te revoir enfin, *lass*... Tu es encore plus belle et radieuse qu'avant.

Il avança les lèvres pour l'embrasser.

— Pas sur la bouche ! lança Drustan d'une voix lourde de menaces. À moins que tu ne veuilles que je rende la pareille à Chloé...

Dageus détourna ses lèvres afin qu'elles se posent sur la joue qui lui était offerte, puis il baissa les yeux vers le ventre rond de Gwen.

— Comment se portent mes neveux ?

Une main protectrice posée sur son ventre, Gwen rougit de plaisir et se fit un devoir de lui rapporter dans les moindres détails sa dernière visite chez l'obstétricien. Lorsqu'elle eut terminé, elle marqua une pause, avant de demander en le dévisageant avec inquiétude :

— Je suppose que tu en as déjà parlé avec Drustan, mais comment pouvons-nous te venir en aide ?

Dageus ne répondit pas, rendu muet par la joie de revoir ensemble ceux pour qui il avait tant donné. Il avait encore du mal à se faire à l'idée que Drustan n'avait jamais été dupe de la comédie qu'il lui avait jouée, qu'il n'avait fait qu'espérer son retour et qu'il l'avait accueilli chez lui à bras ouverts.

— Tu es mon frère, intervint Drustan, comme s'il lisait dans ses pensées. Je n'aurais jamais pu te tourner le dos. Tu me blesses en imaginant une chose pareille.

— Je voulais me débrouiller seul, grommela Dageus.

Son frère secoua la tête.

— Ça ne m'étonne pas de toi. Tu as toujours voulu prendre sur tes épaules plus que ta part de responsabilités. Tu n'avais aucun droit de te sacrifier pour moi !

— Ne recommence pas avec ça.

— Je ne t'ai jamais demandé de...

— Tu préférerais être mort à l'heure qu'il est ?

— Assez ! s'écria Gwen d'une voix cassante. Nous pourrions discuter pendant des heures pour savoir qui aurait dû faire ou ne pas faire ci ou ça, mais cela ne serait qu'une perte de temps. Nous avons un problème, nous allons le régler.

Dageus retourna une chaise devant lui et s'y installa à califourchon, les jambes bien plantées sur le sol, les bras croisés sur le dossier. Il prenait un malin plaisir à voir son frère, autrefois indomptable, baisser piteusement le menton après avoir été dûment chapitré par son épouse. Drustan n'aurait jamais assez du reste de sa vie pour remercier le Ciel d'avoir placé sur sa route une femme telle que Gwen. Le lien qui les unissait était inestimable, et le fait d'avoir contribué à faire en sorte qu'il ne soit pas rompu était pour Dageus une puissante consolation.

— C'est justement ce qui m'amène ici, dit-il enfin. J'ai longuement réfléchi à ce qui m'arrive. Après avoir éliminé toute autre solution, j'ai compris que mon seul espoir de m'en sortir consistait à découvrir comment les Anciens avaient été relégués dans leur prison temporelle autrefois, afin de pouvoir les y emprisonner de nouveau. Et pour cela, il me faut avoir accès à la bibliothèque du clan, pour y étudier dans les textes anciens tout ce qui a trait aux Tuatha Dé Danaan et à leurs rapports avec les druides noirs.

En voyant son frère se renfrogner et se lever pour faire les cent pas dans la pièce, Dageus comprit que les choses ne seraient pas aussi simples qu'il l'avait espéré.

— Cela aurait été une brillante idée s'il n'y avait un gros problème, répondit Drustan d'une voix sourde.

Il vint se planter devant son frère et le regarda un instant avant d'ajouter :

— Dageus... les textes dont tu parles ne font plus partie de la bibliothèque des Keltar.

Dageus sentit l'espoir qui avait commencé à renaître en lui s'effondrer brusquement. Trop anéanti par cette nouvelle pour répondre, il secoua longuement la tête.

— Après avoir lu la lettre que père avait laissée à mon intention, poursuivit Drustan, j'ai moi aussi beaucoup réfléchi. Comme toi, j'en suis arrivé à la conclusion qu'il fallait chercher du côté des Tuatha Dé Danaan la solution à notre problème. Et c'est alors, en effectuant des recherches avec Christopher dans la bibliothèque du clan, que nous avons dû nous rendre à l'évidence : tous les volumes dans lesquels nous aurions pu nous documenter avaient disparu.

— Mais... comment est-ce possible ? protesta faiblement Dageus. Il doit rester au moins quelques-uns des textes dont j'ai besoin.

Il cita quelques titres, son désespoir augmentant chaque fois que son frère secouait la tête d'un air désolé.

— Je sais que cela paraît inconcevable, reprit celui-ci. Christopher et moi en sommes arrivés à la conclusion que ces disparitions ne pouvaient être fortuites. Quelqu'un a fait en sorte que nous n'ayons plus accès à ces livres.

En proie soudain à une fureur noire, Dageus se leva et donna un violent coup de poing dans le mur lambrissé.

— J'ai besoin de ces informations ! s'écria-t-il. J'en ai un besoin vital !

Un silence pesant retomba entre eux avant que Drustan ne reprenne, d'une voix chargée d'espoir :

— Il y a bien un endroit – je devrais plutôt dire une époque – où nous pourrions trouver ce que nous cherchons. Une époque où nous savons avec certitude que rien ne manquait sur les rayonnages de la bibliothèque de notre clan.

Dageus accueillit cette idée avec un sourire amer. Comment, au juste, allait-il expliquer cela à Chloé ? « Je suis désolé, lass, mais les ouvrages dont j'ai besoin ne sont plus ici, alors je dois aller les chercher dans le passé. » Pourtant, à la réflexion, la suggestion de Drustan était bien la seule solution qu'il lui restât. Qu'il y fût disposé ou non, qu'elle y fût préparée ou pas, il allait devoir révéler à Chloé quelques vérités dérangeantes.

— Je pourrais y aller pour toi, proposa Drustan. Juste le temps de prendre ce dont nous avons besoin et de le rapporter.

— Certainement pas ! protesta Dageus. Rien ne nous dit que les Tuatha Dé Danaan n'ont pas laissé d'autres pièges entre les dimensions pour empêcher ceux de notre clan d'utiliser le pouvoir des pierres levées pour leur usage personnel. Aucun autre McKeltar que moi ne voyagera désormais dans le temps. En ce qui me concerne, le mal est déjà fait.

— Pendant que vous continuez à discuter, intervint Gwen en se dirigeant vers la porte, je vais préparer la chambre de Chloé et la tienne, Dageus.

En remarquant le regard noir que lui lançait son beau-frère à travers la pièce, elle ajouta fermement :

— Tu ne me fais pas peur, Dageus McKeltar ! C'est Chloé elle-même qui m'a précisé que vous feriez chambre à part. Au lieu de me fusiller du regard, tu devrais me remercier de vous loger dans deux chambres face à face. Chloé n'aura qu'un couloir à traverser, si tel est son choix.

En refermant la porte derrière elle après cette mise au point, Gwen était à la fois ravie et inquiète – ravie que Dageus ait finalement décidé de rentrer chez lui, et inquiète de savoir qu'il lui faudrait sans attendre en repartir pour une aventure périlleuse et incertaine. Le laisser se lancer à travers le temps à la recherche du moyen d'échapper à la malédiction qui le frappait ne l'enchantait guère, pas plus que Drustan, sans doute. Hélas, ils n'avaient pas le choix.

Même si elle ne bénéficiait pas des sens aiguisés de son druide de mari, elle pouvait sentir à quel point Dageus avait changé. Il y avait dans son comportement, dans son regard, dans sa manière de contrôler le moindre de ses gestes et de ses mots, une violence et une impatience extrêmes, à peine contenues, sur le point d'exploser. Dans une autre époque, elle avait deviné en lui, pour l'avoir connue elle-même, une poignante solitude. Elle s'était juré de l'aider à trouver celle qui pourrait l'en guérir. Mais apparemment, le destin y avait veillé pour elle. Chloé Zanders ne le savait peut-être pas encore, mais elle était faite pour Dageus comme il était fait pour elle.

En s'éloignant de la bibliothèque, Gwen comprit ce qu'il lui restait à faire. Depuis qu'il avait sauvé l'homme sans qui sa vie n'avait pas de sens, elle avait une dette énorme envers Dageus McKeltar. Le moins qu'elle pût faire, c'était de glisser au moment propice quelques mots adéquats à celle qui avait le pouvoir de l'aider à triompher de sa solitude... et peut-être des démons qui assiégeaient son âme.

La nuit touchait à sa fin et les premières lueurs de l'aube éclairaient le ciel lorsque Dageus suivit Drustan à l'étage. Après le départ de Gwen, il avait raconté en détail à son frère tout ce qui s'était passé à Manhattan, sans omettre les rares références qu'il avait pu trouver dans les livres à propos du menaçant et mystérieux Draghar.

Hélas, Drustan avait dû s'avouer aussi ignorant que lui sur le sujet. Il s'était lancé dans des conjectures et des hypothèses, mais ce dont Dageus avait besoin, c'était de réponses et de certitudes. Et il savait à présent où les trouver.

Ils s'apprêtaient à se séparer pour gagner leurs chambres respectives lorsque Drustan se décida à poser la question qui lui brûlait les lèvres depuis des heures.

— Quand comptes-tu partir ?

Dageus dévisagea longuement Drustan, savourant le fait de savoir son frère vivant, heureux, prêt à rejoindre Gwen dans leur lit conjugal. Il aurait aimé passer ne serait-ce qu'un jour de plus en leur compagnie, mais à présent qu'il était de retour en Écosse, comme il s'en était douté, la pression exercée sur lui par les Anciens devenait presque intolérable. Chloé était en danger, et il ne pouvait pas se permettre de perdre du temps.

— Demain, répondit-il enfin.

— Si tôt que ça ?

— *Aye.* Je ne sais pas combien de temps il me reste.

Drustan parut hésiter un instant, puis demanda :

— Et Chloé ?

Le visage de Dageus se figea.

— Tu sais ce qu'elle représente pour moi. Je dois la protéger. Dorénavant, où que j'aille, elle me suivra.

— Dageus...

— Pas un mot de plus. Si elle ne part pas, moi non plus.

— Et si elle n'est pas d'accord ?

— Elle le sera.

À quelque distance du château dans lequel, bien à l'abri, dormaient à présent Dageus et Chloé, Trevor faisait son rapport par téléphone en regardant le soleil se lever.

— Je n'ai pas encore eu l'occasion de m'approcher d'elle, mais cela ne saurait tarder.

— Tu étais censé lui régler son compte avant qu'ils aient quitté Londres ! répondit la voix cassante et autoritaire de Simon Barton-Drew.

— Cet homme n'a pas relâché sa garde une seconde ! protesta Trevor, mal à l'aise. Il est plus vigilant qu'un garde du corps !

— Qu'est-ce qui te fait penser que cela va changer, à présent qu'il est de retour chez lui ?

— S'il se croit en sécurité, tôt ou tard, il la quittera des yeux. Alors, je serai là pour frapper. Cinq minutes suffiront. Donnez-moi quelques jours de plus.

— C'est trop risqué.

— Mais ce McKeltar est amoureux de cette fille ! Nous avons besoin de l'éliminer pour qu'il sorte de ses gonds et fasse usage de ses pouvoirs sous le coup de la fureur. C'est vous-même qui l'avez dit.

À l'autre bout du fil, il y eut un silence de quelques secondes qui mit Trevor sur le gril.

— Quarante-huit heures, lâcha finalement le grand maître de la secte. Pas une de plus. Appelle-moi toutes les six heures. Si tu n'as pas réussi d'ici là, tu déguerpiras au plus vite. Je ne veux pas courir le risque qu'un de nos adeptes soit pris vivant. Jusqu'au bout, il faut que McKeltar ignore tout de la prophétie.

14

La journée avait été ensoleillée et étonnamment chaude pour un mois de mars dans les Highlands. Qui plus est, cela avait été l'un des jours les plus exaltants de la vie de Chloé.

Après un petit déjeuner plantureux et typiquement écossais, Drustan et Gwen les avaient conduits, elle et Dageus, le long de routes venteuses, jusqu'au sommet d'une montagne qui dominait la petite cité vivante et colorée d'Alborath. Chloé y avait fait la connaissance des cousins des frères McKeltar, Christopher et Maggie, fiers à juste titre de leurs nombreux enfants.

Elle avait passé la journée en compagnie de Gwen et de Maggie, à visiter des sous-sols aux greniers le second des châteaux du clan – celui-ci étant beaucoup plus ancien que le premier, dans lequel elle avait dormi, qui l'était pourtant déjà tellement...

Elle avait découvert des antiquités pour lesquelles Tom aurait tué père et mère, dévoré du regard de vénérables parchemins protégés par des vitrines, admiré armes et armures de diverses époques, déchiffré des inscriptions runiques sur des pierres ancestrales plantées négligemment dans les jardins. Bouche bée, elle avait déambulé dans la galerie de portraits du grand hall, histoire peinte du clan McKeltar à travers les siècles, en se demandant quel effet cela pouvait faire d'avoir de telles racines. Elle avait palpé d'antiques tapisseries qui auraient été à leur place dans les plus grands musées, caressé des meubles rares qu'auraient dû protéger d'efficaces systèmes de sécurité.

En réponse à son étonnement maintes fois réitéré de ne découvrir aucune alarme pour préserver ces merveilles des mains avides des cambrioleurs, elle n'avait obtenu que des sourires entendus et de vagues commentaires sur les garanties très sûres offertes par ces murailles d'autrefois. Il lui avait bien fallu conclure que chez les McKeltar, la méfiance n'était pas de mise – ce qui expliquait cette manie qu'avait Dageus de ne jamais verrouiller une porte derrière lui.

Le château en lui-même était un petit bijou. Il avait été préservé des ravages du temps autant que faire se pouvait et était entretenu avec soin. Durant toute la journée, Chloé avait dû se pincer pour être sûre qu'elle ne rêvait pas, qu'elle n'avait pas fait un bond de plusieurs siècles dans le passé.

À présent, assise à côté de Gwen en haut des larges marches en pierre du perron, elle regardait le jour décliner. Dans le ciel qui se teintait de rose, le soleil paraissait posé sur l'horizon. Au-delà d'une fontaine entourée de massifs de fleurs et de jardins de rocaille, elles avaient une vue imprenable sur la vallée, où les premières lumières d'Alborath commençaient à briller. Chloé imaginait sans peine la splendeur qui devait être celle des Highlands au printemps ou, mieux encore, à la fin de l'été. Une fois de plus, elle se prit à rêver de pouvoir rester dans ce pays quand se serait écoulé le mois qu'elle devait y passer en compagnie de Dageus.

Son regard glissa sur la gauche et s'arrêta sur l'homme étonnant qui avait bouleversé sa vie en si peu de temps. À quelques dizaines de mètres du château, debout à l'intérieur d'un cercle de pierres levées, il écrivait à la craie sur la face interne des mégalithes, tout en poursuivant une discussion animée avec son frère. Devant l'étonnement de Chloé, Gwen lui avait simplement dit que les jumeaux étaient restés sans se voir durant des années, sans fournir d'autre explication. Malgré sa curiosité, Chloé n'avait pas insisté, comprenant d'instinct que cela n'aurait pas été correct.

— Tout est si paisible et magnifique, ici... dit-elle dans un soupir.

À l'issue de cette journée tellement inhabituelle, elle se sentait prise d'une étrange langueur. Nostalgique, elle ne pouvait s'empêcher d'envier les McKeltar qui vivaient sur cette terre et en faisaient partie intégrante, au même titre que les arbres, les bêtes ou les ruisseaux. La compagnie des six enfants chahuteurs de leurs hôtes avait en outre réveillé en elle un manque criant. Ce château débordait de vie, de rires, de cris, de larmes, de bousculades et de jeux. En tant que fille unique adoptée et élevée par son grand-père, elle n'avait jamais rien connu de tel.

— C'est vrai, approuva Gwen. Le bonheur semble ici aussi immuable que ces mégalithes que vous admirez. On les appelle Ban Drochaid, ce qui signifie « le pont blanc ».

— Le pont blanc ? répéta Chloé. Quel curieux nom pour un monument de ce type !

Gwen eut un sourire mystérieux, avant d'ajouter :

— Des tas de légendes courent en Écosse sur ces pierres levées. Certains disent qu'elles sont des portes ouvertes sur le temps...

— Je vois ce que vous voulez dire. J'ai lu un roman sentimental sur ce thème, dernièrement.

Aux anges, Gwen se tourna vers elle et prit ses mains dans les siennes en s'exclamant :

— C'est vrai ? Vous lisez des romans sentimentaux ?

Avec la conviction des vrais fans, elles échangèrent au cours des quelques minutes qui suivirent impressions et recommandations de lecture.

— Je savais que j'allais vous aimer ! conclut Gwen, ravie. J'ai eu peur, en ne vous voyant vous passionner que pour les antiquités celtiques, que vous soyez plutôt du genre... austère. Me pardonnez-vous ? Personnellement, je n'ai rien contre la littérature « sérieuse », mais quand j'ai envie de me sentir déprimée, il me suffit de me disputer avec mon mari ou de regarder CNN.

La main posée sur son ventre rond, perdue dans la contemplation de l'horizon, où flottaient à présent des écharpes de brume, elle garda un moment un silence rêveur.

— Vous savez, Chloé, l'Écosse ne ressemble à aucun autre pays au monde, reprit-elle. Ici, il y a dans l'air quelque chose de... magique. Vous ne trouvez pas ?

Chloé hocha pensivement la tête, sans quitter des yeux l'imposant cromlech, masse noire dressée contre le ciel crépusculaire. La signification de ces alignements de pierres vieux de plusieurs milliers d'années continuait à faire débat dans le monde scientifique. Ils demeuraient un mystère qu'aucun homme n'était parvenu à élucider. Et s'il lui fallait écouter ce que lui disait son instinct et non sa raison, elle devait admettre qu'il y avait bien ici une atmosphère magique, chargée de secrets anciens.

Dageus semblait parfaitement à sa place dans ce décor. À le voir déambuler ainsi d'une pierre à l'autre, tout à sa tâche mystérieuse, on eût dit un sorcier primitif, gardien d'antiques arcanes profanes et sacrés.

— Qu'est-il en train de faire ? demanda-t-elle.

Gwen haussa les épaules sans lui répondre. Cela aurait pu être parce qu'elle n'en savait rien, mais Chloé sentit de manière intuitive qu'elle préférait garder le silence.

À y regarder de plus près, Dageus était bien en train d'inscrire quelque chose à la craie sur chaque pierre levée. Il y en avait treize, qui encerclaient une sorte d'autel formé de deux menhirs surmontés d'un entablement massif. Mais plus que ses gestes insolites, c'était l'homme lui-même qui la captivait et dont la vision lui coupait le souffle.

Après le déjeuner, il s'était changé et avait revêtu un jean fané, un épais pull en laine écru et de grosses chaussures, tenue qui lui donnait l'allure d'un randonneur prêt pour une longue excursion.

— Vous avez des sentiments pour lui, n'est-ce pas ? murmura Gwen sur le ton de la confidence.

Chloé se sentit pâlir.

— Cela se voit tant que ça ?

— Pour quelqu'un qui sait voir, oui. Si cela peut vous rassurer, sachez que c'est réciproque. Je n'ai jamais vu Dageus regarder une femme de la façon dont il vous regarde.

— S'il me regarde ainsi, marmonna Chloé en haussant les épaules, c'est sans doute parce que je ne suis pas de ces femmes qui lui tombent dans les bras sur un simple claquement de doigts.

— C'est bien tout ce qu'elles font pour lui.

L'amertume de ces paroles intrigua Chloé.

— N'est-ce pas tout ce qu'il désire ? s'étonna-t-elle.

— Non. La plupart des femmes ne voient pas plus loin que ce corps magnifique et ce visage à la beauté ensorcelante. En tout cas, elles ne lui accordent jamais leur confiance au point de lui offrir leur cœur. Cela ne fait pas pour autant de Dageus un homme uniquement attiré par le sexe.

Chloé repoussa ses cheveux derrière ses épaules et décida de rester muette, espérant que son silence inciterait Gwen à aller plus loin dans ses confidences. Elle n'était guère pressée de reconnaître à voix haute qu'elle s'était entichée de Dageus à la manière romantique et frivole d'une midinette.

Toute la journée, elle n'avait pu qu'envier l'étonnante relation qui unissait Drustan et son épouse. Ils étaient si manifestement et si totalement amoureux l'un de l'autre que c'en était presque indécent. Et parce que les jumeaux se ressemblaient tant, elle n'avait pu s'empêcher de penser que Dageus serait, comme son frère, aux petits soins avec celle qu'il aimerait – sans oublier de s'imaginer dans ce rôle, naturellement.

À côté d'elle, Gwen poussa un petit soupir et reprit enfin la parole.

— Si Dageus semble ne pas rechercher l'amour des femmes, c'est parce qu'aucune de celles qu'il a connues ne s'est risquée à lui permettre ce genre d'attachement.

Chloé secoua longuement la tête, sceptique.

— J'ai du mal à y croire, dit-elle. Un homme comme lui...

— ... terrifie la plupart des femmes. Comme elles ne peuvent s'empêcher de lui céder, elles prennent de lui ce qu'il a à offrir, mais aussitôt sorties de ses bras, elles s'empressent d'aller chercher ailleurs un autre homme à aimer. Un homme plus rassurant, qu'elles pourront plus facilement contrôler. A-t-il le même effet sur vous ? J'aurais pourtant juré que vous étiez plus avisée.

Un frisson parcourut l'échine de Chloé. Comment leur conversation avait-elle pu, en si peu de temps, prendre un tour si personnel ? Mais Gwen n'en avait pas encore terminé.

— Parfois – et croyez-moi, je parle d'expérience –, une femme doit se décider à faire en toute confiance un saut dans l'inconnu. À ne pas répondre par prudence aux appels du destin, on ne récolte que des doutes et des regrets. Est-ce ainsi que vous voulez vivre ?

Chloé ouvrit la bouche pour protester, puis renonça en constatant qu'il lui était arrivé de penser exactement la même chose que Gwen. « Qui ne risque rien n'a rien », avait coutume de répéter son grand-père.

Soudain, elle se rendit compte que c'était à sa mort qu'elle avait décidé de ne plus faire siennes ces paroles. Quand elle s'était retrouvée brutalement seule, sans personne pour lui montrer la route ni lui tenir la main, elle avait opté pour la sécurité d'une vie sans risques et toute tracée. C'était sans doute inconsciemment qu'elle s'y était résolue, mais pour éviter de souffrir encore d'avoir à perdre un être aimé, n'avait-elle pas secrètement renoncé à prendre le risque d'aimer ?

— En somme, reprit-elle en tournant la tête pour scruter le profil de sa voisine, vous m'encouragez à faire une confiance aveugle à Dageus ?

— C'est exactement cela. Il s'apprête à vous demander une faveur. Le simple fait qu'il puisse envisager de le faire en dit beaucoup sur les sentiments qu'il a pour vous.

— Que compte-t-il me demander ?

— Vous le saurez bien assez tôt.

Gwen parut sur le point d'ajouter quelque chose, mais se ravisa. Elle se mordilla les lèvres un instant, avant de se décider à poursuivre :

— Vous devez savoir que Drustan et Dageus sont issus d'un monde qu'il est difficile pour des femmes comme nous de comprendre. Un monde qui, même s'il peut au départ paraître irréel, est fermement ancré dans la réalité. Ce que la science ne peut expliquer n'est pas pour autant dénué de réalité. J'ai vu des choses qui dépassent de loin mon expérience de physicienne. Si vous pouvez être sûre d'une chose, c'est que Drustan et Dageus sont des hommes bons. Et même les meilleurs qui soient... Gardez l'esprit libre et ouvert, car je puis vous assurer que quand un McKeltar livre son cœur à une femme, il le fait totalement et pour toujours.

— Vous me faites presque peur, avoua Chloé à mi-voix.

Gwen posa une main rassurante sur son épaule.

— Croyez-moi, tout ce que vous avez à craindre, c'est de faire le mauvais choix. Juste une petite question, entre vous et moi : l'aimez-vous ?

Ne sachant que répondre, ni même si elle devait le faire, Chloé regarda longuement Gwen avant de demander :

— Est-ce que cela restera réellement entre vous et moi ?

Gwen hocha solennellement la tête.

— Oui, je l'aime. En fait, je crois que je suis tombée amoureuse de lui à la seconde où je l'ai vu, déclara Chloé, stupéfaite de s'entendre prononcer de telles paroles. Cela me paraît complètement dingue. Je me sens... possessive vis-à-vis de lui, alors que je n'ai aucun droit de l'être. Je n'ai jamais rien ressenti de tel. Et je n'arrive pas à comprendre ce qui m'arrive.

Le sourire de Gwen était aussi éclatant que le soleil qui commençait à disparaître à l'horizon dans un flamboiement de couleurs.

— Oh, Chloé... La raison nous fait défaut quand nous essayons de nous convaincre de quelque chose que notre cœur sait être faux. Le meilleur conseil que je puisse vous donner, c'est d'arrêter de nier les évidences et d'écouter ce que vous dicte votre cœur.

15

— Je n'aime pas ça, grommela Drustan à l'intention de son frère.

— Et toi ? rétorqua vivement Dageus. As-tu laissé le choix à Gwen avant de l'entraîner dans le passé ?

Il finissait d'inscrire l'avant-dernière formule sur l'un des menhirs de l'autel central. Il ne lui resterait plus qu'à écrire sur l'autre la dernière formule pour ouvrir les portes du temps. En accord avec Drustan, il avait décidé de programmer son retour dans leur époque d'origine six mois après la date de sa disparition. Outre qu'il éviterait ainsi de croiser son moi d'autrefois, peut-être Silvan aurait-il découvert dans l'intervalle quelque information essentielle susceptible de l'aider.

— Chloé n'est pas aussi fragile que tu le crois, reprit-il. Elle m'a menacé d'une dague. Elle a résisté vaillamment à son agresseur. Et c'est de son plein gré qu'elle m'a suivi en Écosse. Bien qu'il puisse lui arriver d'hésiter, elle n'a peur de rien. De plus, elle est intelligente, parle plusieurs langues mortes, connaît les vieux mythes et adore les antiquités. Je me propose de la ramener aux sources de ce qui la fascine plus que tout au monde...

Rien que pour cette raison, je suis sûr qu'elle me pardonnera.

Ce n'était pas qu'un vœu pieux. Dageus avait l'intime conviction qu'il lui suffirait de placer entre les mains de Chloé des textes qu'aucun bibliophile au monde n'avait lus pour obtenir sa clémence.

— Peut-être, répondit Drustan avec une moue dubitative. Mais Gwen savait au moins qui j'étais.

— Tu le lui avais dit, mais elle ne te croyait pas, lui rappela son frère. Elle te prenait même pour un fou.

— Oui, mais...

— Il n'y a pas de mais. De toute façon, sache que j'ai l'intention de laisser le choix à Chloé.

— Vraiment ?

Dageus haussa les épaules, l'air maussade.

— Je ne suis pas entièrement dénué de scrupules.

— Tu vas lui dire ce qui l'attend ?

— J'ai dit que j'allais lui laisser le choix.

— Le sens de l'honneur voudrait que tu...

Piqué au vif, Dageus releva la tête. Les yeux brillants de colère, il fusilla son frère du regard.

— Je n'ai pas le temps de me montrer chevaleresque avec elle ! s'exclama-t-il. Je n'ai pas le temps de lui expliquer ce qui l'attend ou de l'aider à comprendre ce qui m'attend, moi, si je n'agis pas au plus vite !

Drustan soutint son regard sans ciller.

— Tu te rends compte qu'après cela, elle saura qui tu es ? Tu ne pourras plus prétendre être un homme comme les autres.

— Je m'en arrangerai. De toute façon, elle se doute déjà de quelque chose.

— Mais si elle...

Drustan renonça à finir sa phrase, conscient qu'il avait été sur le point d'exprimer la peur qu'il avait lui-même ressentie lorsqu'il avait expédié Gwen dans le passé.

— Si elle me hait et se détourne de moi, horrifiée, en me traitant de sorcier ? acheva Dageus avec un sourire figé. C'est mon problème, pas le tien.

— Dageus...

— Drustan, tu ne comprends pas. J'ai besoin de Chloé. J'ai besoin d'elle comme de l'air que je respire.

Drustan vit passer dans le regard de son frère une lueur de désespoir à peine masqué et sentit son cœur se serrer. Dageus savait qu'il n'avait aucun droit d'imposer à Chloé ce qu'il allait lui imposer, mais il ne pouvait faire autrement. S'il renonçait à elle, il renoncerait à la seule chose qui lui permettait encore d'avancer, de ne pas se résigner à son sort. Au point où il en était, le choix se résumait pour lui à garder coûte que coûte près de lui celle qui lui faisait encore battre le cœur, ou à succomber à la séduction d'un pouvoir absolu, éternel.

Un frisson glacé remonta le long du dos de Drustan. Le jour où son frère cesserait d'aimer, le jour où toute lueur d'espoir serait éteinte en lui, il n'aurait plus qu'à laisser les Anciens triompher ou à...

Incapable d'achever sa pensée, Drustan comprit que Dageus savait depuis le début quels seraient pour lui les termes de l'alternative. Debout au bord de l'abîme, il se battait pied à pied avec la seule arme qu'il lui restait. Et si l'amour que Chloé lui inspirait était la seule chose qui séparait encore son frère des portes de l'enfer, Drustan se sentait capable d'aller lui-même enchaîner la jeune femme à ses pieds pour la retenir.

Un sourire amer joua sur les lèvres de Dageus, comme s'il avait suivi le tour pris par les pensées de son frère.

— Qui plus est, ajouta-t-il avec une ironie mordante, je sais que je pourrai la renvoyer dans son époque d'origine. Ce qui n'était pas ton cas quand tu as expédié Gwen dans le passé. Si quelque chose devait mal tourner pour moi, je jure de faire en sorte que Chloé puisse retourner dans son époque.

Drustan ne se faisait pas d'illusions. S'il voyait revenir Chloé sans son frère, cela signifierait que celui-ci était mort. Ce n'était qu'à ce prix que Dageus accepterait de la laisser lui échapper.

— Très bien, dit-il en baissant la tête en signe de reddition. Quand serez-vous de retour ?

— Attends-nous d'ici trois jours. Je ne peux pas viser plus près de la date d'aujourd'hui sans risquer de créer un paradoxe temporel.

Ils se dévisagèrent en silence, sachant que tout avait été dit, exprimant par le regard tout ce qui ne pouvait l'être par les mots. Seule l'arrivée de Gwen et Chloé, qui les rejoignirent dans le cercle de pierres levées, mit fin à leur échange muet.

— Qu'êtes-vous en train de faire ? demanda Chloé en examinant avec curiosité la face interne des mégalithes. Dageus, qu'avez-vous inscrit sur ces pierres ?

Sans lui répondre, il la détailla de la tête aux pieds, subjugué par sa beauté et son innocence. Elle avait revêtu pour battre la campagne de grosses chaussures de marche, ainsi qu'un pantalon et un sweat-shirt bleus, qui ne parvenaient pas à alourdir sa silhouette menue. Ses cheveux rassemblés en tresse lâche dans son dos voletaient au vent, leur couleur naturelle rehaussée par la lumière du couchant. Ses grands yeux brillaient du plaisir de la découverte. L'Écosse lui allait bien. Elle avait déposé un peu de rouge sur ses joues et une étincelle de joie au fond de ses yeux.

Dageus ne s'inquiétait pas outre mesure de sa réaction lorsqu'elle découvrirait la vérité. Les femmes modernes étaient bien différentes de celles de son temps, promptes à ne voir que magie et sorcellerie dans tout ce qui dépassait leur entendement. Il avait eu maintes occasions de constater que Chloé était dotée d'un caractère bien trempé, et même si elle n'avait pas le bagage scientifique de Gwen, elle était versée dans les langues et l'histoire anciennes. Son insatiable curiosité constituait pour elle un atout supplémentaire. Elle lui avait déjà permis de s'aventurer là où d'autres, à sa place, auraient reculé. En outre, il serait là pour l'aider à comprendre. S'il la connaissait à moitié aussi bien qu'il le croyait, l'étrange voyage dans lequel il allait l'entraîner la rendrait positivement folle de joie dès qu'elle aurait surmonté le choc initial.

Fort de cette certitude, Dageus s'arracha au regard intrigué de Chloé et se tourna vers Gwen, qu'il prit dans ses bras.

— Fais attention à toi, *lass*, murmura-t-il en lui embrassant les cheveux. Et prends bien soin de mes neveux.

Il la serra longuement dans ses bras, comme s'ils ne devaient plus se revoir. Puis ce fut au tour de son frère. Quand elle vit Drustan et Gwen s'éloigner et franchir le périmètre du cromlech, Chloé s'inquiéta :

— Que se passe-t-il ? Pourquoi dites-vous au revoir à Gwen et Drustan ? Ne sommes-nous pas censés rester ici et travailler dans la bibliothèque ?

Dageus tendit la main vers elle et répondit gravement :

— Je dois m'en aller, Chloé-*lass*.

— Quoi ? Mais de quoi parlez-vous donc ?

Effarée, elle regarda autour d'elle. Aucun moyen de transport n'était en vue. Dans ces conditions, où diable comptait-il aller ? Et comment ? Mais la perspective qu'il puisse la laisser derrière lui était encore ce qui l'inquiétait le plus. « Je dois m'en aller... » avait-il dit.

— Viendrez-vous avec moi ?

Chloé faillit soupirer de soulagement.

— Je... je ne comprends pas. Où devons-nous aller ?

— Je ne peux pas vous le dire. Il faut que je vous le montre.

— Cessez de plaisanter ! protesta-t-elle sèchement. Je n'ai jamais rien entendu d'aussi ridicule.

— C'est très sérieux, au contraire, répondit-il en secouant la tête. Accordez-moi votre confiance, et vous ne tarderez pas à vous en rendre compte.

Il avait parlé d'une voix posée, mais son regard démentait son calme. Posés sur elle comme pour la retenir, ses yeux brillaient d'un éclat intense et débordaient de cette tristesse qu'elle avait déjà vue passer à plusieurs reprises dans son regard. Mais non, elle se trompait, comprit-elle soudain. Plus que de la tristesse, il s'agissait d'un désespoir sans fond, déchirant, d'une brutalité inhumaine.

La main tendue vers elle, il attendait. Elle n'avait pas la moindre idée de ce qu'il voulait, ni de l'endroit où il pensait devoir se rendre. Il lui demandait simplement de dire oui en toute confiance à son énigmatique requête. Il espérait qu'elle ferait ce « saut dans l'inconnu » dont Gwen avait parlé. Pour la deuxième fois, Dageus voulait qu'elle le suive aveuglément, au mépris de toute prudence, sans aucune garantie qu'il ne la laisserait pas tomber en chemin.

« Fais-le ! lui enjoignit du fond de sa mémoire la voix aimée d'Evan MacGregor. Tu n'as peut-être pas neuf vies devant toi, comme les chats, mais tu ne dois pas redouter de vivre pleinement celle qui t'appartient... »

Un frisson la traversa. Saisie d'un malaise indéfinissable, elle contempla les treize pierres couvertes de symboles mystérieux. Était-elle sur le point de découvrir la raison pour laquelle ces alignements existaient depuis la nuit des temps ? L'idée était trop grotesque pour que son esprit ne tente pas de la refouler. Manifestement, Dageus s'attendait qu'il se passe quelque chose ici. La logique voulait qu'il ne puisse rien se produire. Mais sa curiosité sans cesse à l'œuvre travaillait Chloé. S'il pouvait réellement se passer quelque chose, elle ne se pardonnerait jamais d'avoir refusé d'y participer.

De toute façon, conclut-elle pour elle-même, qu'avait-elle à perdre ? Un saut de plus dans l'inconnu ne pourrait bouleverser son existence plus qu'elle ne l'avait déjà été. Et pour être honnête, il lui fallait reconnaître que sa vie était pour le moins palpitante depuis qu'elle avait rencontré Dageus McKeltar.

Elle se redressa de toute sa hauteur, les bras croisés sur sa poitrine pour se donner du courage, puis elle se tourna vers lui et lui répondit enfin, en soutenant son regard :

— D'accord. Allons-y.

Elle n'était pas peu fière du flegme avec lequel elle était parvenue à prononcer ces mots.

Les yeux de Dageus s'écarquillèrent. Il la dévisagea un moment d'un air soupçonneux, comme s'il redoutait quelque ruse de sa part.

— Vous acceptez de me suivre alors que vous ne savez pas où je veux vous entraîner ? insista-t-il en articulant soigneusement.

— Si vous pensez que je vais laisser tomber après vous avoir suivi aussi loin, McKeltar, vous me connaissez mal. Je suis la femme que vous avez trouvée dans votre chambre, en train de fureter sous votre lit. Vous vous rappelez ? Je suis curieuse de savoir ce que vous me réservez. Où vous irez, j'irai. Vous n'êtes pas près d'être débarrassé de moi.

Très lentement, un sourire bouleversant se dessina sur les lèvres de Dageus, un sourire qui, loin de s'arrêter à ses lèvres, remonta jusqu'à ses yeux, au coin desquels il creusa de fines pattes d'oie. L'espace d'une seconde, Chloé crut voir danser dans ces profondeurs aux reflets cuivrés l'insouciance et la vitalité de la jeunesse, quelque chose d'infiniment libre et joyeux. Le souffle coupé, incapable de détacher son regard du sien, elle saisit sans plus aucune réticence la main large, chaude et rassurante qu'il lui tendait.

Alors, Dageus détourna la tête et, d'un geste vif, inscrivit à la craie un dernier symbole sur le menhir près duquel ils se tenaient.

— Surtout, prévint-il d'une voix sourde, ne lâchez pas ma main !

Une rafale de vent inattendue se leva dans la quiétude du soir et vint tourbillonner au centre du cromlech.

— Écoutez votre cœur, Chloé ! cria Gwen à l'extérieur du cercle de pierres. Et ramenez-le-nous vivant...

Le cœur battant, Chloé se demanda ce que pouvait bien signifier une telle recommandation. Puis elle n'eut plus le loisir de se poser des questions, car les mégalithes se mirent à tourner autour d'elle. Elle n'eut pas le temps de s'étonner de l'étrangeté de la chose, car, soudain, le sol se déroba sous ses pieds. La terre et le ciel se fondirent en un vertigineux maelström. Le hurlement du vent (mais était-ce bien le vent ?) se fit assourdissant. Brusquement, elle se retrouva suspendue dans un ailleurs indéfinissable. Du regard, elle chercha désespérément Gwen et Drustan, mais ils n'étaient plus là. Il n'y avait plus rien autour d'elle, d'ailleurs, pas même Dageus. Une force la tiraillait en tous sens, lui donnant l'impression d'être retournée comme un gant. Elle entendit une détonation, puis vit un éclair de lumière blanche si intense qu'elle en perdit toute notion de la vue et de l'ouïe.

Elle ne pouvait plus sentir la main de Dageus dans la sienne. Elle ne pouvait plus sentir sa propre main ! Elle essaya d'ouvrir la bouche pour crier, mais elle n'avait plus de bouche à ouvrir. La lumière blanche se fit plus intense encore, et bien qu'elle n'eût pas l'impression de se déplacer, un vertige atroce lui donna la nausée.

À l'instant précis où elle pensait ne pas pouvoir supporter une seconde de plus ce calvaire, tout s'arrêta enfin, avec la violence d'un camion percutant un mur. De nouveau, elle put sentir son corps, mais elle n'en éprouva aucun soulagement. Sa bouche était aussi sèche que le Sahara, sa tête meurtrie lui paraissait être un ballon sur le point d'exploser, ses entrailles semblaient vouloir jaillir de sa bouche à tout instant. Une pensée absurde lui traversa l'esprit avec la vitesse et la soudaineté d'une comète : « Pour un saut dans l'inconnu, Zanders, c'en est un ! » Puis, avec un sentiment de délivrance, elle s'effondra comme une masse sur le sol couvert de grêlons.

Deuxième partie

Ceux qui ne se rappellent pas le passé
se condamnent à le revivre un jour.

Prophétesse Eiru, VIe siècle avant J.-C.

Ceux qui ne se rappellent pas le passé
se condamnent à le revivre un jour.

Midhe Codex, VIIe siècle après J.-C.

Ceux qui ne se rappellent pas le passé
se condamnent à le revivre un jour.

George SANTAYANA, XXe siècle après J.-C.

16

24 juillet 1522

Des voix multiples résonnaient sous son crâne. Treize voix distinctes, celles de douze hommes et d'une femme aux accents sensuels et provocants, qui s'exprimaient dans une langue qu'il ne pouvait comprendre.

Ce n'était qu'un murmure ténu et sifflant, à peine plus audible que celui de la brise dans les arbres. Pourtant, à la manière d'un vent d'hiver, il soufflait implacablement, menaçant de balayer comme des feuilles mortes les derniers vestiges d'humanité en lui.

Une faim atroce lui tordait les tripes, l'inextinguible faim de treize âmes confinées durant quatre mille ans dans un endroit qui n'existait pas, dans un temps hors du temps. Cent quarante-six millions de jours, trois cent cinquante milliards d'heures...

Si ce n'était pas l'éternité, cela y ressemblait beaucoup. Une éternité à pourrir dans ce sombre oubli, sans bénéficier du secours de l'inconscience. Une éternité à souffrir de la faim sans avoir de bouche pour l'apaiser, à désirer sans avoir de corps pour se satisfaire, à se heurter à des murs invisibles et inébranlables sans avoir de doigts ni d'ongles pour les griffer. Une éternité pour haïr, haïr et haïr encore.

Sans doute était-ce ce que racontaient les treize voix en lui. Et Dageus, perdu dans les ténèbres, ne pouvait que les écouter sans comprendre.

Jamais Chloé n'avait vu une telle averse. À la pluie drue se mêlaient de gros grêlons qui s'abattaient sur elle et la meurtrissaient à travers ses vêtements. Accroupie sur le sol, elle s'en protégeait en se couvrant la tête de ses mains. Le vent qui continuait à se déchaîner en hurlant autour d'elle n'arrangeait rien. Elle se mit à crier le nom de Dageus, mais n'entendit même pas le son de sa voix.

Puis, aussi soudainement qu'elle s'était déclenchée, la tempête cessa. La grêle et la pluie s'arrêtèrent de tomber. Le vent se calma, laissant la place à une simple brise. Un silence irréel emplit la nuit. Méfiante, Chloé demeura prostrée un instant, avant de baisser les bras et de lancer un regard prudent autour d'elle.

Elle posa les paumes sur le sol, des gouttes de pluie tombant de ses cheveux trempés, et fut surprise de constater qu'il était chaud. L'air ambiant, de même, lui parut anormalement tiède pour un mois de mars. En se remettant prudemment sur ses pieds, elle vit que le brouillard avait succédé à l'averse. Des volutes de brume s'enroulaient autour d'elle comme des écharpes blanches, rendant la situation déjà irréelle passablement inquiétante.

— Dageus ? parvint-elle à articuler, d'une voix qui avait tout d'un couinement de souris. Vous êtes là ?

Lorsqu'il émergea du brouillard, un soulagement intense s'empara de Chloé. Elle était si heureuse de le voir qu'elle prêta à peine attention à l'expression étrange de son visage, aussi glaciale que les grêlons qui crissaient sous leurs pieds. Lorsqu'il se mit à parler, après être venu se planter devant elle, il le fit au prix d'un gros effort, en articulant péniblement chaque mot.

— Je vous... donnerai... chaque... antiquité... que je... possède... si vous... m'embrassez... sans discuter.

Chloé eut d'abord envie de se mettre en colère. Cela ressemblait bien à Dageus de poursuivre inlassablement ses petits jeux de séduction alors qu'ils venaient d'essuyer une tempête aussi brutale qu'inexplicable ! Puis elle plongea le regard au fond de ses yeux qui, dans la pénombre, semblaient noirs comme la nuit et y découvrit une telle détresse qu'elle en eut mal pour lui. Il souffrait. Il se noyait devant elle dans quelque tourment mystérieux. Elle ne pouvait rester sans réagir. Un écho surgit de sa mémoire et résonna dans son esprit : « Si je vous disais que seuls vos baisers peuvent peut-être me sauver ? » Il n'avait même pas besoin de ses maudits trésors celtiques pour l'appâter. Tout ce qu'elle désirait, c'était effacer de son regard le désespoir inhumain qu'elle y lisait.

En un geste inconscient, elle passa la langue sur ses lèvres. Dageus n'eut pas besoin d'autre encouragement. Il la prit dans ses bras, la souleva de terre et, en quelques puissantes enjambées, alla l'adosser rudement contre l'un des mégalithes. Chloé s'étonna vaguement que les pierres n'aient pas disparu, puis la bouche brûlante et impérieuse de Dageus s'écrasa contre la sienne, et elle fut incapable de penser à autre chose.

Il l'embrassait avec une telle avidité qu'on aurait pu croire que sa vie même en dépendait. Pendant un long moment, Chloé ne put rien faire d'autre que subir la force de son désir. Elle se sentait consumée de l'intérieur, anéantie et livrée tout entière à son bon plaisir. Elle savait à présent que le sexe entre ses bras ne pourrait qu'être un peu sauvage et sans tabous, et cette certitude la rendait encore plus esclave de ses sens. Elle était restée attachée de longues heures sur son lit, elle l'avait vu lutter pour ne pas céder aux désirs barbares qui l'habitaient. Elle savait quel genre d'amant il serait et se sentait dorénavant prête à tout pour lui.

Prise de vertige, elle s'agrippa désespérément à Dageus. Elle sentit une de ses mains se glisser sous son sweat-shirt et son soutien-gorge et se refermer sur un sein à la pointe déjà dressée. Son autre main alla se plaquer sur ses fesses pour l'attirer plus près de lui. Les doigts enfouis dans ses cheveux, elle se prêta avec ardeur à son baiser. Ses défenses ne s'étaient pas écroulées, elles avaient bel et bien disparu. Soudain, il lui parut inconcevable qu'elle ait pu lui résister si longtemps, pour des raisons qui lui semblaient à présent stupides et fallacieuses.

Comme s'il avait pu lire dans ses pensées, Dageus mit fin au baiser et la regarda intensément, avant de demander d'une voix rauque :

— Me désirez-vous, Chloé ?

Sans lui laisser le loisir de répondre, une voix sévère surgie de la nuit s'éleva derrière eux, les faisant sursauter.

— Je dirais que ça m'en a tout l'air, mais ce n'est ni l'heure ni l'endroit pour ce genre de réjouissances.

Dageus étouffa un grognement de dépit et, avant de s'écarter d'elle, se pencha pour lui murmurer à l'oreille :

— Il ne pourra pas y avoir de retour en arrière, *lass*. Ne vous avisez pas de prétendre plus tard que vous ne me désirez pas. Ce n'est que partie remise.

Puis il passa un bras autour de sa taille et l'entraîna hors du périmètre du cromlech, à la rencontre du nouveau venu.

Il fallut un bon moment à Chloé, encore pantelante de désir, pour reprendre ses esprits. Quand elle se ressaisit, elle fut surprise de constater que la brume s'était dissipée aussi rapidement que la tempête qui l'avait précédée. Au-dessus de la cime des vieux chênes qui se dressaient à la lisière du cercle de pierres levées, la lune brillait dans un ciel parfaitement serein et baignait le paysage d'une lumière laiteuse. Chloé refusa de s'attarder sur le fait que, quelques minutes plus tôt, il n'y avait là qu'une vaste étendue de pelouse. Cela n'aurait fait que nourrir la sensation de malaise qui grandissait en elle.

Elle préféra se concentrer sur l'homme qui les attendait, le dos tourné, à la lisière du bois. Grand et âgé, il portait une robe bleu nuit. Ses longs cheveux blancs comme neige retombaient en désordre sur ses épaules.

— Tu peux te retourner ! aboya Dageus à son intention.

L'homme s'exécuta et les observa de ses petits yeux perçants, dans lesquels brillait une lueur malicieuse.

— Je m'efforçais de vous laisser autant d'intimité que possible, expliqua-t-il prudemment.

— Vieux renard... marmonna Dageus. Si c'était le cas, tu aurais tourné les talons *illico*.

— Pour te voir disparaître de nouveau ? Certainement pas ! Je t'ai perdu une fois, je ne veux plus courir ce risque.

Chloé les écoutait discuter avec ahurissement. Plus elle contemplait l'inconnu, plus son visage lui semblait familier. Quand elle finit par se rappeler où elle l'avait vu, le matin même, elle faillit laisser échapper un cri de surprise. Dans la galerie de portraits des McKeltar, elle était tombée en arrêt devant la représentation d'un de leurs ancêtres, qui ressemblait trait pour trait au nouveau venu. Elle se rappelait s'être étonnée de sa ressemblance avec Einstein, ce qui avait fait sourire Gwen. À gauche et à droite du portrait, des rectangles plus clairs signalaient l'absence de deux toiles. Maggie lui avait expliqué qu'elles étaient en cours de restauration.

— Qui est cet homme ? demanda-t-elle en se tournant vers Dageus. Vous le connaissez ?

Dageus se cantonna dans un silence tendu. Le vieil homme lui jeta un regard courroucé et hocha la tête d'un air peiné.

— Ma chère, déclara-t-il d'une voix douce, il semble qu'il ne vous en ait pas dit plus que Drustan ne l'avait fait quand il a amené Gwen ici avec lui. Je m'appelle Silvan, et je suis leur père à tous les deux.

Dageus se tenait parfaitement immobile à côté d'elle. Chloé leva les yeux vers lui, mais il ne tourna pas la tête.

— Vous m'aviez dit que votre père était mort... protesta-t-elle d'une voix troublée.

— Je le suis, acquiesça Silvan. Au XXIe siècle. Mais dans ce siècle-ci – le XVIe –, il me reste, je l'espère, quelques bonnes années à vivre. Plutôt troublant quand on y réfléchit, vous ne trouvez pas ? C'est un peu comme si j'étais immortel dans mon segment limité du *continuum* spatio-temporel.

— Le... le XVIe siècle ? répéta piteusement Chloé.

Elle se pendit au bras de Dageus en une prière muette pour qu'il dissipe ce malentendu et éclaircisse la situation, mais il n'en fit rien.

— Le XVIe siècle, ma chère, insista Silvan. Je sais que cela va être dur pour vous, mais il faudra vous y faire.

— Ce qui veut dire que si je vous vois, reprit-elle en ouvrant de grands yeux, à supposer naturellement que je ne rêve pas ou que je n'aie pas perdu l'esprit, je me trouve en votre compagnie... à l'époque où vous n'êtes pas mort.

— Brillante déduction, ma chère, approuva Silvan en la couvant du regard. Bien qu'un peu détournée. Vous me semblez être une jeune femme intelligente. Je suis heureux de vous accueillir sur les terres du clan McKeltar.

— Non, non, non, non, murmura Chloé en secouant la tête avec détermination. Ce n'est pas possible. Je ne peux pas me trouver au XVIe siècle...

Mais en observant le profil de Dageus pour s'en convaincre, un certain nombre de faits troublants commencèrent à s'assembler malgré elle dans son esprit. Il parlait plus de langues mortes que le plus savant des professeurs d'université. Il possédait une collection d'antiquités celtiques en parfait état.

Au centre d'un cromlech antique, il lui avait demandé de le suivre dans un endroit mystérieux dont il ne pouvait lui parler. Il avait inscrit un signe cabalistique sur une pierre, ce qui avait entraîné une série de phénomènes étranges. Et pour couronner le tout, ce vieil homme sympathique, vivant sosie du plus pur génie de la physique moderne, prétendait être son père et vivre au XVIe siècle. « Et si je vous disais, chuchota la voix de Dageus du fond de sa mémoire, que je suis un druide venu d'une époque très éloignée ? »

Agacée par son silence têtu, elle se planta devant lui et le défia du regard.

— Répondez-moi ! Suis-je censée comprendre que vous êtes vous aussi né au XVIe siècle ?

Dageus secoua la tête, suscitant en elle un espoir qui fut vite déçu.

— Non, pas au XVIe siècle, *lass*, mais au XVe. Je suis né en 1488.

Chloé sursauta comme s'il l'avait giflée. Puis, la tête renversée vers les étoiles, elle éclata de rire.

— C'est bien ce que je pensais ! s'exclama-t-elle d'une voix hystérique. Vous êtes un druide venu d'une époque reculée, et moi, je suis la reine des fées...

— Vous vous doutiez de quelque chose, insista Dageus en la prenant par les bras pour la secouer doucement. Je l'ai deviné à la façon que vous aviez de me regarder parfois.

Le rire de Chloé se brisa sur une note amère. Elle ne pouvait nier que, plus d'une fois, elle s'était étonnée de l'existence d'un tel homme au XXIe siècle.

— Vous êtes une femme forte, Chloé-*lass*... poursuivit-il. Vous pouvez accepter cela. Je sais que vous en êtes capable. Je vous y aiderai. Je vous expliquerai comment ce qui paraît impossible résulte de lois de la physique qui...

— Non, non et non ! l'interrompit-elle avec véhémence, en se dégageant de son emprise. Toute cette histoire n'a ni queue ni tête. Il doit y avoir une explication. Je rêve ou alors... je suis droguée... ou... quelque chose...

Sa voix s'éteignit sur un sanglot. Elle porta la main à sa bouche et pivota sur elle-même avant de conclure :

— Mais je ne veux tout simplement plus y penser... plus y penser du tout... alors n'essayez même pas de...

Saisie par le vertige et la nausée, elle ne put conclure. Le traumatisme qu'elle venait de subir et cette conversation absurde avec Dageus menaçaient d'avoir raison de ses dernières forces. Comme dans un rêve, elle entendit Silvan marmonner d'une voix bourrue :

— C'est bon de te revoir, fils. Mais tu devrais retenir ta douce amie avant qu'elle ne tombe par terre, parce qu'elle est en train de...

La suite se perdit dans un oubli bienfaisant.

Sous les yeux de sa cour réunie sur une plage de l'île de Morar, Aoibheal, reine des Tuatha Dé Danaan, leva les mains vers le dais de soie de son trône et lança d'un ton solennel :

— Le Conseil a tranché. Ce sera l'épreuve du sang.

Adam Black parvint à masquer le mécontentement que lui inspirait cette annonce. Aussi impassible et détaché qu'à l'accoutumée, il observa les réactions des courtisans autour de lui. Les uns et les autres commentaient l'événement de leurs voix mélodieuses, mais il n'entendit aucun murmure de protestation.

Pauvres fous ! songea-t-il. Ainsi, c'était à lui qu'allait revenir le devoir de veiller à ce que leur race n'ait pas à pâtir des décisions hasardeuses du Conseil. Les faës avaient beau être immortels, un ennemi puissant et déterminé était en mesure de causer leur perte. Selon lui, il était déjà miraculeux qu'ils aient pu survivre si longtemps.

— Si ma reine le permet, intervint-il avec nonchalance, je serais honoré de pouvoir m'exprimer sur le sujet.

Aoibheal lança un regard approbateur dans sa direction et lui sourit. Il avait revêtu pour l'occasion l'apparence humaine qu'elle préférait, celle d'un forgeron à la mine sombre et au corps cuirassé de muscles.

— Tu as toute ma royale attention, Adam, susurra-t-elle en le couvant du regard. Parle.

Il s'avança vers le trône et mit un genou en terre devant elle.

— Ma reine, commença-t-il, je vous prie humblement de reconsidérer votre position concernant ce mortel. Dageus McKeltar, il est vrai, a brisé ses vœux sacrés, mais il ne l'a fait que pour sauver son frère.

— Ce qui constitue un motif personnel en contradiction flagrante avec le Pacte. Il était expressément interdit aux Keltar d'utiliser pour eux-mêmes le pouvoir des pierres.

Adam feignit avec conviction l'étonnement.

— Qu'a donc gagné cet homme pour lui-même ? Rien. C'est pour son frère qu'il s'est sacrifié.

— La question n'est pas là. Les termes du Pacte étaient sans ambiguïté.

Adam inspira profondément, avant d'oser s'aventurer sur un terrain qu'il savait miné.

— C'est notre race qui a permis aux Keltar de voyager dans le temps, Majesté. Sans nous, ils n'auraient eu ni la possibilité ni la tentation de le faire.

Un sifflement menaçant fusa des lèvres de la souveraine, qui lança d'une voix dangereusement calme :

— Ainsi, selon toi, tout est de notre faute...

— Non, Majesté. Je n'ai rien dit de tel. Je dis simplement que cet homme s'est servi des pouvoirs mis à sa disposition par notre peuple, non par appât du gain ou par volonté de puissance, mais uniquement par amour.

— Tu parles comme un humain !

C'était la pire des insultes pour un faë. Prudemment, Adam baissa la tête et garda le silence.

— Quoi qu'il en soit, reprit la reine avec agacement, ce Keltar est à présent aux mains de nos plus anciens et plus terribles ennemis.

— Mais il n'est toujours pas tombé en leur pouvoir, ce qui prouve à la fois sa loyauté et sa force. Il vous faut prendre en considération le fait que si vous soumettez son clan à l'épreuve du sang en l'exterminant, vous n'aurez plus d'interlocuteur pour négocier un nouveau Pacte.

— Peut-être pourrions-nous nous en passer.

Elle s'était exprimée avec un souverain ennui. Adam la connaissait cependant trop bien pour croire que cette perspective la laissait indifférente.

— C'est impossible ! protesta-t-il avec force. Le Pacte n'a pour l'instant été rompu que par les Keltar. Si nous le rompons à notre tour, nos réalités respectives s'interpénétreront, et il nous faudra de nouveau partager la Terre avec les humains. Est-ce ce que vous voulez, ma reine ?

— Il a raison ! approuva le prince consort en s'agitant sur son siège. Le Conseil en a-t-il tenu compte ?

Adam connaissait suffisamment les membres du Conseil pour savoir qu'ils devaient l'avoir fait. Cette assemblée comptait en son sein nombre de nostalgiques qui rêvaient d'un retour à l'ordre ancien. Heureusement, ce n'était pas le cas de la reine. Elle n'avait que mépris pour les humains et redoutait de devoir frayer de nouveau avec eux.

Sans même répondre à son époux, Aoibheal s'adossa plus confortablement à son trône.

— Tu commences à m'intéresser, murmura-t-elle sans quitter Adam du regard. As-tu une solution à proposer ?

Adam retint à grand-peine un sourire triomphant. Il était arrivé à ses fins, mais devait encore se montrer convaincant.

— Il existe chez les hommes une secte secrète qui attend depuis des millénaires le retour sur Terre du Draghar. Je sais qu'elle fait tout ce qui est en son pouvoir pour que Dageus McKeltar finisse par succomber aux Anciens. Que cette confrontation soit son épreuve, et sa défaite éventuelle sa punition.

— Es-tu en train de m'adresser une supplique pour que j'épargne ce mortel, Amadan ?

Elle avait employé en partie son véritable nom, ce qui constituait une menace subtile mais réelle. Adam se perdit dans ses pensées. Dageus McKeltar n'était rien pour lui, mais il éprouvait une certaine sympathie pour les humains, en compagnie desquels il avait passé sous une forme ou sous une autre une grande partie de son temps. Les Tuatha Dé Danaan étaient une race puissante, mais les mortels avaient pour eux un pouvoir étonnant interdit aux faës : le pouvoir d'aimer.

Autrefois, il y avait bien longtemps, il avait brièvement expérimenté ce pouvoir auprès d'une mortelle. À l'insu des siens, un fils était né de cette union. Malgré ses efforts, il n'avait jamais pu oublier ces brèves années de bonheur auprès de Morganna. Morganna, qui avait refusé le don de l'immortalité qu'il lui offrait...

Sachant pertinemment à quoi il s'exposait, Adam étudia l'attitude de sa reine à son égard. Aoibheal pouvait lui faire payer chèrement son insolence, et il risquait fort d'avoir à regretter sa décision. Mais, ces temps-ci, l'immortalité avait tendance à devenir si mortellement prévisible et ennuyeuse...

— Oui, Majesté ! répondit-il enfin, suscitant autour de lui les murmures admiratifs ou épouvantés des courtisans. Je vous supplie d'épargner ce mortel en dépit de la décision du Conseil.

Un sourire d'une terrifiante beauté effleura les lèvres inhumaines de la reine.

— Comme tu voudras... lâcha-t-elle avec morgue. Je te le ferai payer quand ce Dageus McKeltar aura décidé lui-même de son sort.

— Votre prix sera le mien, rétorqua-t-il crânement. À condition que vous m'accordiez une dernière faveur. Si le mortel finit par triompher de la secte du Draghar, vous le débarrasserez des âmes maudites des treize druides noirs et ferez en sorte qu'ils ne puissent plus nuire.

— Serais-tu en train de marchander avec moi ? protesta-t-elle, une note d'incrédulité dans la voix.

— Je marchande pour la paix et la sécurité de nos deux races. Laissez les treize druides reposer en paix. Après quatre mille ans, il me semble qu'ils ont suffisamment expié leurs fautes.

Aoibheal ne tenait pas les humains en très haute estime, mais il lui arrivait par coquetterie de singer leurs manières. Aussi haussa-t-elle ostensiblement les épaules, avant de conclure :

— Je n'ai fait que leur donner cette immortalité qu'ils tenaient tant à nous dérober. Veux-tu parier avec moi sur l'issue du combat, Amadan ?

Adam ne prit plus la peine de dissimuler sa joie. Sans le savoir, Aoibheal venait de lui fournir l'instrument de sa victoire. Comme tous ceux de leur race, la reine avait le jeu dans le sang. Mais plus que n'importe lequel de ses sujets, elle détestait perdre.

— Comme il vous plaira, Majesté. Je parie sur la défaite du mortel.

Si elle tenait à gagner son pari, elle ne pourrait de la sorte s'en prendre à Dageus McKeltar. Peut-être même devrait-elle l'aider, le moment venu...

Le visage de la reine se figea. D'un bond, elle se leva de son trône, le visage flamboyant de colère.

— Oh, tu me le paieras, Amadan ! lança-t-elle d'une voix sifflante. Je t'assure que tu me le paieras chèrement !

Tout sourire, Adam s'inclina respectueusement devant elle. Aoibheal était la créature la plus ancienne et la plus puissante de leur race. Il pouvait être sûr qu'elle tiendrait parole.

17

— Arrête de me dévisager ainsi ! s'exclama Dageus.

— Pourquoi ? fit Silvan avec un étonnement feint. Je n'ai pas le droit d'admirer mon propre fils ?

— Tu ne m'admires pas, tu m'observes sous toutes les coutures, comme s'il m'était poussé des ailes, une queue fourchue et des sabots fendus...

Même s'il lui semblait avoir revêtu cette forme, songea-t-il amèrement, son père n'avait pas à le savoir.

Dès qu'il s'était matérialisé dans le cercle de pierres et que les Anciens s'étaient mis à chuchoter en lui, il avait compris que son combat avec eux entrait dans une phase plus dangereuse que jamais. La translation temporelle les avait gorgés d'énergie pure et avait accru leur puissance.

Au prix d'un effort titanesque et grâce au baiser passionné échangé avec Chloé, il était parvenu à les repousser et à se fermer à eux. Mais pour combien de temps encore ?

— Pardonne-moi, fils, mais c'est plus fort que moi, reprit Silvan d'une voix peinée. Tu as tellement changé depuis la dernière fois que je t'ai vu !

Dageus se garda bien de lui répondre. Depuis

que Chloé s'était évanouie dans ses bras, il s'efforçait d'éviter de regarder son père dans les yeux. Avec sa sagacité coutumière, Silvan n'aurait pas manqué de remarquer les traces laissées par les Anciens dans son regard et l'intense frustration sexuelle que celui-ci devait trahir.

Lorsqu'il avait conduit Chloé jusqu'à sa chambre pour la mettre au lit et qu'il avait murmuré au-dessus d'elle un charme pour que son sommeil soit réparateur, Silvan était resté sur ses talons, à l'observer. D'une certaine manière, Dageus lui en était reconnaissant, tant avait été grande la tentation de réveiller partiellement Chloé, juste assez pour éteindre l'incendie qu'elle avait allumé en lui.

Mais à présent, seul avec son père dans la grande salle où flambait un bon feu dans la cheminée, il lui était impossible de différer plus longtemps la confrontation.

— Regarde-moi, fils ! ordonna Silvan dans son dos, d'une voix inflexible.

Dageus pivota lentement sur ses talons, attentif à ne pas croiser son regard.

Son père se tenait debout devant l'âtre, les mains enfouies dans les plis de sa robe de velours bleu. Dans la lumière des chandelles et des lampes à huile, ses cheveux nimbaient son visage fripé d'un halo lumineux. Dageus connaissait l'origine de chacune de ses rides. Celles qui lui barraient les joues étaient apparues à la mort de sa mère, alors qu'il n'avait que quinze ans. Celles qui lui creusaient le front étaient nées de son habitude de hausser les sourcils quand il s'émerveillait des mystères de la création.

Les plus profondes encadraient sa bouche, trahissant son caractère jovial et son habitude de rire de tout. Jamais Dageus n'avait vu son père pleurer. Personne ne pleurait au château Keltar. Personne ne savait même comment faire. À part peut-être Nell, la gouvernante qui avait élevé les jumeaux à la mort de leur mère, avant de devenir la seconde épouse de Silvan.

De fines pattes d'oie soulignaient ses yeux d'un brun profond. Elles étaient la conséquence de milliers d'heures passées au-dessus de son écritoire trop chichement éclairée, à recopier de vieux grimoires dont l'encre s'effaçait. Enfant, Dageus était convaincu que les yeux de son père, emplis de sagesse et rayonnants de bonté, étaient les plus beaux yeux du monde.

Et aujourd'hui encore, réalisa-t-il, il en restait persuadé. Pour lui, Silvan n'était jamais tombé de son piédestal. À cette minute, comme il aurait aimé que la réciproque fût vraie !

— Allez, vas-y ! ordonna-t-il d'une voix grinçante. Lance-moi tous mes torts à la figure ! Dis-moi que je t'ai déçu, que je suis une honte pour le clan... Rappelle-moi mes vœux trahis et couvre-moi d'opprobre mais fais-le vite, car le temps m'est compté.

Silvan secoua la tête avec tristesse, avant de lui répondre d'une voix tremblante :

— Tu as donné ta vie pour ton frère, Dageus. Comment veux-tu qu'un père puisse te reprocher cela ?

Sa voix se brisa. À la grande consternation de Dageus, il s'affaissa sur lui-même. Le dos voûté, les épaules tombantes, il semblait vieilli de dix ans et, pour la première fois, Dageus vit ses yeux briller de larmes difficilement contenues.

— Je pensais ne jamais te revoir...

L'infinie tristesse que trahissaient ces paroles, plus encore que les larmes qui mouillaient à présent ses joues, eut raison des dernières réticences de Dageus. Bousculant une chaise sur son passage, il courut vers la cheminée et, le cœur empli de reconnaissance, serra dans ses bras ce père dont il avait tant redouté la colère, mais qui, malgré ce qu'il avait fait, n'avait jamais cessé de l'aimer.

Ce ne fut que bien plus tard, après que Nell se fut jointe à eux pour de nouvelles effusions et de nouveaux pleurs, qu'elle leur eut servi un dîner léger et se fut retirée pour mettre au lit ses enfants, que les deux hommes purent aborder les raisons du retour de Dageus dans son époque.

D'une voix neutre et soigneusement contrôlée, il fit à son père un compte rendu détaillé de tout ce qu'il lui était arrivé depuis qu'il s'était exilé au XXIe siècle. Il lui expliqua qu'il s'était rendu en Amérique autant pour atténuer l'emprise des Anciens sur son esprit que dans l'espoir d'y trouver les textes susceptibles de l'aider à les combattre. Il lui relata en quelques mots l'agression mystérieuse dont Chloé avait été victime à Manhattan, puis conclut sur l'étrange disparition dans la bibliothèque du clan de tous les ouvrages qui traitaient des Tuatha Dé Danaan.

Et lorsqu'il posa enfin à son père la question qui lui brûlait les lèvres, il fut déçu par le flou de sa réponse.

— Le cinquième *Livre de Manannán* ? Je ne l'ai jamais lu. Mais il doit sans doute se trouver quelque part... Nous chercherons demain. Parle-moi plutôt de ta gentille amie. Je l'avoue, je suis surpris que tu aies pris le risque d'entraîner une femme, si jolie et intelligente soit-elle, dans cette aventure. Est-elle au courant de ce qui t'arrive ?

— Non ! répondit vivement Dageus. Et ne t'avise pas de le lui raconter. Je le ferai moi-même... le moment venu.

Pour autant, ajouta-t-il en son for intérieur, que ce moment vienne un jour. Le temps était son ennemi, à présent. Et plus il filait, plus s'amenuisaient les chances qu'il avait d'en triompher.

Un silence prudent, empli de questions sans réponses, retomba entre eux. On n'entendait plus que les craquements des bûches dans l'âtre. Ils se perdirent l'un et l'autre dans leurs pensées moroses avant que Silvan ne conclue :

— Nous trouverons une solution, fils. Je te le promets.

Tard dans la nuit, seul dans la bibliothèque, Silvan ruminait cette promesse en tournant inlassablement autour de son écritoire.

Ce qu'il n'avait pas avoué à son fils, c'était qu'il n'était pas resté inactif depuis la disparition de celui-ci. Sans répit, aiguillonné par le chagrin, il avait fouillé la bibliothèque pour y découvrir une solution à son problème. Il n'avait pas voulu l'avouer à Dageus, pour ne pas le désespérer, mais il manquait non seulement les tomes quatre et cinq du *Livre de Manannán,* mais aussi tous les ouvrages antérieurs au Iᵉʳ siècle de l'ère chrétienne.

Silvan avait pourtant la quasi-certitude que ces ouvrages avaient existé. De nombreuses notes y faisaient référence dans les textes qu'il étudiait. La chronique familiale disait même que le clan était dépositaire du Pacte originel scellé entre la race humaine et celle des faës. Où étaient passés tous ces trésors ? Comment avaient-ils pu un jour sortir de l'héritage qui leur avait été légué ?

La question ne cessait de le tracasser le jour et de hanter son sommeil la nuit. Pour lui qui avait voué son existence à l'étude, à la préservation et à la transmission de cet héritage sacré, le coup était rude. Il était à craindre qu'au fil des générations, les McKeltar n'aient fait preuve de négligence et que la faute de Dageus ne soit que la dernière d'une longue liste.

Sans doute avaient-ils commencé à faillir à leurs devoirs bien des siècles plus tôt. Au fil du temps, les hommes du clan, héritiers de la tradition, avaient sombré dans une mélancolie sans remède. Ils s'étaient lassés d'être les seuls gardiens d'aussi lourds secrets, de devoir rester confinés dans les montagnes, afin d'échapper aux accusations de paganisme que leur valait leur réputation. Même quand des époques plus insouciantes, plus légères avaient succédé aux âges sombres, les McKeltar avaient suivi l'exemple de leurs aïeux, abandonnant derrière eux la charge trop lourde de leur passé.

Le lendemain, conclut Silvan en allant se chauffer les mains aux dernières braises qui rougeoyaient dans l'âtre, il se mettrait cependant à l'ouvrage avec son fils comme si de rien n'était. Il n'avait pas le courage de lui avouer la triste vérité. Après tout, peut-être son esprit obscurci par les ans avait-il manqué de discernement et avait-il laissé passer une information essentielle au sein de la masse de documents qu'il avait étudiés.

D'un pas lourd, il alla s'asseoir dans son fauteuil favori pour une courte sieste avant que n'apparaissent les premières lueurs de l'aube. Alors que ses yeux fatigués se fermaient, ses pensées le ramenèrent à la délicieuse jeune femme qui avait accepté de suivre Dageus sans savoir de quoi il retournait.

Si son intuition ne le trompait pas, c'était encore en elle que résidait leur meilleur espoir de vaincre les Anciens. Aussi longtemps que son fils serait capable d'aimer, il ne pourrait tomber entièrement sous leur coupe. Les forces du mal étaient capables de désirer, de séduire, de tromper ou de conquérir, mais en aucun cas d'éprouver le moindre sentiment pour l'objet de leur convoitise.

Un sourire joua sur les lèvres sèches du vieil homme. Chloé apprendrait bientôt que le sombre Highlander qui lui faisait battre le cœur avait un jour été un garçon insouciant, libre et joyeux, qui parcourait jour et nuit les vertes collines d'Écosse pour venir en aide aux bêtes blessées. Dès que possible, Nellie et lui veilleraient à ce que la jeune femme puisse faire connaissance avec ce Dageus au grand cœur, dont elle ignorait l'existence.

Les dons naturels de son fils l'avaient toujours porté vers les arts de la guérison, mais aujourd'hui, c'était lui qui avait grand besoin d'aide. Car, malgré les barrières qu'il s'était échiné à dresser entre eux, Silvan avait réussi à avoir un aperçu de ce qui se tapissait au fond de lui.

Et ce qu'il avait découvert l'épouvantait...

18

— Je sais que je suis en train de rêver...

Comme dans un rêve, en effet, après avoir descendu l'escalier monumental, Chloé venait de prendre place à table, dans la grande salle du château Keltar. Dageus y était assis en compagnie de l'homme qui disait s'appeler Silvan, à côté de qui se tenait une femme qu'elle n'avait pas encore rencontrée – ou plutôt rêvée. Tous trois la dévisageaient avec une attention soutenue teintée de bienveillance, ce qui l'incita à poursuivre :

— Je sais que je ne porte pas vraiment cette magnifique robe digne d'un musée, pas plus que ces souliers de satin ornés de rubans.

Elle se pencha sur la table et préleva une cuillère du contenu d'un bol posé devant elle.

— Je sais aussi que cette confiture de fraises n'est que le produit de mon... Beurk ! Qu'est-ce que c'est que ça ?

À y regarder de plus près, la confiture avait une drôle d'allure.

— De la conserve de tomate, répondit en lui souriant l'homme qui prétendait être le père de Dageus. Goûtez-y. Elle est délicieuse.

Chloé s'exécuta et fit la grimace. Non parce que les tomates étaient mauvaises, mais parce que dans un rêve, le rêveur est censé décider du goût de ce qu'il avale. Dans un rêve de son cru, sa confiture de fraises n'aurait pu avoir le goût de la tomate...

Préférant ne pas s'appesantir sur le sujet, Chloé chercha du regard quelque chose à boire. Dageus fit glisser vers elle un bol de lait tiède et crémeux qu'elle but en le dévisageant. Son sommeil avait été peuplé de rêves érotiques saisissants d'intensité et de réalisme, dans lesquels il tenait le premier rôle. Elle s'y était livrée à lui avec un abandon qui, maintenant qu'elle y repensait, la faisait rougir de confusion. Mais le pire était qu'elle avait aimé chaque seconde de cette nuit d'amour onirique, qui l'avait laissée au réveil alanguie et frustrée.

Ce matin, Dageus portait une chemise en lin dont l'échancrure laissait entrevoir de vastes plages de peau qui attiraient irrésistiblement le regard de Chloé. Il avait rassemblé ses cheveux en queue de cheval, ce qui mettait en valeur son visage de guerrier celtique. Tel qu'elle le retrouvait, il était plus que jamais l'homme magnifique, sensuel et effrayant avec qui elle venait de passer une nuit torride, mais il paraissait sans conteste bien plus réel que dans ses rêves.

En dépit de ce qu'elle voulait faire croire à ses hôtes, Chloé n'était pas dupe de son stratagème. Elle ne rêvait pas et en avait eu conscience dès la veille, sinon elle ne se serait pas évanouie. Avant de rejoindre le rez-de-chaussée, elle avait pris le temps de fureter à l'étage. Elle avait ouvert des portes, palpé des étoffes, scruté le paysage alentour par les fenêtres, et toutes ces bribes d'information rassemblées avaient renforcé sa conviction. Autour d'elle, les textures, les sons, les odeurs étaient trop réalistes pour n'être que le fruit de son imagination.

Sans compter qu'il était rare de voir une armée de serviteurs vaquant à leurs occupations faire de la figuration dans un rêve...

Il lui fallait bien conclure qu'elle se trouvait dans le château de Christopher et Maggie McKeltar, même si de nombreux détails le différenciaient de celui qu'elle avait visité la veille. Il manquait çà et là quelques portes et fenêtres. Une aile entière avait disparu. Certains meubles n'étaient pas là lors de sa visite, d'autres avaient changé de place. Selon toute vraisemblance – et bien que cela semble fou –, il s'agissait de la même bâtisse, mais à une époque beaucoup plus reculée...

— Vous ne comptez pas me présenter ? demanda-t-elle à Dageus, en observant avec curiosité la femme assise à côté de Silvan.

Âgée d'une quarantaine d'année, celle-ci ne pouvait être sa mère. Vêtue d'une robe d'un bleu lapis semblable à la sienne, elle avait un visage déjà marqué par les ans mais d'une beauté intemporelle. Elle aussi aurait pu descendre d'une des toiles anciennes de la galerie du château Keltar, même si elle avait rassemblé sa chevelure blonde en une coiffure moderne qui rappelait étrangement celle de Gwen.

— C'est votre rêve... répondit-il d'un ton moqueur. Donnez-lui le nom qui vous plaira.

Chloé s'efforça de soutenir sans ciller son regard et comprit qu'il lisait en elle à livre ouvert. Découragée, elle soupira longuement et se laissa aller contre le haut dossier recouvert de tapisserie de sa chaise.

— Oh, Dageus... gémit-elle. Que m'avez-vous fait ? Je pensais que vous n'étiez qu'un excentrique coureur de jupons un peu voleur, mais jamais je n'aurais...

— Si vous le voulez, coupa-t-il, quand vous aurez fini de déjeuner, je vous emmènerai visiter la bibliothèque et l'armurerie.

Le visage de Chloé s'empourpra violemment.

— Vous pensez vous en tirer ainsi ? s'exclama-t-elle, furieuse. Vous vous imaginez que vous n'aurez qu'à me fourrer entre les mains quelques incunables pour que j'oublie tout le reste ?

Hélas, ajouta-t-elle en son for intérieur, si c'était effectivement ce qu'il pensait, il n'avait pas tout à fait tort. Dès qu'il avait prononcé le mot « bibliothèque », son pouls s'était accéléré.

— Très bien ! fit sèchement Dageus, qui repoussa sa chaise et vint se dresser devant elle. Rendons-nous de ce pas au cercle de pierres pour que je puisse vous renvoyer chez vous.

— Attendez une petite minute ! protesta-t-elle en tentant vainement d'ignorer l'entrejambe de son pantalon en cuir fauve. Vous êtes en train de me dire que vous pouvez voyager dans le temps à votre guise ?

— *Aye, lass*... Il s'agit juste de profiter de particularités du *continuum* spatio-temporel que la science de votre temps ignore encore. Bien que les théories les plus récentes de certains de vos savants s'en approchent de très près.

Il parlait avec détachement, comme s'il ne s'agissait que d'expliquer le fonctionnement d'un ascenseur.

— Chloé, croyez-vous vraiment que votre civilisation soit la plus avancée à avoir jamais existé ? reprit-il sur le ton patient d'un professeur en butte à l'incompréhension d'une élève obtuse. Qu'aucune autre avant elle n'avait atteint un tel savoir ? Au risque de vous décevoir, les druides possédaient déjà au temps du Christ une meilleure connaissance de l'astronomie et des mathématiques sacrées que vos savants du XXIe siècle. La chute de l'Empire romain et les âges de ténèbres et de régression qui ont suivi ne sont qu'un autre chapitre de l'histoire humaine. Rome n'a été ni la première ni la dernière civilisation à prospérer, puis à connaître la décadence. Au cours de l'histoire, le savoir a été conquis puis perdu de manière répétée. Les druides ont simplement réussi à transmettre le leur à travers les âges.

Sous les coups de boutoir de son argumentation, Chloé sentait son scepticisme fondre comme neige au soleil. À l'université, elle avait étudié l'histoire et les traditions des druides. Elle en avait tiré la conclusion que nul ne connaîtrait jamais la vérité à leur sujet. César lui-même n'avait-il pas écrit, lorsqu'il avait envahi la Gaule : « Les druides ont une grande connaissance des astres et de leur course céleste, de la taille de l'univers et de la Terre, des pouvoirs et des sphères d'influence des dieux immortels » ? Qui était-elle pour mettre sa parole en doute ?

Pline, Tacite, Lucain, et bien d'autres encore, avaient aussi écrit sur les druides. Les Romains les avaient persécutés pendant des siècles, les contraignant à la clandestinité, bien que leurs empereurs aient eu secrètement recours aux prophétesses celtes. Le christianisme avait obligé les druides à s'adapter ou à disparaître. Était-ce parce que l'Église redoutait les pouvoirs qui étaient les leurs ? À l'image des Templiers, protégeaient-ils de fabuleux secrets dont ils perpétuaient dans l'ombre la tradition ?

— Je suis donc réellement revenue au XVIe siècle ? fit-elle d'une petite voix incertaine.

Trois personnes autour d'elle répondirent de concert, avec une ferme assurance :

— *Aye !*

— Je ne suis donc pas devenue folle ? insista-t-elle sur le même ton.

— *Naye !*

— Et vous pouvez vraiment me faire regagner mon époque aussi facilement que cela ? Dès que je le voudrai ?

— *Aye, lass...* répondit Dageus avec un sourire triste. Mais vous pouvez compter sur moi pour faire en sorte de vous retenir à mes côtés.

Chloé commençait à le connaître assez pour deviner au premier coup d'œil ce qui se passait dans sa tête. À l'expression de son visage et au ton de sa voix, elle comprit que sa proposition de la renvoyer au XXIe siècle avait été un coup de bluff et qu'il l'aurait attachée une nouvelle fois à son lit plutôt que de la laisser partir.

Les poings serrés sur les hanches, il ne la quittait pas du regard, guettant la moindre de ses réactions. Il se souciait vraiment d'elle et tenait plus que tout à la voir rester près de lui. Ce n'était peut-être que le résultat de l'attirance étonnante qui existait entre eux depuis le début, et non le fruit de sentiments plus profonds, mais c'était déjà plus que ce qu'elle aurait pu espérer ne serait-ce que deux jours plus tôt.

— Puisqu'il ne daigne pas le faire lui-même, intervint avec vivacité la femme assise en face de Chloé, laissez-moi me présenter. Je suis l'épouse de Silvan, donc la belle-mère de Dageus, et je m'appelle Nell. Vous devez être affamée. Voulez-vous un kipper et quelques galettes ?

Chloé lui rendit son aimable sourire et dit :

— Enchantée de faire votre connaissance. Oui, merci, j'en prendrais volontiers.

Alors seulement, Dageus daigna se rasseoir à table. Nell se fit un devoir de préparer une assiette gargantuesque pour Chloé, qui, pendant ce temps, s'efforça de soutenir le regard incendiaire que le Highlander posait sur elle. Bien vite, elle baissa les yeux et se concentra sur la nourriture. Le regard de Dageus disait clairement qu'à son avis, la virginité de Chloé Zanders n'avait plus lieu d'être. Ce qui la troublait le plus, c'était qu'à présent, elle était d'accord avec lui...

Le visage sombre, Simon Barton-Drew coupa la communication. Depuis le matin, il tentait en vain de joindre Trevor sur son téléphone cellulaire. Ce dernier n'avait pas donné signe de vie depuis quatorze heures, et cela ne pouvait signifier que deux choses : soit il était mort (ce qui, à tout prendre, aurait été préférable), soit il s'était laissé surprendre par ceux qu'il était chargé de surveiller.

D'un geste rageur, Simon envoya valser sa chaise à travers la pièce. Puis il gagna la porte de son bureau, en ferma les verrous et jeta un coup d'œil par la fenêtre, avant de baisser le volet roulant. À l'exception d'un chat pelé qui passait de poubelle en poubelle dans les ronds de lumière déposés par les réverbères sur les trottoirs, la rue était parfaitement déserte.

Plus Simon passait de temps dans cet immeuble décrépit d'un faubourg miteux de Londres, plus il s'y sentait chez lui – bien plus à sa place en tout cas que dans l'élégante maison de briques rouges où sa femme avait cessé de l'attendre pour dîner trente ans auparavant.

Le grand bâtiment était connu dans les environs sous le nom de Belthew Building. Il s'élevait sur un terrain qui appartenait depuis des temps immémoriaux à la secte du Draghar. Construit sur un réseau de catacombes qui était le repaire de leur ordre depuis plus de mille ans, il avait changé d'affectation officielle selon les époques. Pendant longtemps boutique d'apothicaire, il avait également servi de boucherie, et même de maison close durant un temps. Il abritait à présent les locaux d'une modeste imprimerie de quartier peu susceptible d'attirer l'attention.

Après avoir éteint les lumières, Simon alla décrocher une toile sur un des murs. Un digicode apparut, sur lequel il pianota une série de chiffres. À peine eut-il remis le tableau en place que le panneau lambrissé glissa sans bruit, révélant un étroit couloir. Quelques minutes et quelques codes secrets plus tard, il parvint sur un palier qui donnait accès, au bas d'une volée de marches en bois, à une série d'autres marches creusées dans la pierre. Ici débutait un réseau de galeries qui s'enfonçaient de plus en plus profondément sous terre. Bien qu'elles fussent humides et faiblement éclairées, Simon s'y engagea sans hésiter, avec l'aisance née de l'habitude.

Il lui fallait envoyer au plus vite des hommes de confiance à Inverness, afin de pouvoir faire le ménage si jamais Trevor avait été pris vivant. Ces hommes, il savait pouvoir les trouver dans la salle informatique de la secte, qu'ils quittaient rarement. Ils étaient ses meilleurs éléments, ceux en qui il pouvait avoir toute confiance. Ses fils ne le décevaient jamais et sauraient se montrer dignes de lui...

Après le petit déjeuner, Dageus demanda à Nell s'il lui était possible de fournir à Chloé une tenue adéquate pour une randonnée à cheval. Ses yeux curieux furetant partout autour d'elle, celle-ci se laissa entraîner sans broncher par Nell, sans doute pressée d'accabler son aînée de questions.

Quand les deux femmes furent sorties, Silvan adressa un regard intrigué à son fils.

— Tu ne souhaites pas commencer tes recherches dans la bibliothèque aujourd'hui ?

Dageus secoua la tête.

— J'ai besoin de cette journée pour montrer à Chloé à quoi ressemble le monde dans lequel j'ai vécu, père.

Ce n'était qu'une partie de la vérité. Il avait passé une nuit infernale. Aussi tendu par le désir qu'une corde prête à se rompre, il avait été incapable de trouver le sommeil. Pour ne rien arranger, il avait ruminé jusqu'à l'aube les fantaisies érotiques qu'il se permettrait avec Chloé dès qu'il aurait réussi à la faire sienne.

Au matin, il s'était minutieusement observé dans un miroir, tout en se rasant d'une main qui tremblait bien trop pour sa propre sécurité. Il n'avait eu aucun rapport sexuel depuis une quinzaine de jours. C'était la première fois qu'il restait chaste si longtemps depuis que les Anciens avaient pris possession de lui. Ses yeux étaient à présent d'une couleur marron foncé qu'il ne leur avait jamais connue. Combien de temps faudrait-il attendre pour qu'ils deviennent tout à fait noirs ? Un jour ? Deux ? Et que se passerait-il alors ?

Prête ou pas, songea-t-il en serrant les poings sous la table, il faudrait que Chloé lui cède aujourd'hui. Si elle se refusait à lui plus longtemps, il avait bien peur de finir par la prendre de force, ce qu'il ne voulait pour rien au monde. « Et si tu devais t'y résoudre, où serait le mal ? insinua au fond de son esprit la voix tentatrice de son être corrompu. Si elle ne veut pas se plier à tes désirs, tu n'as qu'à utiliser la Voix de Puissance pour la rendre aussi docile qu'un pantin. Dis-lui d'oublier ce qui risque de ne pas lui plaire... Dis-lui qu'elle t'adore, qu'elle te vénère... Demande-lui de t'aimer et elle t'aimera, c'est aussi simple que cela... Le monde peut être pour toi tout ce que tu veux qu'il... »

— Dageus !

En criant son nom, son père venait d'abattre violemment ses deux poings sur la table. Dageus sursauta et leva les yeux vers lui, désorienté comme au sortir d'un rêve. Silvan paraissait aussi décontenancé que furieux.

— À quoi pensais-tu ? demanda-t-il d'un ton accusateur.

— À rien...

Dageus secoua la tête, dans l'espoir d'en chasser l'écho des voix haineuses qui s'y attardaient encore.

— Je t'ai appelé trois fois ! reprit Silvan. Et tu n'as même pas battu d'un cil. Qu'étais-tu en train de faire ?

— Je réfléchissais, rien de plus.

Silvan le dévisagea un long moment, avant de conclure tristement :

— Pendant un instant, la plus étrange des expressions est passée sur ton visage, fils...

Dageus n'avait aucune envie qu'il lui précise de quel genre d'expression il s'agissait. Il se leva précipitamment et se rua hors de la pièce.

— Ne nous attendez ni pour le déjeuner ni pour le dîner, lança-t-il par-dessus son épaule. Nous avons beaucoup à faire, et je ne sais pas à quelle heure nous rentrerons.

Silvan ne lui répondit pas, mais le suivit de son regard perçant jusqu'à ce qu'il ait disparu en haut de l'escalier.

Nell plaça sur un plateau deux timbales de chocolat fumant – dont une spécialement enrichie d'herbes médicinales pour un vieil homme qui oubliait un peu trop souvent de manger – et se lança à la recherche de son époux.

Comme elle s'y attendait, elle le trouva au rez-de-chaussée, dans la bibliothèque. Depuis qu'il avait laissé à Drustan son ancien nid d'aigle, en haut de la plus haute tour, pour qu'il puisse y attendre en paix sa promise, Silvan avait choisi comme repaire cette vaste pièce trop solennelle qu'il n'avait jamais beaucoup aimée ni fréquentée.

Et comme elle s'y attendait également, elle le trouva occupé à broyer du noir.

— Je t'ai apporté un bon chocolat pour te changer les idées, annonça-t-elle en déposant le plateau sur une table.

Silvan leva les yeux sur elle et lui sourit, bien que d'un air distrait. Pour une fois, il n'y avait pas de livre ouvert devant lui, ni de feuilles éparses à recouvrir d'une plume fébrile à portée de sa main.

Apparemment, il se contentait de regarder d'un œil absent le paysage verdoyant par la fenêtre ouverte, l'esprit occupé par tout autre chose que ce qu'il voyait.

— Tu te fais un sang d'encre pour lui, n'est-ce pas ?

Nell vint s'asseoir près de son mari et porta sa timbale à sa bouche. Silvan avait toujours aimé le chocolat, et elle avait elle-même développé un petit faible pour ce coûteux breuvage importé d'Amérique au cours de sa grossesse.

— Allez, vieux renard... insista-t-elle gentiment. Dis-moi ce qui te tracasse.

Elle s'en doutait, car ses pensées, dernièrement, suivaient le même chemin que les siennes. Des deux frères McKeltar, Dageus avait toujours été son préféré. Il avait un cœur en or, qu'il meurtrissait à force de vouloir garder pour lui ses peines et ses chagrins. En le voyant grandir et devenir d'année en année plus sombre et solitaire, sous des allures de jouisseur soigneusement entretenues, elle avait prié pour qu'il ait un jour la chance, comme son frère, de rencontrer la femme qui lui était tout spécialement destinée.

Les beaux yeux bruns de son époux s'assombrirent. Il passa une main tremblante dans ses cheveux d'un blanc de neige et détourna le regard en murmurant :

— *Och*, Nellie... Que vais-je bien pouvoir faire pour l'aider ? Ce que j'ai senti en lui il y a six mois, quand il est parti, n'était rien à côté de ce que je ressens aujourd'hui.

D'un large geste de la main, Nell désigna les rayons surchargés de livres qui les entouraient.

— Tu n'as rien trouvé dans tout ce fatras qui puisse t'aider à le débarrasser des démons qui l'assiègent ?

Silvan secoua longuement la tête.

— Absolument rien.

— Es-tu sûr d'avoir regardé partout ?

C'était une question de pure forme. Depuis la disparition de Dageus, Silvan vivait quasiment enfermé dans cette pièce vingt-quatre heures sur vingt-quatre, travaillant d'arrache-pied dans l'espoir de pouvoir léguer à Drustan quelques informations susceptibles d'être utiles à son frère dans le futur.

Saisie d'une soudaine inspiration, Nell ajouta :

— Naturellement, tu as cherché aussi dans la chambre souterraine ?

La foudre tombant sur lui ne lui aurait pas fait plus d'effet.

— Quelle chambre souterraine ?

— Celle qui se trouve sous nos pieds ! Celle à laquelle on accède par la cheminée...

— De quoi parles-tu ? murmura-t-il, blanc comme un spectre.

Les yeux de Nell s'agrandirent démesurément. Sous le coup de la surprise, elle lâcha sa timbale, qui alla heurter le sol dallé dans un tintement de métal et un grand éclaboussement de chocolat.

— Ô mon Dieu ! s'exclama-t-elle en portant la main à sa bouche. Tu n'en connais donc pas l'existence ?

Les yeux brillants d'une lueur d'espoir, Silvan l'entraîna par la main.

— Viens ! Montre-moi...

19

Depuis que Dageus et elle avaient quitté le château, une demi-heure plus tôt, Chloé avait eu quelques preuves supplémentaires qu'elle ne rêvait pas. En sortant sur le perron, elle avait par exemple découvert qu'une ligne de remparts entourait le domaine. Les gardes armés qui y patrouillaient ne donnaient pas l'impression eux non plus de faire de la figuration dans un rêve. Si Dageus ne l'avait pas fermement entraînée vers la monture sellée qui les attendait dans la cour, elle aurait couru ventre à terre admirer leur équipement de plus près.

Puis ils avaient laissé le château derrière eux, et en observant la vallée qui s'étalait sous leurs yeux, Chloé avait eu son deuxième choc de la journée. Car, naturellement, là où elle avait admiré la veille la petite ville d'Alborath et ses rues commerçantes animées se trouvait à présent un village entouré de prés où paissaient tranquillement des moutons. S'il en était encore besoin, cette découverte avait achevé de la convaincre que l'homme qui menait sa monture à un train d'enfer à travers les landes couvertes de bruyère était bien ce qu'il prétendait être.

Dans son dos, le corps dur et robuste de Dageus était plaqué contre le sien. Le bras qu'il avait passé fermement autour de sa taille en une étreinte possessive l'empêchait presque de respirer. Ainsi enserrée entre ses cuisses, blottie contre sa poitrine et son ventre, Chloé se sentait dominée par une volonté à laquelle il eût été vain de résister. Depuis que Dageus était de retour dans son époque, quelque chose en lui avait changé, comme si le fait de retrouver son siècle d'origine lui avait rendu toute sa puissance et sa liberté. Qu'elle ait pu le prendre pour un homme du XXIe siècle lui paraissait à présent inconcevable. Tout en lui trahissait la superbe du guerrier celtique, le sang noble et passionné qui coulait dans ses veines.

Comme le cheval ralentissait pour s'arrêter en bordure d'un bouquet de sorbiers, Chloé s'étonna :

— Pourquoi faisons-nous halte ici ?

Sans lui répondre, Dageus mit pied à terre et la souleva de selle comme un fétu de paille. Il la posa sur le sol, ses bras toujours autour d'elle. L'instant d'après, sa bouche s'écrasait sur la sienne pour un baiser implacable et sauvage. Alors qu'elle commençait à se laisser aller à cette étreinte, elle le sentit s'écarter brusquement. Les jambes flageolantes, elle lutta pour retrouver son souffle et son équilibre et le vit prendre derrière la selle un plaid plié qu'il étendit sur le sol, avant de chasser l'étalon d'une tape sur la croupe.

— Que faites-vous ? demanda-elle, saisie d'une sourde appréhension. Vous deviez m'emmener visiter un village médiéval...

Elle avait beau feindre l'étonnement, elle avait compris d'emblée ce qu'il s'apprêtait à faire – ou, plus exactement, à lui faire... Et même si elle se savait dorénavant prête à lui céder, elle ne put s'empêcher de reculer d'un pas, puis d'un autre. Ce danger qu'elle avait si souvent senti affleurer en lui exsudait de tous ses pores. Son regard était moqueur. Une lueur de triomphe faisait étinceler ses yeux.

— Je vous l'ai dit hier, Chloé-*lass*... susurra-t-il d'une voix dangereusement calme. Il ne pourra plus y avoir de retour en arrière.

Les narines frémissantes, il se mit à tourner autour d'elle en cercles concentriques. Chloé pivota sur ses talons pour suivre le mouvement, déterminée à ne pas lui tourner le dos. Il dénoua le lacet de cuir qui retenait ses cheveux, qu'il laissa retomber autour de lui comme un voile de soie noire. « Cette fois, songea-t-elle avec une impatience mêlée de peur, la bête est lâchée... » Puis, en un geste brusque, il empoigna sa chemise, s'en débarrassa en la faisant passer par-dessus sa tête, et toute pensée cohérente déserta l'esprit de Chloé.

Vêtu de son seul pantalon en cuir fauve, ses cheveux cascadant autour de son visage d'ange des ténèbres, il était d'une beauté primitive, presque surnaturelle. Il fallut un moment à Chloé pour se rendre compte qu'elle haletait, la tête en feu, le cœur battant à tout rompre. En le regardant fixement, comme hypnotisée, ôter ses bottes, elle paniqua à l'idée que cet homme qui était presque deux fois plus grand et plus fort qu'elle allait lui faire l'amour, qu'elle allait l'accueillir en elle. Puis les doigts habiles de Dageus entreprirent de délacer sa braguette, et en elle, la panique céda la place à une fascination teintée d'effroi.

— Peut-être pourrions-nous calmer le jeu... suggéra-t-elle d'une voix trop haut perchée, qu'elle ne reconnut pas. Dageus, je crois que...

— Silence ! ordonna-t-il en libérant son sexe dressé.

Chloé se serait tue même sans cette injonction. La vision que Dageus lui offrait, ses jambes écartées solidement plantées sur le sol, son corps musclé inondé de soleil, son sexe en érection fièrement pointé vers le ciel, était à couper le souffle. À cette minute, elle sut avec certitude que, dût-elle vivre cent ans, cette image à la fois triviale et sublime de la brutale sensualité d'un homme resterait à jamais gravée en elle.

— Je vous ai dit que je n'étais pas un homme bon, reprit-il en la couvant d'un regard affamé. Je ne vous ai pas menti. Vous savez ce que je veux et vous le voulez aussi. C'est en toute connaissance de cause que vous m'avez suivi.

Tout en parlant, il fit un pas vers elle. Encore un autre, songea-t-elle, et il l'aurait rejointe. N'écoutant que son instinct, elle fit volte-face et se mit à courir. Elle ne nourrissait guère d'illusions quant à ses chances de lui échapper. Sans doute une part d'elle-même, obscure et indomptable, l'obligeait-elle à fuir uniquement pour lui donner l'occasion de la poursuivre...

Comme s'il avait compris que c'était un jeu, Dageus rit et la laissa prendre un peu d'avance avant de se mettre en chasse. En quelques enjambées, il la rattrapa. Son rire se changea en un feulement rauque. D'un bond, il se jeta sur elle et l'entraîna dans sa chute sur le sol.

Il l'écrasait de tout son poids, et Chloé pouvait à peine respirer, mais jamais contact ne lui avait paru plus affolant. Elle se surprit à cambrer le bassin pour mieux sentir son érection épouser le sillon de ses fesses à travers le tissu de sa robe. Et lorsque sa bouche se posa sur sa nuque pour un baiser qui avait tout d'une morsure, elle lâcha sans pudeur un gémissement d'extase.

Éperdue de désir, elle se sentait brûlante de passion, prête à tout pour lui. Dageus glissa un doigt entre ses lèvres, et ce fut avec gourmandise qu'elle le suça, avide de goûter chaque parcelle de son corps. Appuyé sur un coude, il se souleva légèrement pour retrousser sa robe et ses jupons.

Cette fois, ce fut peau contre peau que son sexe laboura ses fesses. Puis Dageus glissa une main sous le ventre de Chloé, et elle poussa un cri étranglé lorsque ses doigts prirent fermement possession de son entrejambe. Son excitation était si grande qu'elle se savait déjà prête à l'accueillir, et ce fut sans difficulté, avec une détermination et une habileté diaboliques, qu'il put introduire un doigt en elle, puis deux.

Plus rien n'existait que le besoin qu'elle avait de le sentir prendre possession de son corps. Elle gémit et pressa son bas-ventre contre cette main qui la torturait savamment. Puis il atteignit la barrière naturelle de son hymen, et elle se raidit imperceptiblement, dans l'attente anxieuse de ce qui allait suivre. Doucement mais sans hésitation aucune, il força ce fragile rempart, tout en couvrant ses épaules et sa nuque de baisers dévorants.

Chloé fut surprise de ne pas avoir plus mal. Certes, la douleur était là, insistante, mais elle se trouva vite surpassée par le plaisir sans pareil que lui procuraient les doigts de Dageus, sa bouche brûlante sur sa peau nue, son corps exigeant pressé contre le sien. Avoir préservé au cours de toutes ces années sa virginité pour lui en faire l'offrande l'emplissait de fierté et d'une grande joie. Dageus

McKeltar était l'incarnation de son fantasme le plus secret. Cet instant, elle en rêvait inconsciemment depuis le jour de leur première rencontre, et il lui semblait que rien au monde n'aurait pu l'empêcher d'advenir.

Pourtant, lorsqu'il retira ses doigts et que son sexe se présenta entre les plis de son intimité, une panique irraisonnée l'envahit. En poussant de petits cris de détresse, elle tenta de se dérober. XXL... Elle avait pu constater de ses propres yeux que Dageus était un homme exceptionnel à plus d'un titre et ne se sentait pas de taille pour lui.

— Du calme... lui murmura-t-il à l'oreille, tout en l'agrippant par les épaules. Détends-toi. Tout va bien se passer.

Sans lui laisser le loisir de protester, il exerça une lente poussée qui arracha à Chloé un nouveau cri, de surprise plus que de douleur. Centimètre après centimètre, son corps se dilatait, s'ouvrait à lui. Finalement, cette patiente et pacifique invasion se révélait moins pénible qu'elle ne l'avait redouté. Dageus progressait avec assurance et habileté, en veillant à ne pas la blesser. Haletante, attentive aux métamorphoses de son corps, elle se surprit à cambrer les reins pour lui faciliter la tâche. Enfin, alors qu'elle était certaine qu'il en avait terminé, il acheva de la pénétrer d'un coup de reins, avec un grognement sourd qui se mêla aux gémissements de plaisir de Chloé.

— Je suis en toi, *lass*... Je fais partie de toi, maintenant.

Sa voix, murmure rauque contre son oreille, la fit frissonner. Elle eut envie de rire. En réalité, il était en elle depuis le premier jour... Voleur et kidnappeur, il avait su dérober son cœur au premier regard. Il lui semblait inconcevable qu'elle ait pu vivre jusqu'à cet instant sans connaître ce bonheur qu'il lui offrait, cette intimité intense, totale, avec un homme dont la voix suffisait à lui troubler les sens.

— Je vais te faire l'amour longuement et lentement, comme tu le mérites... reprit-il en lui mordillant le lobe de l'oreille. Ensuite seulement, quand tu seras rassasiée, je t'aimerai à ma façon, comme je rêve de le faire depuis la première fois que je t'ai vue.

Pour toute réponse, Chloé gémit et se pressa contre lui. Cette terrible attente la mettait sur des charbons ardents. Elle n'aspirait plus qu'à le sentir aller et venir en elle. Elle voulait tout de lui, sa tendresse comme sa sauvagerie. Elle le voulait homme, mais elle le voulait aussi animal.

— Dès que je t'ai vue de dos à Manhattan, poursuivit-il, alors que tu descendais de cette voiture, le désir de me fondre en toi, exactement comme je suis en train de le faire, s'est emparé de moi. J'ai eu envie de te jeter sur mon épaule pour te ramener chez moi et ne plus jamais te laisser sortir. Et lorsque j'ai vu tes jambes nues dépasser de sous mon lit...

Il acheva sa phrase dans une langue inconnue de Chloé, mais dont les sonorités étranges et gutturales lui parurent infiniment érotiques.

Enfin, pour sa plus grande joie, il se mit à onduler des hanches pour aller et venir en elle, avec une lenteur à la fois délicieuse et torturante. La joue écrasée contre le sol, les poings crispés dans l'herbe, elle sentit l'orgasme enfler au creux de son ventre comme une marée irrésistible. Mais chaque fois qu'elle se croyait sur le point de l'atteindre, il mettait un frein à ses mouvements, et la marée refluait.

Pendant un instant, pantelante et désespérée, elle crut qu'elle n'y arriverait jamais, qu'elle était peut-être trop étroite, ou trop inexpérimentée pour lui. Puis elle sentit ses mains puissantes immobiliser ses hanches dès qu'elle se cambrait pour venir à sa rencontre et comprit qu'il l'empêchait délibérément de prendre ce dont elle avait tant besoin.

— Dageus... gémit-elle, au comble de la frustration. S'il te plaît !

— Oui, *lass ?* fit-il d'une voix moqueuse. En quoi puis-je t'être utile ?

— Laisse-moi... laisse-moi en finir !

Un rire satisfait retentit derrière elle. La main de Dageus se glissa de nouveau sous son ventre, et Chloé tressaillit en sentant ses doigts chercher, trouver et caresser le bourgeon durci de son clitoris.

— Est-ce ce que tu désires ? reprit-il. Est-ce de cette manière que je peux t'aider ?

La caresse experte, affolante, qu'il lui prodiguait était celle d'un homme qui connaît le corps d'une femme comme le sien.

— Oui !

— Tu as donc besoin de moi, Chloé-*lass* ?

— Oui ! Oui !

— Bientôt, promit-il, mes lèvres et ma langue prendront le relais de mes doigts...

De nouveau, il lui mordilla la nuque et l'oreille avant de conclure dans un murmure :

— As-tu réellement besoin de moi, Chloé-*lass* ? As-tu l'impression que tu ne pourras plus vivre si je ne suis pas en toi ?

— Oui ! Oui ! Oui ! cria-t-elle en martelant le sol de ses poings.

— *Och ! Lass...* conclut-il d'une voix bouleversée. Voilà ce que j'avais besoin d'entendre.

Il glissa son autre main sous sa joue et fit pivoter sa tête sur le côté. Sa bouche couvrit la sienne, et sa langue pénétra en elle au même rythme affolant que son sexe. Ses lèvres, ses doigts, son corps tout entier ne lui laissaient aucun répit. Il la prenait d'assaut comme un barbare une citadelle. En une étreinte implacable, il s'enroulait autour d'elle comme un boa autour de sa proie.

Enfin, Chloé sentit l'orgasme l'emporter à des hauteurs vertigineuses, libérant d'un coup la tension accumulée dans son corps. Cela n'avait rien à voir avec le plaisir qu'il lui avait fait connaître dans l'avion. C'était un séisme d'une intensité incomparable, qui prenait naissance au cœur de son être. Elle s'y livra sans retenue, en criant son nom. Et lorsqu'elle le sentit la serrer dans ses bras à lui briser les os et jouir en elle dans un grand râle libérateur, elle fut surprise de connaître une nouvelle fois l'extase.

La matinée touchait à sa fin lorsqu'ils parvinrent au but de leur excursion. Balanoch se révéla être bien plus une petite ville bourdonnante d'activités qu'un village. Ils déjeunèrent près d'une fontaine, au centre de la place, loin des échoppes malodorantes et bruyantes installées à la périphérie – tannerie, forge, boucherie, triperie.

Chloé découvrit qu'elle était affamée et mangea avec appétit les tranches de bœuf salé, le pain frais, le fromage et la tarte aux fruits que Nell avait préparés à leur intention. Le petit vin épicé que celle-ci leur avait donné pour arroser leur repas ne tarda pas à leur monter à la tête, si bien qu'après le repas, alors qu'ils se reposaient à l'ombre d'un buisson, il leur fut difficile de s'arracher à leurs caresses et à leurs baisers pour reprendre leur exploration.

Le plus étrange pour Chloé était de ne découvrir nulle part la moindre trace des éléments familiers constitutifs de son époque. Les murs des maisons couvertes de chaume étaient en torchis. Dans les jardinets qui les entouraient jouaient pieds nus des enfants dépenaillés mais souriants. Seuls les boutiques et ateliers étaient en pierre. Dans leurs façades s'ouvraient des volets en bois dont la moitié inférieure, munie de pieds, servait d'étal.

Chez le tanneur, elle observa de jeunes apprentis en train de raser des peaux avec de grandes lames. Dans l'atelier du forgeron, elle regarda avec fascination les gerbes d'étincelles jaillir de la pièce de fer rouge que l'artisan martelait sur son enclume. Et lorsqu'ils s'arrêtèrent devant la fenêtre du relieur-doreur, Chloé ouvrit de grands yeux en remarquant les livres flambant neufs que l'artisan avait exposés en vitrine.

Le bourg comptait également des ciriers, des tisserands, des potiers, ainsi qu'un armurier et plusieurs églises. Chloé s'étonnait de tout, admirait chaque détail, posait des questions à perdre haleine. Pourtant, ils ne s'attardèrent pas à Balanoch. Au fil des heures, elle avait senti grandir l'impatience de Dageus de se retrouver seul avec elle. Et parce qu'elle partageait cette hâte, elle le suivit sans protester quand sonna l'heure du départ.

Ils firent halte à quelques lieues du village, près d'un bois de chênes verts et d'un ruisseau bondissant qui s'élargissait pour former une piscine naturelle parmi la bruyère. Lorsqu'il la prit par les hanches pour la faire descendre de cheval, le regard empli de tendresse, il le fit avec une infinie douceur, comme pour s'excuser de la rudesse de leurs premiers ébats – qu'elle n'aurait quant à elle pas songé à lui reprocher...

Cette fois, dans l'eau tiède du ruisseau, il prit tout son temps et la combla de caresses et de baisers. Elle dut le supplier d'y mettre un terme pour passer à des délices plus corsées... Avec un sourire triomphant, il l'allongea sur la berge et se mit en devoir, la tête enfouie entre ses jambes, d'honorer la promesse qu'il lui avait faite le matin même.

Ses lèvres et sa langue la rendirent folle de plaisir, au point que, une fois de plus, elle cria son nom. Juste au moment où elle pensait ne pouvoir supporter une seconde de plus de ce traitement, il la prit de nouveau dans ses bras, la conduisit dans l'eau et l'amena doucement à venir s'empaler sur lui.

Accrochée à son cou, Chloé plongea son regard dans le sien et ne le quitta pas des yeux tandis qu'ils entamaient une nouvelle fois la danse immémoriale des amants. Elle comprit alors qu'elle était définitivement tombée dans le piège qu'elle s'était juré d'éviter : elle était follement, désespérément amoureuse de son ténébreux Highlander.

La lune nimbait la bruyère et le bois de chênes de sa belle lumière argentée lorsque Dageus se réveilla. Il était allongé sur le plaid, Chloé entre ses bras, leurs jambes emmêlées, les courbes émouvantes de son dos épousant intimement son torse et son ventre. S'il avait été capable de pleurer, il aurait versé pour ce cadeau des dieux des larmes de reconnaissance et de joie.

Elle l'acceptait tel qu'il était, aimait tout ce qu'il avait à offrir, le bon comme le mauvais, sans craintes ni restrictions. Il avait été à deux doigts de perdre la partie, de se laisser dépouiller des derniers lambeaux d'humanité qu'il lui restait, mais en quelques heures, Chloé avait réussi à l'arracher à la force d'attraction des ténèbres. Il avait tenté de l'en remercier en se montrant ce soir bien plus tendre et attentionné qu'il ne l'avait jamais été avec aucune femme.

Mais qu'il l'ait aimée comme un homme ou comme un animal, qu'il l'ait prise rudement ou avec tendresse, elle s'était toujours offerte à lui avec joie et enthousiasme. Comme il l'avait pressenti, il y avait en elle une part de sensualité bridée qui ne demandait qu'à s'éveiller sous ses caresses. Elle était prête à perdre son innocence, curieuse d'apprendre tout ce qu'il avait à lui enseigner, ravie d'être enfin initiée aux mystères du plaisir. Il avait savouré chaque seconde de leurs ébats. Savoir qu'il était son premier amant – et il se promettait bien d'être également le dernier ! – avait décuplé sa jouissance, son bonheur... et l'amour qu'il lui portait.

À présent qu'elle reposait entre ses bras, pleinement confiante et détendue, certains mots devaient absolument sortir de sa bouche. Il les sentait se presser sur ses lèvres, et il lui fallait faire vite. La main droite posée sur le cœur de Chloé, il serra la gauche contre son propre cœur. Jamais il n'avait été aussi sûr de lui. Elle était sa promise pour le temps que Dieu voudrait leur accorder sur Terre, et il allait faire en sorte qu'elle le reste au-delà.

Afin de la réveiller en douceur, il couvrit son cou et son épaule de baisers en murmurant son nom. Il n'aurait servi à rien qu'il prononce le serment alors qu'elle était endormie. Pour que ses vœux s'impriment en elle, il fallait qu'elle fût éveillée. Elle battit des paupières, s'étira paresseusement contre lui, et il put enfin prononcer d'une voix solennelle et émue les mots qui le liaient à elle pour l'éternité, même s'il savait qu'ils ne prendraient pleinement effet que le jour où elle les lui répéterait.

— Deux flammes pour une braise brûlent d'un même désir. Où tu iras, qu'il plaise aux dieux que j'aille aussi. Fasse que le temps n'apaise ni flammes ni souvenirs.

Dès qu'il eut récité le dernier vers, une vague d'émotion submergea Dageus. Il osait à peine imaginer ce qu'il ressentirait le jour – car il ne doutait pas que celui-ci viendrait – où Chloé lui répéterait ces vœux sacrés. En lui, il sentit les Anciens se rétracter et siffler de fureur. Ils n'avaient manifestement pas apprécié ce serment, et son bonheur ne pouvait que s'en trouver renforcé.

— C'est magnifique, murmura Chloé. Qu'est-ce que c'est ?

Elle tourna la tête pour lui lancer un regard intrigué par-dessus son épaule. Caressée par la lumière laiteuse de la lune, sa peau paraissait translucide. Dans le noir, ses yeux aigue-marine brillaient comme deux étoiles.

— *Och ! Lass*... répondit-il à mi-voix. Tu es si belle que je ne trouve pas les mots pour le dire.

En son for intérieur, Dageus maudit sa maladresse. Il se sentait ridicule, en dessous de tout. À cet instant, il aurait volontiers troqué tous ses pouvoirs de druide contre l'éloquence des poètes.

Chloé rougit de plaisir, mais ne se laissa pas détourner de son but.

— Était-ce... une sorte de poème, que tu récitais ?

— Quelque chose comme ça, oui.

Il la fit pivoter entre ses bras pour qu'ils se retrouvent face à face.

— J'ai beaucoup aimé, reprit-elle. Cela paraissait... très romantique. Tu peux me le répéter ?

Elle se tut, puis, voyant qu'il gardait un silence buté, elle ajouta :

— Ce n'est pas grave, je crois que je m'en souviens. Deux flammes pour une braise brûlent d'un...

— *Naye, lass !* s'exclama-t-il en posant la main sur ses lèvres pour la faire taire.

En aucun cas elle ne devait répéter maintenant les vœux sacrés d'union spirituelle. Si elle le faisait et si les choses tournaient mal, si le Draghar finissait par prendre le dessus sur lui, elle se retrouverait liée pour l'éternité à une bête surgie de l'enfer...

Dageus fit la seule chose qu'il pouvait faire. Ôtant sa main de sa bouche, il la remplaça par ses lèvres et donna à Chloé un baiser passionné. Heureusement pour lui, elle ne demandait qu'à se laisser distraire. Quelques minutes plus tard, subjuguée par l'ardeur de ses caresses, elle avait tout oublié de cet étrange poème qui l'avait tant intriguée.

Tous ses sens aux aguets, Silvan perçut la présence de son fils avant même que celui-ci ne pénètre dans la grande salle. Il n'avait pu attendre le lendemain pour lui annoncer la bonne nouvelle. Il s'apprêtait à se lever pour aller l'accueillir quand il entendit derrière la porte un léger rire de femme. Puis le silence se fit, trop parfait pour ne pas être empli de baisers. Enfin, un autre rire s'éleva, masculin mais indéniablement gai et insouciant. Le rire de Dageus, qu'il ne lui avait pas été donné d'entendre depuis si longtemps...

Un sourire de contentement se peignit sur les lèvres du vieil homme, qui murmura quelques mots pour rassembler les ténèbres autour de lui. Son fils n'était sans doute pas encore tiré d'affaire, mais au moins la magie de l'amour avait-elle opéré sur lui.

La nouvelle qu'il avait à lui annoncer devrait attendre le lendemain. Pour l'heure, Dageus semblait avoir de plus urgents – et de plus doux – sujets de préoccupation.

20

Le lendemain, ce furent quelques coups frappés à la porte qui tirèrent brutalement Chloé du sommeil. Dageus, qui l'avait sentie sursauter contre lui, resserra instinctivement l'étreinte de ses bras autour d'elle.

— Vous êtes réveillés ? demanda la voix forte de Nell à travers la porte. Silvan est dans tous ses états. Il réclame votre présence au plus vite.

— Ça va, Nell ! répondit Dageus d'un ton nonchalant. Nous sommes réveillés. Tu veux bien faire préparer un bain ?

L'épaisseur de la porte en bois ne parvint pas à étouffer le soupir de mécontentement de la femme de Silvan.

— Si vous ne descendez pas tout de suite, reprit-elle, je crois qu'il va venir lui-même vous chercher. Et tu sais que ton père n'est pas des plus patients...

Cette fois, ce fut à Dageus de soupirer bruyamment.

— On arrive ! lança-t-il, résigné. Donne-nous un quart d'heure.

— Si cela ne tenait qu'à moi, conclut Nell, je vous donnerais toute la journée !

Un petit rire entendu ponctua ces mots, suivi de bruits de pas qui s'éloignaient dans le couloir.

Dageus fit pivoter Chloé entre ses bras, glissa une de ses jambes entre les siennes et captura ses seins dans ses mains possessives.

— Bonjour... murmura-t-elle d'une voix encore ensommeillée.

Au souvenir de tout ce qu'il lui avait fait dans ce lit – de tout ce qu'elle l'avait supplié de lui faire ! –, Chloé se sentit rougir. Depuis qu'elle s'était livrée à lui, Dageus n'était plus tout à fait le même homme. S'il lui était arrivé souvent par le passé de paraître absent, comme absorbé par de secrètes pensées, dans un lit, il était totalement présent et concentré, disponible et enthousiaste. C'était si agréable de le voir ainsi à l'aise, le corps aussi abandonné et détendu que celui d'un lion au soleil !

Mais comme pour la contredire, au moment précis où cette pensée lui traversait l'esprit, il lui adressa un de ses fameux sourires qui ne gagnaient pas ses yeux.

— Ne fais pas ça, protesta-t-elle. Quand tu me souris, j'aimerais que ce soit pour de vrai !

— Comment ? dit-il d'un air interloqué.

Sans répondre, Chloé fit glisser ses mains le long des côtes de Dageus. Elle était curieuse de savoir si un homme tel que lui craignait les chatouilles. C'était le cas, et cela la réjouit de découvrir que sur ce plan-là, au moins, il pouvait se montrer aussi sensible et démuni que n'importe quel être humain. Elle ne se priva pas de le chatouiller, jusqu'à ce que, au comble de l'hilarité, il emprisonne ses mains entre les siennes.

— Petite imprudente ! grommela-t-il en roulant sur elle. Ne sais-tu pas que je punis celles qui osent me chatouiller ?

— Ah, oui ? dit-elle dans un souffle. Comment cela ?

Dageus pencha la tête et saisit entre ses lèvres la pointe déjà dressée d'un de ses seins, qu'il mordilla un instant avant de répondre :

— Tu as les plus beaux seins du monde, *lass*... Quant à ta punition, il faut que j'y réfléchisse. Aucune femme ne s'est jamais risquée à me chatouiller.

— Sans blague ? s'exclama Chloé. Je me demande bien pourquoi.

Mais, du bout de la langue, il avait repris sur son autre sein sa lente exploration. Renonçant à s'interroger plus longuement, elle ferma les yeux et se prêta en gémissant à sa caresse. Titillée par sa barbe naissante, la peau de ses seins était plus sensible qu'elle ne l'avait jamais été.

En dépit des caresses incroyablement intimes qu'il lui avait prodiguées, pas une fois Dageus n'avait prononcé ces mots que les amoureux échangent dans le feu de la passion. Il ne lui avait murmuré aucun serment d'amour éternel, aucune promesse d'un avenir commun. Elle s'efforçait de ne pas s'en inquiéter, tout en continuant à espérer une déclaration d'amour – et pourquoi pas dix ou vingt... En conséquence, elle avait gardé ses sentiments pour elle, résolue à se montrer patiente et attentive à ces petits signes imperceptibles par lesquels elle savait qu'il exprimait ses sentiments.

Sans abandonner ses seins, Dageus ondula des hanches entre ses cuisses, prêt à tout recommencer. Chloé sentit le désir la transpercer, intense et impérieux. Dageus avait éveillé en elle une faim insatiable. Faire l'amour avec lui donnait à une femme l'impression de goûter au fruit défendu.

Son corps se ressentait encore de leurs ébats nocturnes, mais s'ils avaient eu le temps nécessaire, elle l'aurait sans hésiter suivi le long des chemins sur lesquels il voulait l'entraîner.

— Tu as entendu Nell... protesta-t-elle en prenant son visage entre ses mains pour repousser sa tête. Pas de bain ni de galipettes ce matin. Silvan nous attend.

À l'heure qu'il était, le père de Dageus devait savoir qu'elle avait passé la nuit dans les bras de son fils. Cette idée la mit mal à l'aise. Silvan ne l'intimidait pas particulièrement, mais pour une raison qui lui échappait, elle était gênée qu'il fût au courant. Peut-être parce qu'il lui rappelait son grand-père...

— Ne t'inquiète pas, *lass*, dit Dageus, qui avait deviné son malaise, comme à son habitude. Silvan était déjà au courant hier soir. Il était dans la grande salle lorsque nous sommes rentrés. Et je peux te garantir que cette nouvelle ne peut que le rassurer et le réjouir. C'est la première fois que j'emmène une femme dans ma chambre.

— C'est vrai ? demanda-t-elle en le dévisageant, le souffle court et le sourire radieux.

Il acquiesça d'un signe de tête, et l'inquiétude de Chloé s'apaisa. Si elle ne pouvait prétendre avoir la primeur de ses bras, du moins était-elle la première à partager son lit... Même si ce n'était pas tout à fait ce qu'elle attendait – une déclaration enflammée d'amour éternel, par exemple, n'aurait pas été de refus –, c'était un bon début.

Soudain, Chloé remarqua les yeux de Dageus et plissa les paupières pour être certaine de ne pas se tromper. Loin d'être aussi sombres qu'ils l'avaient été ces jours derniers, ils avaient retrouvé leur belle couleur dorée pailletée d'ambre et de noisette.

— Qu'arrive-t-il à tes yeux ? demanda-t-elle d'un air intrigué. Ils n'arrêtent pas de changer de couleur... Est-ce le cas pour tous les druides ?

Dageus tressaillit et demanda prudemment :

— De quelle couleur sont-ils ?

— Dorés.

Cette précision amena sur les lèvres de Dageus un sourire qui se propagea cette fois à tout son visage. Le soleil entrait à flots par la fenêtre de la chambre, mais ce sourire-là rivalisait avec l'astre de lumière et de chaleur. Bouleversée et subjuguée par sa beauté, Chloé lui rendit son sourire et tendit la main pour lui caresser tendrement la joue.

— Rien ne me fait autant de bien que toi, *lass*, dit-il d'une voix émue. Mais si tu ne veux pas que je me lance dans une exploration que mon cher père pourrait bien venir interrompre, nous ferions mieux de nous lever.

Avec un sourire mystérieux, Silvan appuya résolument sur un détail du chapiteau de la colonne qui servait de jambage à la cheminée. Aussitôt, le fond de l'âtre pivota en silence, révélant une volée de marches qui s'enfonçaient dans les ténèbres. En quelques mots, Silvan expliqua à Dageus et à Chloé comment Nell avait découvert par hasard, un jour de grand ménage, le secret de cette porte celée dans le mur.

— Pourquoi ne nous a-t-elle rien dit ? s'étonna Dageus, qui contemplait l'ouverture d'un œil intrigué.

Silvan se mit à rire gaiement.

— Parce qu'elle était persuadée que nous connaissions l'existence de cette chambre secrète et qu'elle pensait que nous ne serions pas ravis qu'elle l'ait découverte...

Dageus hocha pensivement la tête.

— Et tu dis qu'il s'agit d'une véritable annexe, où se trouve tout le fonds ancien de notre bibliothèque ?

Une lueur d'émotion passa dans le regard de Silvan.

— *Och !* Fils, si tu savais... Au bas de ces marches, c'est toute l'histoire de notre clan qui nous attend, préservée depuis des siècles.

Chloé, dont les deux hommes avaient complètement oublié la présence, les suivit au bas de l'escalier de pierre en colimaçon. À mesure que Silvan allumait les lampes et candélabres disposés çà et là, une grande pièce de cinq mètres sur dix s'offrit à leurs regards. Des centaines de livres, de tablettes, de parchemins s'amoncelaient un peu partout, sur les rayonnages qui se lançaient le long des murs à l'assaut du plafond voûté, sur les tables et bancs qui meublaient la salle.

Chloé ne savait où poser les yeux. Prise de vertige, elle s'efforçait d'embrasser tous ces trésors du regard. Un archéologue pénétrant dans une tombe inviolée depuis des millénaires n'aurait pas ressenti une émotion plus intense, songea-t-elle. Son cœur battait à tout rompre, elle avait les paumes moites. Une pression douloureuse, dans sa poitrine, lui rappela qu'elle avait oublié de respirer depuis qu'elle avait posé le pied dans cette caverne d'Ali Baba, dans laquelle flottait une délicieuse odeur de vieux papiers, de poussière centenaire et de renfermé.

Le premier effet de surprise passé, elle se rua en avant et contourna les deux hommes, déterminée à en voir le plus possible avant qu'ils ne se rappellent sa présence. Qui sait s'ils ne lui demanderaient pas alors de partir ? Consciente de la chance unique qui lui était offerte, Chloé était fermement décidée à ne pas se laisser faire. Elle se trouvait dans une chambre secrète emplie de ces reliques du passé qui étaient pour elle une raison d'être plus qu'un métier. Il y avait là de quoi susciter l'enthousiasme de tous les médiévistes du XXIe siècle et leur fournir matière à polémiques et controverses pour le reste de leur existence.

Elle remarqua des tablettes de pierre couvertes d'inscriptions oghamiques irlandaises. Sur d'autres, elle découvrit ce qui ressemblait à une version picte de l'alphabet oghamique. Les Pictes avaient utilisé l'alphabet oghamique irlandais sans pouvoir l'adapter tout à fait à leur propre langue, le picte et le gaélique étant phonétiquement incompatibles. Peut-être, songea-t-elle avec un frisson d'excitation, lui serait-il possible, avec l'aide de Dageus, de déchiffrer enfin cette écriture... Hormis ces tablettes, il y avait aussi de gros grimoires enveloppés de linges pour les préserver, de vieux volumes reliés de cuir, des rouleaux de parchemin fermés par des rubans rassemblés en vrac dans des coffres. Même cette cruche oubliée sur une table constituait à elle seule une relique pour laquelle les musées de son époque se seraient battus !

Après s'être longuement émerveillée, Chloé prit conscience du silence qui régnait dans la crypte et lança par-dessus son épaule un coup d'œil intrigué à ses compagnons. Ils avaient fait halte au bas de l'escalier, où ils contemplaient sur une colonne tronquée ce qui ressemblait à une feuille d'or.

— S'agit-il vraiment de ce que je crois ? demanda enfin Dageus d'une voix étranglée.

— *Aye !* répondit fièrement Silvan. Il s'agit bien du Pacte, gravé dans une feuille d'or pur, comme l'affirmait la légende.

— Ce qui n'est pas le choix le plus approprié ! intervint Chloé en s'approchant d'eux. L'or pur est trop malléable. Voilà pourquoi les torques celtiques sont en métal plaqué or.

— C'est précisément la raison pour laquelle le Pacte a été gravé dans l'or pur, murmura Silvan sans quitter la colonne des yeux. Pour symboliser sa fragilité et inciter les humains à le traiter avec précaution.

— Mais de quel Pacte parlez-vous, au fait ?

— Du Pacte conclu entre les Tuatha Dé Danaan et les hommes.

Il fallut quelques secondes à Chloé, figée sur place et bouche bée, pour saisir la portée des mots qu'elle venait d'entendre. Quand ce fut fait, son cerveau passa à la vitesse supérieure. Elle ne perdit pas de temps à mettre en doute l'authenticité d'un pacte signé avec une peuplade mythique dont la réalité n'avait jamais été établie. Trois jours plus tôt, si quelqu'un avait soutenu devant elle qu'on pouvait voyager dans le temps, elle aurait ri au nez de ce doux illuminé...

En quelques phrases hachées, elle posa d'une traite toutes les questions que soulevait l'existence d'un tel document.

— À votre avis, de quelle époque date-t-il ? Dans quelle langue est-il rédigé ? Vous pouvez le traduire ? Qu'est-ce que cela dit ?

Manifestement ravi de sa curiosité, Silvan lui adressa un sourire bienveillant avant de répondre :

— Le Pacte a plus de quatre mille ans, ma chère. Quant à la langue dans laquelle il est écrit...

— ... plus personne ne la lit aujourd'hui, acheva abruptement son fils.

Penaud, Silvan baissa les yeux. Dageus soutint sans ciller le regard inquisiteur que Chloé lui lançait, mais elle ne fut pas dupe. Elle l'avait vu lire avidement les lignes de caractères étranges gravés dans la feuille d'or.

Cependant, elle renonça à le questionner. Elle avait son compte de découvertes extraordinaires. À peine venait-elle d'admettre l'existence de druides capables de manipuler le temps qu'il lui fallait accepter aussi celle d'une civilisation mythique dotée de connaissances et de pouvoirs phénoménaux...

Avec un soupir résigné, elle se laissa glisser contre le mur, s'assit en tailleur sur le sol dallé et saisit sur une étagère voisine un gros tome d'aspect engageant.

Bien des heures plus tard, épuisée, Chloé posa la tête contre la pierre froide, ferma les yeux et se laissa bercer par la conversation de Dageus et Silvan. Sous ses paupières closes dansaient des mots de langues qu'elle ne pouvait traduire, des signes d'alphabets depuis longtemps oubliés. Des particules de poussière volaient dans l'air et maculaient son visage, elle portait une robe médiévale et vivait dans un château qui ne possédait ni salle de bains ni toilettes, mais elle n'aurait pu être plus heureuse...

— Ainsi, disait Dageus à son père, selon le registre que tu as trouvé, nos ancêtres n'utilisaient que rarement cette salle, dont ils se transmettaient le secret uniquement de père en fils aîné...

Chloé frissonna. Son accent rocailleux l'avait toujours troublée, mais depuis qu'ils avaient fait l'amour, il suscitait au creux de son ventre une excitation de nature purement sexuelle.

— *Aye !* acquiesça Silvan. J'ai passé un peu de temps hier à feuilleter ce vieux grimoire. L'entrée la plus récente date de l'an 872. Je suppose qu'à cette époque, le *laird* en titre a dû mourir brutalement, sans avoir eu le temps de confier le secret de l'existence de cette crypte à son fils.

— Tous ces pans d'histoire oubliés... murmura Dageus d'un ton attristé. Tout cet héritage si longtemps ignoré...

— Si ça n'avait pas été le cas, commenta Silvan, peut-être n'en serions-nous pas là aujourd'hui.

Intriguée par ces dernières et sibyllines paroles, Chloé entrouvrit les paupières et vit Dageus se renfrogner. Dans la lumière mouvante des bougies, elle étudia avec soin son profil hiératique, impénétrable, en se demandant une fois de plus ce qu'il pouvait bien cacher.

Elle n'avait pas oublié qu'ils avaient entrepris ce voyage extraordinaire dans l'espoir de dénicher de vieux ouvrages où il comptait trouver le moyen de déjouer une mystérieuse malédiction. Elle aurait pu, la veille, lui demander de plus amples explications, mais elle avait eu peur de gâcher par ses questions la fabuleuse journée qu'ils passaient ensemble.

À vrai dire, elle ne tenait pas plus à gâcher cette journée-ci... Sa félicité était si totale qu'elle était décidée à écarter résolument toute ombre au tableau. Elle n'avait jamais connu un bonheur pareil et n'aspirait qu'à une chose : qu'il dure toujours. Elle qui, d'ordinaire, n'avait de cesse qu'on satisfasse sa curiosité n'avait soudain plus aucune envie de se lancer dans des investigations. Le lendemain, se promit-elle, elle se risquerait à lui poser la question. Mais pour l'heure, elle était encore trop occupée à réaliser qu'elle se trouvait réellement au XVIe siècle, qu'elle vivait une passion torride avec l'homme le plus merveilleux du monde et qu'elle venait de découvrir des trésors historiques oubliés.

Comme s'il avait senti son regard peser sur lui, Dageus tourna soudain la tête dans sa direction et la fixa droit dans les yeux. Ses narines palpitèrent, ses yeux se plissèrent, son regard se fit brûlant et possessif.

— Père, dit-il sans la quitter du regard, il me semble que Chloé a bien besoin d'un bon bain.

Il n'en fallut pas davantage pour que la libido de Chloé envoie à son cerveau l'image explicite d'un duo amoureux dans une baignoire...

— Je me sens moi-même un peu poussiéreux, déclara Silvan après les avoir considérés d'un œil intrigué. Je pense également qu'un petit en-cas nous ferait le plus grand bien. Allons retrouver Nell. Elle pourra nous arranger ça.

Dageus se dirigea vers Chloé, qui leva les yeux, incapable de les détourner de son ténébreux Highlander et de la promesse qu'elle lisait dans son regard. Dans l'espace confiné de la crypte, jamais il ne lui avait paru si imposant.

Après l'avoir rejointe, il lui tendit la main pour l'aider à se relever.

— Viens, *lass*...

Chloé ne fut que trop heureuse de lui obéir.

21

Il régnait une chaleur étouffante dans la crypte. Dageus, qui s'agitait depuis un moment, décida d'aller s'asseoir sur le sol et de s'adosser au mur de pierre pour se rafraîchir le corps et l'esprit. Comme l'aiguille aimantée d'une boussole qui pointe automatiquement vers le Nord, son regard alla de lui-même se fixer sur Chloé. La présence de cette femme aurait suffi à réduire en miettes la concentration du plus vertueux des moines copistes...

Assise sur un tas de coussins posés sur le sol, elle étudiait avec attention le quatrième *Livre de Manannán*. Pour son plus grand malheur, maintes fois déploré, la plupart des ouvrages de la chambre souterraine lui restaient hermétiques, étant écrits dans des dialectes anciens qui utilisaient des alphabets oubliés.

Le regard brûlant de désir, Dageus la détailla de la tête aux pieds. Habillée d'une robe lilas au corsage moulant et au décolleté plongeant (il soupçonnait Nell de lui fournir délibérément des vêtements provocants pour le rendre fou), elle avait tout d'une vision de rêve, avec ses cheveux ondulés qui cascadaient autour de son visage. Perdue dans ses pensées, elle se mordait la lèvre inférieure.

Les dix jours qu'ils venaient de vivre s'étaient

écoulés bien trop vite au goût de Dageus. Il aurait voulu arrêter le cours du temps, allonger chaque journée pour lui donner la durée d'une année, vivre à l'infini chaque instant de ce bonheur doux-amer qui était le sien – doux parce qu'il avait réussi à conquérir sa promise, amer parce qu'il devait s'interdire de faire des promesses qu'il n'était pas sûr de pouvoir tenir.

Aussi s'était-il efforcé, durant ces dix jours et ces dix nuits, de ne se concentrer que sur le versant lumineux de son bonheur tout neuf. Comme un lézard assoiffé de soleil, il s'abreuvait à la grâce rieuse et à l'optimisme inébranlable de Chloé. Plus les jours passaient, plus elle lui était précieuse. Il avait toujours su qu'elle était une femme intelligente, forte, pleine de cœur, mais c'étaient à présent les petits détails de sa personnalité qui l'enchantaient. Sa façon de rester penchée durant des heures sur le Pacte, mourant d'envie d'y toucher mais se refusant absolument à le faire, de crainte d'y laisser ne serait-ce qu'une empreinte digitale. Ses jeux avec ses jeunes demi-frères, le soir après le dîner, quand elle leur tirait des cris d'effroi ravis en jouant les sorcières et en les poursuivant à travers la grande salle. Le charme enjôleur auquel elle avait recours pour amadouer son père et obtenir de lui tout ce qu'elle voulait.

Il était fier de la femme qu'elle était et se montrait sauvagement possessif à son égard. Il était heureux d'avoir été celui qui l'avait éveillée aux plaisirs des sens, et le premier homme à qui elle ait accepté de faire une place dans sa vie. Car il ne doutait plus à présent d'avoir conquis son cœur. Chloé n'était tout simplement pas capable de dissimuler ses sentiments. Elle n'avait pas prononcé les mots qui auraient pu le lui confirmer, mais ses actes étaient éloquents. Il devinait son amour à la façon qu'elle avait de le regarder, le ressentait dans ses caresses.

Elle s'était jetée à corps perdu et sans interdit aucun dans leur intimité amoureuse. Elle aimait le toucher. En fait, elle paraissait même ne pouvoir s'en passer. Elle glissait constamment sa petite main dans la sienne ou l'enfouissait dans ses cheveux. Il se laissait faire en ronronnant presque, tel un chat errant domestiqué et retenu captif par le contact d'une main aimante et familière. Faire l'amour avec elle ne ressemblait à rien de ce qu'il avait connu. Le sexe avait toujours eu un effet lénifiant sur lui, apaisant les tensions de son esprit et de ses muscles. Mais lorsqu'il reposait nu contre Chloé après l'orgasme, son cœur autant que son corps étaient en paix.

Si son bonheur présent était pour lui un vaste ciel bleu et lumineux, il ne devait pourtant pas oublier que des nuages noirs et menaçants s'accumulaient inexorablement sur la ligne d'horizon. Quittant des yeux le spectacle ravissant et tentateur qu'offrait Chloé, Dageus inspira profondément et se força à revenir à des considérations moins réjouissantes.

Si, au cours de ces dix jours, son père et lui avaient découvert une masse d'informations sur l'histoire de leur clan et leur rôle en tant que druides, ils n'avaient rien appris de nouveau sur les Anciens ou les Tuatha Dé Danaan, qui les avaient combattus et emprisonnés. Silvan restait confiant et continuait à espérer qu'il existait un moyen d'entrer en contact avec leurs bienfaiteurs. Dageus ne partageait pas son optimisme. À vrai dire, il n'était même pas certain que l'antique race n'ait pas disparu. Et quand bien même cela n'aurait pas été le cas, pourquoi les faës auraient-ils accepté d'entrer en contact avec celui qui avait rompu le Pacte, alors qu'ils ne l'avaient jamais fait avec aucun de ses ancêtres ?

Plus cette recherche éprouvante durait, plus grandissaient son impatience et son découragement. Si, au XXIe siècle, l'information lui avait manqué, au XVIe, elle était trop abondante pour le peu de temps dont il disposait. Il avait en effet récemment découvert que le fatal compte à rebours avait repris. Ses yeux avaient perdu une fois de plus leur couleur d'origine. Ils avaient à présent celle du cuivre terni et devenaient plus sombres de jour en jour. Même s'il s'interdisait d'utiliser la magie, même s'il ne se privait pas de faire abondamment l'amour à Chloé, les Anciens finissaient par déteindre sur lui, comme un vin imprègne inexorablement les parois du tonneau qui le contient.

Mettant un terme à sa rumination, Dageus se leva et retourna étudier le cinquième *Livre de Manannán*. Il lui fallait plus que jamais se plier à une stricte discipline. Il aurait aimé emmener Chloé loin de cette crypte poussiéreuse et lui faire visiter son monde et son époque, mais il devait se contenter de la vie d'ermite qu'il avait menée à Manhattan – travailler de l'aube au crépuscule, et attendre la nuit pour montrer à celle qu'il aimait à quel point elle lui était indispensable. Il était déterminé à vivre avec sa promise bien plus qu'une brève lune de miel. Et s'il voulait y parvenir, il n'avait pas une seconde à perdre.

Fort de cette résolution, il ne leva même pas la tête de son livre quand Chloé sortit de la crypte.

Après avoir étouffé dans l'air confiné de la chambre souterraine, Chloé se glissa avec un soupir de bien-être dans la fraîcheur des jardins. Il lui fallait encore se pincer pour s'assurer qu'elle ne rêvait pas et qu'elle vivait bien au XVIe siècle depuis dix jours – dix jours qui avaient passé à la vitesse de la lumière et avaient été les plus heureux de sa vie.

Dans un premier temps, elle avait partagé ses journées et ses nuits entre la découverte enthousiaste du contenu de la crypte et celle, tout aussi excitante, de la passion amoureuse entre les bras infatigables de son ténébreux Highlander. Bien vite, pourtant, frustrée de ne pouvoir déchiffrer la plupart des ouvrages de la chambre souterraine, elle s'était rabattue sur une exploration poussée du château et de la bibliothèque de Silvan, qui conservait sur ses étagères des exemplaires de tous les traités de philosophie, d'éthique, de mathématiques, de cosmologie ou d'histoire naturelle qui faisaient référence à son époque.

Ces heures passées loin de Dageus lui avaient également permis de faire plus ample connaissance avec Nell et ses deux jeunes fils, Ian et Robert, des garnements de deux ans et demi dotés de longues boucles brunes et de prédispositions évidentes pour la joie et le bonheur. Il lui était impossible de poser les yeux sur eux sans penser avec un pincement au cœur aux enfants magnifiques que pourrait engendrer Dageus – surtout s'il les concevait avec elle...

Au cours de ces dix jours, elle avait étudié avec soin son comportement et en avait conclu qu'il éprouvait plus pour elle qu'un simple désir sexuel. Il la traitait avec la même déférence et le même respect qu'elle avait vus à l'œuvre chez Drustan, qui dorlotait sa femme comme une princesse.

Régulièrement, de son propre chef, il s'éclipsait de la crypte pour aller lui chercher une tasse de thé, une boisson fraîche ou un linge humide afin de lui rafraîchir le visage. Une fois, elle l'avait vu disparaître dans les jardins, d'où il était revenu quelques minutes plus tard, chargé d'une brassée de fleurs qu'il lui avait offertes. Certains soirs, devant la cheminée de leur chambre, il la massait longuement, jusqu'à la faire gémir de bien-être.

Près de lui, elle se sentait choyée, adorée, respectée, adulée et, pour tout dire, aimée. Mais elle devinait que Dageus McKeltar ne lui parlerait pas d'amour, à moins peut-être qu'elle ne fasse le premier pas. N'était-ce pas ce que Gwen avait voulu lui signifier lorsqu'elle avait affirmé qu'aucune femme ne lui avait à ce jour donné l'occasion de croire en l'amour ?

Eh bien, s'il en fallait une, décida Chloé en rebroussant chemin, elle serait celle-là. Dès ce soir, elle se risquerait à lui avouer qu'elle l'aimait. Elle s'y voyait déjà : Nell allait l'aider à préparer un dîner fin et romantique, qu'ils prendraient dans leur chambre, à la lumière de dizaines de lampes et de bougies. Elle mettrait des fleurs partout, et ils ouvriraient la fenêtre pour profiter des derniers feux du couchant. Alors, elle n'aurait plus qu'à laisser parler son cœur. « Et si tu te heurtais à un mur ? persifla en elle la voix de la raison, choisissant ce moment pour resurgir après des jours de silence. Dans quel état se retrouvera-t-il, ton petit cœur ? »

Chloé haussa les épaules et rejeta énergiquement cette pensée. Elle ne laisserait pas les craintes et les doutes la faire reculer. Quelques jours auparavant, alors qu'elles buvaient une tasse de chocolat, Nell lui avait fait part de sa propre expérience avec Silvan. Pendant douze longues années, en silence, elle avait dû attendre que celui qui faisait battre son cœur accepte enfin d'ouvrir les yeux sur l'amour qui les unissait. Chloé ne pouvait imaginer attendre si longtemps pour avouer sa flamme à Dageus. Elle se sentait à peine capable d'attendre douze heures...

À l'adolescence, ignorant tout des secrets de l'amour, Chloé s'était entraînée à l'art du baiser avec un oreiller. Elle s'était sentie un peu ridicule, mais comment une fille était-elle censée apprendre ce genre de choses ? Bien sûr, elle avait lu des livres et observé dans des films des scènes de baisers. Mais selon elle, pour parvenir à la perfection au premier essai, rien ne valait un bon exercice pratique. L'oreiller ne lui avait pas si mal réussi, puisqu'elle gardait encore de son premier baiser un souvenir ému...

Une fois dans la grande salle, décidée à recourir aux bonnes vieilles recettes, elle se jucha sur un tabouret, devant le premier miroir de métal poli qu'elle rencontra. Après un instant de concentration, elle poussa un profond soupir et lança d'une voix incertaine à son reflet :

— Je t'aime...

Cela n'avait pas sonné très juste. Ce qui renforçait sa conviction qu'un bon entraînement n'était pas superflu. Elle passa sa langue sur ses lèvres sèches, puis fit une nouvelle tentative, en s'efforçant d'y mettre plus de tendresse.

— Je t'aime.

Cela n'était guère plus convaincant. S'essayant à une version plus sexy et plus passionnée, elle susurra, les lèvres pulpeuses et les yeux langoureux :

— Je t'aime...

Après y avoir réfléchi un instant, elle décida qu'il valait sans doute mieux s'exprimer normalement. Sa déclaration était suffisamment sincère pour ne pas avoir à se parer d'artifices. Cela faisait des jours qu'elle sentait monter ces mots en elle. Les prononcer enfin de vive voix lui procurait un certain soulagement. Elle n'avait jamais été très douée pour maquiller ses sentiments. Aimer sans le montrer ouvertement ne lui allait pas plus que faire l'amour sans amour.

Pour se motiver, elle imagina que c'était Dageus qui la regardait dans le miroir, et un sourire radieux se dessina sur ses lèvres. Trois petits mots ne pouvaient résumer ce qu'elle ressentait pour lui. Aucune déclaration n'arriverait à exprimer la force de son amour pour lui.

— Je t'aime, je t'aime, je t'aime ! Je t'aime plus que le chocolat ! Je t'aime d'un amour plus grand que le monde ! Je t'aime tant que je ne sais pas comment te le dire...

Elle repoussa ses cheveux derrière son épaule, adopta son expression la plus sincère et conclut :

— Je t'aime, tout simplement.

Dans son dos retentit alors la voix pour le moins gênée de Dageus.

— Si ce miroir te plaît tant que cela, *lass*, tu n'as qu'à le décrocher pour l'emporter dans notre chambre.

Chloé sentit le sang refluer brusquement de son visage. Elle déglutit avec peine, une fois, puis deux, puis trois, avant de pouvoir expliquer, en évitant soigneusement de se retourner :

— C'est que... euh... je ne m'adressais pas au miroir, en fait. C'est juste un petit exercice de renforcement de l'estime personnelle. J'ai lu dans un livre que ça fortifiait la confiance en soi et procurait un sentiment de bien-être. Et je viens de constater que ça marchait vraiment ! Tu devrais essayer...

Raide comme un piquet sur son tabouret, Chloé tendit l'oreille, en vain : Dageus ne paraissait nullement décidé à lui répondre. Que diable pouvait-il être en train de penser ? Allait-il éclater de rire ? Souriait-il de sa naïveté ? Dans le miroir, elle s'efforça de l'apercevoir, mais du haut de son perchoir, cela lui était impossible. Il était hors de question qu'elle se retourne pour le regarder. Elle avait trop peur, si elle le faisait, de se mettre à pleurer.

— Dageus ? fit-elle d'une voix hésitante. Pourrais-tu me laisser, à présent ? Pour être efficace, cet exercice doit être pratiqué dans la solitude...

Hélas, il ne bougea pas. Elle pouvait sentir son regard peser sur sa nuque.

— Chloé-*lass*... dit-il enfin. Retourne-toi, s'il te plaît.

Mortifiée, Chloé sentit tous ses espoirs s'envoler. À en juger par le ton de sa voix, il était clair qu'il avait compris. Cela n'avait rien d'étonnant. Qui aurait pu prendre pour argent comptant une explication aussi ridicule ?

— Chloé ? répéta-t-il d'une voix bouleversée.

La colère l'emportant en elle sur l'embarras, Chloé se retourna d'un bloc. Les poings sur les hanches, elle le fusilla du regard et lança d'une traite :

— Je t'aime ! OK ? Mais je n'avais pas prévu de te le dire comme ça, entre deux portes. Je voulais que tout soit parfait. Je voulais en faire un moment très spécial, inoubliable pour nous deux. À présent, par ta faute, tout est fichu !

Hors d'elle, elle sauta du tabouret et se précipita vers l'escalier.

22

Dageus demeura pétrifié sur place durant une longue minute. Le moment qu'il venait de vivre avait sans doute été le plus étrange, mais aussi le plus merveilleux, de toute son existence.

Quand il était entré dans la grande salle, où il était venu chercher de nouvelles bougies pour éclairer la crypte, il avait réellement pensé que Chloé se laissait encore une fois emporter par son amour inconsidéré pour les antiquités. C'était sans arrière-pensée qu'il l'avait taquinée, mais sa réaction lui avait mis la puce à l'oreille. D'abord, elle lui avait répondu d'une voix trop aiguë pour être naturelle, ce qui trahissait toujours un certain trouble chez elle. Ensuite, elle lui avait donné ce prétexte absurde, et il avait enfin compris dans quel exercice il l'avait surprise.

Chloé s'entraînait pour lui dire de la manière la plus parfaite possible qu'elle l'aimait ! Car, cette fois-ci, elle le lui avait dit – ou, plus exactement, jeté en pleine face... Mais un homme ne pouvait-il pas tout pardonner à la femme qui déclarait l'aimer d'un amour plus grand que le monde ?

Dageus éclata d'un rire joyeux et tourna les talons pour rattraper sa promise. Il devait absolument lui dire que puisqu'il était plus grand qu'elle, il était certain quant à lui de l'aimer d'un amour plus grand encore...

Quand il la rejoignit, Chloé avait presque atteint la porte de leur chambre. Pour l'empêcher de s'y enfermer, Dageus agrippa vivement l'arrière de sa robe, qui se fendit en deux avec un grand bruit, mettant à nu les lignes parfaites de sa chute de reins et de ses cuisses.

Chloé tourna la tête vers lui, le visage pâle et figé par la surprise. Sa si touchante déclaration d'amour, associée à la vision de cette chair nue et tentatrice, suffit à rendre Dageus fou de désir. Avec un grognement sourd de bête blessée, il la souleva dans ses bras et l'embrassa avec passion. D'abord figée contre lui, Chloé finit par se détendre et par lui répondre avec enthousiasme.

— Ce n'était pas la peine de déchirer ma robe ! se plaignit-elle quand le baiser prit fin.

— Désolé, *lass*, marmonna-t-il en poussant du pied la porte de la chambre, pour lui en faire franchir le seuil dans ses bras. C'était un accident. Pourras-tu me pardonner ?

Avec un soupir de martyre, Chloé hocha la tête et se blottit contre lui pendant qu'il allait la déposer sur le lit.

— Une chose est sûre, reprit-il en caressant ses fesses dénudées, tu as le plus joli derrière que j'aie jamais vu...

Avec une indignation feinte, elle lui martela la poitrine en s'écriant :

— Je te dis que je t'aime, et c'est tout ce que tu trouves à me répondre ?

Il la fit taire d'un nouveau baiser, puis plongea ses yeux dans les siens avant de poursuivre :

— Il y a une autre chose dont je suis sûr : je t'aimerais même si tu ne m'aimais pas. Je crois qu'aucun homme au monde n'a jamais entendu une si belle déclaration d'amour. Je chérirai ce souvenir toute ma vie.

Sur ce, il empoigna à deux mains l'encolure de son corsage et déchira d'un grand geste l'avant de sa robe. Puis, avec un sourire satisfait, il souleva les deux moitiés nettement séparées du vêtement et les laissa choir sur le sol.

Chloé le regarda faire avec des yeux ronds, avant de s'esclaffer.

— Nell va vraiment se demander ce qui est arrivé à sa robe !

En un tour de main, Dageus venait de faire passer sa chemise par-dessus sa tête.

— Je suis certain que Nell ne s'étonnera de rien. J'ai vu moi-même dans le coffre à chiffons quelques-unes de ses robes qui avaient subi le même traitement.

Chloé accueillit cette révélation dans un silence songeur. Voilà qui lui montrait Silvan sous un nouveau jour. Certes, à la réflexion, c'était encore un homme séduisant, et son fils pouvait bien tenir de lui son tempérament... ardent. Mais déjà, Chloé avait d'autres sujets de préoccupation. Débordant d'amour et de sensualité, Dageus s'approchait du lit, vêtu de son seul pantalon en cuir.

— Tu es encore trop habillé à mon goût, McKeltar.

Sans un mot, il lui tendit son *skean dhu*, mais elle le refusa. Elle n'avait cure de son pantalon, mais pour éviter d'endommager ce qui se trouvait en dessous, elle préféra l'en débarrasser en empruntant une de ses techniques favorites – avec la bouche et les dents.

Dageus plaqué contre son dos, ses bras forts refermés autour d'elle, Chloé baignait dans une euphorie béate.

Son ténébreux Highlander l'aimait ! Non seulement il le lui avait dit et répété, mais en plus, il venait de le lui prouver. Il l'aimait d'un amour tellement fort et évident qu'elle s'étonnait d'avoir pu en douter un jour. L'amour était là lorsqu'il caressait tendrement sa joue ou éloignait une mèche de cheveux de ses yeux. Il était là, également, quand il couvrait ses épaules et sa nuque de baisers. Il était là, encore, lorsqu'ils partageaient ce sentiment de plénitude qui suit l'amour et est le privilège des amants comblés.

Ce problème résolu, elle était pressée d'éclaircir les derniers mystères qui assombrissaient encore leur relation. L'amour qui les unissait était si grand qu'il les aiderait à surmonter tous les obstacles, elle en était certaine. Elle se retourna pour le regarder. Avec un de ses sourires de gros chat gourmand qui la faisaient toujours fondre, il commença à l'embrasser, mais Chloé se déroba.

— Dageus, je crois qu'il est temps que tu me parles de cette mystérieuse malédiction. Dis-moi ce que tu crains.

Dageus fit mine de ne pas l'avoir entendue et tenta de l'entraîner dans un nouveau baiser. Mais, cette fois encore, Chloé déjoua le piège.

— S'il te plaît... insista-t-elle en le fixant droit dans les yeux. J'ai besoin de savoir.

Avec un sourire résigné, Dageus soupira.

— Je le sais. Cela fait un moment que je voulais t'en parler, mais tu paraissais avoir besoin d'un peu de temps.

— C'est vrai, admit-elle. Tant de choses sont arrivées que j'avais besoin de reprendre mes esprits. Mais je suis prête à tout entendre, à présent.

Les yeux brillants, Dageus la dévisagea longuement avant de déclarer d'une voix sourde :

— *Lass*... si après cela, tu essaies de me quitter, j'ai bien peur de ne pouvoir te laisser faire. Je serais prêt à tout pour te garder.

— Me voilà prévenue. Maintenant, je t'écoute.

Comme s'il soupesait ses chances, il la regarda encore un moment. Puis, avec un soupir à fendre l'âme, il prit ses mains dans les siennes et commença son récit.

Quand il eut terminé, Chloé, les joues rouges, les yeux écarquillés, se redressa dans le lit.

— Si j'ai bien compris, dit-elle, tu t'es servi du pouvoir des pierres levées pour remonter dans le temps et sauver ton frère, mais en agissant ainsi, tu as brisé un vœu fait par tes ancêtres aux Tuatha Dé Danaan et tu as libéré les âmes d'anciens esprits malfaisants. C'est bien cela ?

Le visage impénétrable, Dageus hocha prudemment la tête, sans la quitter des yeux.

— Dans ce cas, reprit-elle, peux-tu m'expliquer ce que sont devenus ces fameux démons ? Une âme n'est rien sans un corps... Sont-ce leurs fantômes que tu chasses à travers le temps ?

Dageus lança vers le plafond un rire bref et caustique.

— En quelque sorte, oui.

— Si tu ne veux pas que notre histoire s'achève avant d'avoir commencé, menaça Chloé en se renfrognant, tu vas devoir renoncer à ce genre de réponse.

— Disons plutôt que ce sont eux qui me chassent, précisa-t-il de mauvaise grâce.

— Je ne comprends pas.

— Pourquoi ne pas en rester là pour l'instant ? suggéra-t-il, plein d'espoir. Tu en sais assez pour m'aider dans mes recherches. Si, au cours de tes lectures, tu tombes sur quelque chose qui concerne les Tuatha Dé Danaan ou le Draghar, tu n'auras qu'à me le signaler.

— Tu ne me dis pas toute la vérité, Dageus... Où sont passés ces druides noirs ?

Voyant qu'il détournait le regard, Chloé serra son visage entre ses mains et le força à la regarder. Une poignante détresse se lisait dans ses yeux. Enfin, il répondit dans un souffle :

— Ils sont en moi, *lass*... Ils sont en moi.

23

Avec mille précautions, Chloé tourna l'épaisse page de vélin que son regard venait de parcourir distraitement. Elle était bien plus perdue dans ses pensées que concentrée sur sa lecture.

« Ils sont en moi... » avait fini par lui avouer Dageus. Ces quelques mots avaient suffi à mettre en place dans son esprit les pièces éparses d'un puzzle qu'elle s'efforçait de reconstituer depuis qu'elle l'avait rencontré. Elle avait cessé de ne voir de lui que des aspects fragmentaires et l'appréhendait désormais dans sa globalité. Et l'homme qu'elle découvrait la stupéfiait et l'émerveillait. Dire qu'elle avait failli ne voir en lui qu'un riche et excentrique coureur de jupons !

Dageus se condamnait lui-même pour avoir libéré ces esprits qui le tourmentaient, mais Chloé ne voyait pas la situation sous cet angle. Il n'avait trahi ses vœux que par amour fraternel, pour sauver Drustan et lui permettre de rejoindre la femme qu'il aimait dans son époque. Avait-il été sage de tromper ainsi la mort ? Peut-être pas. Cela paraissait aller contre l'ordre naturel des choses, mais puisqu'un tel pouvoir était à sa disposition... n'était-il pas aussi dans l'ordre naturel des choses qu'il l'utilise ?

— Ce n'est tout de même pas de votre faute si un tel pouvoir vous a été confié... s'entendit-elle dire tout haut. Après tout, on ne vous a pas demandé votre avis !

Avec un bel ensemble, le père et le fils McKeltar levèrent la tête des ouvrages dans lesquels ils étaient plongés. Depuis la confession que lui avait faite Dageus, deux nuits plus tôt, Chloé avait insisté pour qu'ils cherchent sans relâche dans la crypte poussiéreuse la solution au problème qui se posait à eux.

Le menton fièrement levé, elle soutint tranquillement leur regard et ajouta :

— N'ai-je pas raison ?

— Tout à fait raison, ma chère, approuva Silvan. Je pense qu'aucun homme ne devrait posséder ce pouvoir. Je ne saurais vous dire combien de fois j'ai eu envie d'abattre ces pierres...

— Alors, fais-le ! intervint Dageus d'une voix qui vibrait de rage contenue. Quand nous serons partis, fais-le, père...

Silvan secoua la tête, l'air désabusé.

— Nul ne peut changer le passé sans altérer l'avenir, fils. Tu oublies que ton frère doit pouvoir les trouver debout au XXIe siècle pour que sa destinée s'accomplisse. Et toi aussi, d'ailleurs. Et si jamais le monde...

— Le monde devrait pouvoir décider par lui-même s'il veut prospérer ou se détruire ! coupa son fils.

— Dageus a raison, dit Chloé. Je ne crois pas qu'il soit sage de confier à l'homme un pouvoir qui le dépasse. J'espère que lorsque nos connaissances nous permettront de voyager dans le temps – si ce jour arrive –, nous serons assez sages pour ne pas le faire.

Dageus et Chloé échangèrent un long regard chargé de tendresse. La nuit précédente, d'une voix sourde et pleine d'appréhension, il lui avait confié que, ne sachant pas quelle allait en être l'issue, il regrettait de l'avoir entraînée dans cette aventure. Elle avait posé la main sur sa bouche pour le faire taire et lui avait fermement répondu que cette histoire trouverait son épilogue lorsqu'ils seraient enfin libres de s'aimer, après avoir chassé de son être ceux qui le hantaient, et qu'elle n'envisageait pas d'autre fin.

À travers la pièce, elle le vit articuler silencieusement : « Je t'aime. » Elle lui répondit d'un sourire radieux et lui renvoya le message de la même manière – « Moi aussi, je t'aime ! »

L'amour qu'ils partageaient était bien l'une des rares choses dont Chloé ne pouvait douter. Découvrir la nature de la malédiction qui le frappait, loin d'amoindrir ses sentiments pour lui, les avait renforcés. Les démons qui étaient en lui n'étaient pas lui. Elle refusait de croire un seul instant qu'il ne pourrait reconquérir son intégrité. Un homme capable de maîtriser pendant si longtemps une telle abomination, nichée en lui comme le ver dans le fruit, ne pouvait être que fondamentalement bon. Et le rester...

Dans un silence studieux, ils retournèrent tous trois à leur lecture. Ils firent une courte pause lorsque Nell leur apporta leur déjeuner et resta pour le partager avec eux. Peu de temps après qu'elle se fut éclipsée, Dageus se redressa sur sa chaise, le visage illuminé par un sourire éloquent.

— Enfin ! lâcha-t-il dans un soupir. Ce n'est pas trop tôt.

Chloé eut l'impression que son cœur s'arrêtait de battre.

— Quoi ? demanda-t-elle d'une voix anxieuse. Qu'as-tu découvert ?

— Allez, fils ! intervint Silvan, lui aussi sur des charbons ardents. Raconte !

Dageus prit le temps de parcourir des yeux le reste de la page et de survoler la suivante avant d'expliquer :

— C'est au sujet des Tuatha Dé Danaan. Cet extrait du cinquième *Livre de Manannán* relate ce qui s'est passé quand les Anciens...

Il s'interrompit pour poursuivre sa lecture. Silvan et Chloé attendirent la suite dans un silence tendu.

— Aux premiers jours de l'Irlande, reprit enfin Dageus, les Tuatha Dé Danaan s'installèrent dans l'île en créant une brume si épaisse qu'elle dissimula le soleil durant trois jours. Étrangers à ce monde, ils avaient pourtant forme humaine, et le chroniqueur parle de leur beauté « radieuse et enchanteresse ». Dotés de dons merveilleux et de grands pouvoirs, ils formaient un peuple pacifique décidé à vivre en bonne intelligence avec ses voisins. Ceux-ci virent en eux une race de demi-dieux et ne tardèrent pas à les vénérer comme tels, bien que les nouveaux venus eussent proscrit une telle idolâtrie. Ils s'établirent aux côtés des hommes, partageant avec eux leur savoir et leurs arts. Il s'ensuivit un âge d'or comme il n'y en avait jamais eu sur Terre. La connaissance atteignit des sommets, le langage devint vecteur de puissance et de beauté, chanson et poésie apportèrent la guérison.

— Tout cela, nous le savions déjà plus ou moins, fit remarquer Chloé.

— Exact. Mais la suite est plus intéressante. Les Tuatha Dé Danaan sélectionnèrent les plus doués des humains pour en faire des druides et leur confièrent la connaissance des étoiles, de l'univers, des mathématiques sacrées, des lois qui gouvernent la nature, et jusqu'à certains arcanes du temps. Ces hommes devaient guider par leurs conseils les monarques humains, mais au fil du temps, ils se mirent à envier leurs maîtres, et la jalousie leur fit perdre toute mesure. Treize des druides les plus puissants exigèrent des Tuatha Dé Danaan qu'ils leur livrent leurs derniers secrets, à commencer par celui de leur immortalité. Il leur fut répondu que l'homme n'était pas prêt pour un tel héritage.

En se massant la mâchoire d'un air songeur, Dageus se replongea dans sa lecture. Au moment où Chloé pensait qu'elle allait exploser de frustration, il reprit son récit.

— Les Tuatha Dé Danaan décidèrent qu'ils ne pouvaient plus partager la Terre avec les mortels. Le soir même, ils avaient disparu. Il est écrit que pendant trois jours après leur départ, le soleil fut masqué par de gros nuages, que la mer resta immobile le long des rivages et que les fruits pourrirent sur les arbres dans tout le pays. Dans leur fureur, les treize druides noirs décidèrent de se placer sous la coupe d'un ancien dieu oublié, un dieu redoutable enraciné dans la boue de la primitive Gaïa. Sous sa férule, armés des pouvoirs que les Tuatha Dé Danaan leur avaient confiés, ils entreprirent de pourchasser les immortels jusque dans leur retraite, pour leur voler le secret de la vie éternelle qu'ils n'avaient pas voulu leur donner. Dans leur acharnement à se frayer un chemin entre les dimensions, les druides en vinrent presque à briser le *continuum* spatio-temporel.

Dageus se tut un instant. Son front se plissa sous l'effet de la concentration.

— Alertés par la « souffrance » de l'espace-temps – je ne vois pas comment traduire ce mot-là autrement –, les Tuatha Dé Danaan quittèrent en fureur leur retraite pour empêcher la catastrophe suprême et disperser leurs protégés d'autrefois aux quatre coins de la planète. Quant aux treize druides noirs, dont la responsabilité était immense, ils les punirent non pas en leur ôtant la vie, mais en les emprisonnant pour l'éternité dans l'entre-deux des dimensions. D'une certaine manière, ils leur accordèrent l'immortalité à laquelle ils aspiraient tant, mais une immortalité désincarnée, dans un lieu qui n'en est pas un, dans un temps qui n'existe pas.

— Par Amergin ! murmura Silvan. Si ce n'est pas l'enfer, ça y ressemble grandement...

Les yeux écarquillés par l'épouvante, Chloé hocha la tête en signe d'assentiment.

— Attendez un peu ! s'exclama Dageus, en proie à une vive excitation. Ce n'est pas tout... Il est écrit qu'avant même d'avoir provoqué la colère de leurs protecteurs et maîtres, les druides noirs avaient constitué une secte secrète composée des plus fanatiques de leurs zélateurs. Ceux-ci avaient baptisé leur ordre « le Draghar » et avaient choisi pour signe de ralliement le serpent ailé.

Chloé faillit s'en étrangler de surprise.

— Le... le serpent ailé ?

— *Lass ?* fit Dageus, alarmé. Cela te dit quelque chose ?

— L'homme qui m'a agressée à New York avait un tatouage, expliqua-t-elle. Tu ne l'as pas vu ?

Dageus secoua la tête.

— Je l'ai aperçu, mais il est resté trop loin de moi pour que je puisse voir de quoi il s'agissait.

— Il représentait un serpent ailé ! J'ai eu tout le temps de l'observer quand il m'a sauté dessus dans la cuisine.

Dageus jaillit d'un bond de sa chaise et se mit à faire les cent pas dans la pièce.

— Bon sang ! s'écria-t-il. Les choses commencent à s'éclaircir... Mais pourquoi s'en est-il pris à toi ? Et surtout, comment a-t-il fait pour me retrouver ?

Moins bouleversé que son fils par cette découverte, Silvan vint s'asseoir à sa place, devant le livre resté ouvert sur la table, et reprit la lecture où Dageus l'avait laissée. Au bout d'un instant, il s'exclama, sans quitter le texte des yeux :

— Écoutez ça ! Il est expliqué dans la suite du chapitre que la secte du Draghar s'est perpétuée après la disparition des Anciens, tirant sa vitalité d'une prophétie effectuée par un de ses premiers grands maîtres. Il avait eu la vision que les Anciens reviendraient sur Terre, dans un futur très lointain, pour reconquérir leurs pouvoirs confisqués par les Tuatha Dé Danaan et se venger d'eux. Apparemment, ce voyant aurait décrit en détail les conditions dans lesquelles était censé s'opérer ce retour, dont les membres de la secte du Draghar devaient guetter les signes annonciateurs.

Les sourcils froncés, Silvan se tut, termina sa lecture, puis tourna la page et parcourut du regard les suivantes, avant de refermer le volume avec un claquement sec.

— C'est tout ce qui nous concerne, dit-il en allant ranger soigneusement le livre sur une étagère. La suite est sans importance.

Pendant que Dageus continuait à tourner comme un lion en cage dans la pièce, Silvan et Chloé gardèrent un silence prudent. Finalement, mettant un terme à sa déambulation, Dageus vint se planter devant son père et déclara fermement :

— Il n'y a plus qu'une chose à faire. Je dois retourner avec Chloé dans son époque d'origine.

— Ne prends pas de décision hâtive ! protesta Silvan. Il nous faut réfléchir à...

— C'est tout réfléchi ! coupa vivement Dageus. Il est évident que l'homme qui s'en est pris à Chloé était un des membres de cette secte. J'imagine que c'est grâce à leur prophétie qu'ils ont pu retrouver ma trace. Mais il faut croire qu'ils n'ont pas comme nous le pouvoir de voyager dans le temps, puisqu'ils ne nous ont pas suivis jusqu'ici. Je n'ai pas le temps de retrouver la trace des adeptes du Draghar au XVIe siècle, mais au XXIe, eux sauront me trouver.

Silvan secoua la tête d'un air inquiet.

— Tu veux qu'ils te trouvent ! s'exclama-t-il. Mais... pourquoi ?

— Parce que personne ne peut être mieux placé pour tout savoir des treize druides noirs que ceux qui ont juré de les servir fidèlement durant des millénaires.

Dageus lança un long regard au contenu de la crypte autour d'eux et reprit :

— Nous pourrions perdre encore un temps précieux à continuer nos recherches ici. Disons que j'ai la sensation... que le compte à rebours s'accélère.

Chloé prit une longue inspiration avant d'intervenir dans le débat.

— Je crois qu'il a raison, Silvan. Si les McKeltar ont pu accumuler au fil du temps une telle documentation sur leur histoire, il est logique de penser que la secte du Draghar a fait de même au sujet des Anciens.

— Je n'aime pas ça... protesta le vieil homme en secouant la tête d'un air buté. Non, je n'aime pas ça du tout.

Dageus posa la main sur son épaule et attendit que son père le regarde dans les yeux pour ajouter :

— Père, même si nous n'avions pas découvert ce texte aujourd'hui, j'aurais été amené à prendre cette décision. Au cas où tu ne l'aurais pas remarqué, mes yeux...

— Nous l'avons remarqué, répondirent d'une même voix Silvan et Chloé.

— Alors, conclut Dageus, vous savez que je n'ai pas le choix. Avant toute chose, il me faut ramener Chloé chez elle avant qu'il soit trop dangereux pour moi de faire de nouveau usage du pouvoir des pierres levées. Nous devons rentrer, et je crois que le plus tôt sera le mieux.

24

Dageus acheva de tracer sur le menhir l'avant-dernière formule nécessaire pour ouvrir les portes du temps et glissa la craie dans sa poche. En dehors du cercle de mégalithes se tenaient son père et Nell, qui portaient chacun un des jumeaux. Il leur avait déjà fait ses adieux, mais Chloé s'attardait encore auprès d'eux, multipliant embrassades et baisers.

En les regardant se livrer à ces effusions, Dageus se remémora ce qu'il avait découvert la nuit précédente. Une fois Chloé endormie, il s'était glissé discrètement dans la crypte de la bibliothèque. Il connaissait suffisamment son père pour avoir été intrigué quand celui-ci avait refermé un peu trop abruptement le *Livre de Manannán*. De toute évidence, Silvan avait décidé de leur cacher quelque chose. Son intuition ne l'avait pas trompé : en lisant à son tour le passage que son père avait passé sous silence, Dageus avait été saisi d'effroi.

Les treize ne feront plus qu'un, et une époque de ténèbres d'une férocité et d'une brutalité inconnues des hommes jusqu'alors s'abattra sur le monde. D'indicibles atrocités seront commises au nom du Draghar. Ce sera la fin de toute civilisation. Parmi les cendres et les ruines, le Draghar poursuivra coûte que coûte sa quête incessante et insatiable de vengeance.

Il ne permettrait pas à un tel avenir de voir le jour. L'amour de Chloé l'avait ragaillardi, et l'espoir brûlait au fond de son cœur avec une ardeur que les ténèbres qui étaient en lui ne parvenaient pas à étouffer. Jamais sa détermination n'avait été aussi forte. Le fait d'avoir pu révéler à Chloé qui il était vraiment sans que son amour pour lui vacille renforçait encore sa volonté de tout faire pour qu'ils aient un avenir ensemble.

De nouveau, son regard se posa sur Chloé, et il se sentit fondre d'amour et de tendresse pour elle. Pour leur retour vers le futur, ils avaient remis les vêtements qu'ils portaient à leur arrivée. En pantalon et sweat-shirt bleus, elle lui tournait le dos, la masse de ses cheveux ondulant sur ses épaules. Un désir impérieux s'empara de lui à l'idée que, bientôt, ils feraient l'amour. Chaque minute qui le séparait de ce moment était une minute de trop.

Ce matin-là, au réveil, il avait préféré la mettre en garde.

— Chloé... je risque de n'être pas tout à fait moi-même à notre retour. Tu te souviens de l'état dans lequel j'étais quand nous sommes arrivés ici ?

— Je m'en souviens, avait-elle répondu en soutenant tranquillement son regard. Mais maintenant, je sais de quoi tu as besoin quand tu es ainsi.

— Bien sûr, avait-il admis. Mais tu sais aussi que dans cet état, il peut m'arriver d'être un peu... rude.

— Je suis plus solide que tu ne le penses.

Puis, avec un sourire merveilleux, elle avait ajouté ces mots qu'il n'oublierait jamais :

— Je t'aime, Dageus McKeltar. Rien ne pourra changer cela.

La voix de son père, qui l'avait rejoint au centre du cromlech, vint brutalement tirer Dageus de ses pensées.

— Fils, j'ai oublié de te demander de parler à Drustan de la crypte quand tu le reverras.

— Pourquoi ? s'étonna Dageus, perplexe. Il ne pourra qu'être au courant. À présent que tu connais l'existence de la crypte, tu vas transmettre le secret à Ian et...

— Je ne ferai certainement pas une chose pareille. À défaut de dormir, cette nuit, j'ai longuement réfléchi à tout cela. J'en suis arrivé à la conclusion que tout doit se passer dans les siècles prochains comme tout s'est déjà passé dans la réalité d'où vous venez, toi et Chloé. Je vais faire en sorte de condamner la crypte dès ce soir, et je rédigerai cette nuit la lettre que, selon toi, nos descendants ont transmise à Drustan à son réveil. Je n'y ferai allusion ni à la crypte, ni à ta visite ici. Je vais m'efforcer également d'en effacer le souvenir dans nos annales et dans la mémoire de ceux qui vous ont côtoyés, toi et Chloé. Les modifications apportées à la trame de l'espace-temps ont déjà été trop nombreuses. Tout risque de paradoxe temporel doit être écarté.

Dageus hocha la tête. C'était une sage décision, et il ne pouvait qu'approuver son père. Puis, redoutant la perspective d'adieux à répétition, il se retourna pour voir où en était Chloé.

— Fils... reprit Silvan d'une voix solennelle.

— *Aye* ?

Le cœur serré, Dageus avait répondu sans regarder son père, craignant ce qu'il aurait pu découvrir au fond de ses yeux. Après un long silence, Silvan poursuivit :

— Si je pouvais te suivre, je le ferais. La place d'un père est aux côtés de son fils dans de telles circonstances.

Dageus l'entendit déglutir péniblement avant d'ajouter, d'une voix qui chevrotait dangereusement :

— Mon garçon... surtout, dis à Drustan et Gwen que je les aime.

Il marqua une autre pause, suivie d'un soupir.

— Je sais qu'un père ne devrait pas avoir de préféré. Mais je voulais te dire... *Och !* Fils, que le destin est cruel de nous séparer ainsi ! Je voulais te dire... que tu as toujours été le mien.

Quelques minutes plus tard, en traçant l'ultime formule sur le deuxième menhir qui supportait l'autel central, Dageus remarqua que Chloé, les yeux humides et les lèvres tremblantes, le regardait avec étonnement. Il n'en comprit la raison que lorsqu'elle se hissa sur la pointe des pieds et déposa un baiser sur sa joue, où les larmes coulaient en abondance.

Puis, tandis que s'ouvrait devant eux le pont blanc qui enjambe le temps, elle se jeta dans ses bras, plaqua ses mains derrière sa nuque, encercla ses reins de ses jambes et l'embrassa passionnément. Dageus referma autour de ses hanches le verrou puissant de ses bras. Une lutte féroce s'engagea entre lui et la tempête qui les submergeait. Il lui semblait que s'ils parvenaient à traverser ce chaos sans être séparés, il n'y aurait pas d'épreuve dont ils ne pourraient triompher.

De toute la force de son amour pour Chloé, Dageus s'accrocha à elle comme si sa vie en dépendait.

Ils atterrirent sur le sol couvert de grêlons toujours dans les bras l'un de l'autre, et Chloé poussa un petit cri de victoire. Ils avaient réussi à traverser le temps sans être séparés !

Un grondement rauque, plus bestial qu'humain, s'échappa des lèvres de Dageus lorsqu'il roula sur elle et s'empara de sa bouche. Son corps contre le sien était dur comme du fer, ses hanches déjà en action entre ses cuisses refermées autour de lui. En une fraction de seconde, Chloé se retrouva livrée à lui et pantelante de désir. Il suffisait à Dageus de la regarder pour lui faire perdre toute notion de bienséance et de pudeur. Alors, quand son corps s'imbriquait ainsi dans le sien, que sa langue prenait possession de sa bouche, que son sexe dressé se pressait contre son entrejambe...

Avec une frénésie comparable à la sienne, elle s'agrippa farouchement à lui, les bras noués autour de son cou, ses doigts dans ses cheveux mouillés. Sous la pluie, dans le bruit du vent qui hurlait autour d'eux, ils firent l'amour sur le sol couvert de grêlons, indifférents à tout ce qui n'était pas la déchirante intensité de la passion qui les unissait.

Beaucoup plus tard, la main dans la main et repus l'un de l'autre, ils allèrent emprunter la Jeep de Maggie pour regagner le château de Drustan et Gwen. Ils s'y glissèrent par l'entrée de service pour ne réveiller personne et gagnèrent leur chambre sans attendre. Avec un empressement partagé, ils se laissèrent tomber sur le lit et refirent l'amour longuement, comme si c'était pour eux la première fois.

Il était midi passé quand Dageus et Chloé descendirent enfin au rez-de-chaussée, et quand ils le firent, ce fut pour se rendre directement aux cuisines, à la grande irritation de Drustan.

Une heure plus tard, il les attendait encore, en faisant les cent pas dans la bibliothèque. Il était debout depuis l'aube. Une demi-douzaine de fois ce matin-là, il s'était dirigé vers l'escalier pour aller frapper à la porte de leur chambre, mais Gwen l'en avait dissuadé.

La nuit précédente, il avait entendu Chloé et Dageus se glisser sans bruit dans le château et s'était redressé d'un bond dans son lit, impatient d'aller les accueillir. Mais Gwen l'avait retenu par le bras et lui avait demandé de les laisser récupérer. Drustan, qui avait hâte de leur communiquer les informations qu'il avait recueillies et d'entendre celles qu'ils devaient avoir récoltées, avait grogné de mécontentement. Puis sa femme avait commencé à l'embrasser et il avait tout oublié, comme chaque fois qu'elle posait sur lui sa bouche adorable et tentatrice – et quand il repensait aux endroits de son corps où elle s'était posée durant la nuit, il sentait le désir l'envahir de nouveau.

Stoppant au milieu de la pièce sa déambulation, il posa les yeux sur la femme qui quittait rarement ses pensées et sourit rêveusement. Gwen, lovée dans un plaid, était assise sur la banquette de la fenêtre. Derrière elle, des traînées de pluie coulaient le long des vitres. Au cours de l'heure précédente, elle avait lu, mais elle se contentait à présent de regarder l'averse noyer le paysage.

Sa peau laiteuse irradiait de cette lumière intérieure propre aux femmes enceintes. Ses seins alourdis par la grossesse gonflaient son corsage. Son ventre rebondi, où leurs enfants achevaient de se préparer à naître, reposait dans le berceau protecteur de ses mains. Cédant à un besoin irrépressible, Drustan alla s'asseoir près d'elle et passa un bras derrière ses épaules. Ensemble, ils regardèrent la pluie tomber sur la campagne écossaise.

Depuis trois jours, le temps était couvert, pluvieux et froid, malgré l'approche du printemps. Un temps idéal pour rester bien au chaud à paresser dans la bibliothèque, auprès de la femme de son cœur, tandis que crépitait dans l'âtre un bon feu de tourbe. Drustan se laissa bercer par la douceur de l'instant, si bien que lorsque la porte s'ouvrit enfin sur Dageus et Chloé, il se surprit à émerger d'un petit somme impromptu.

Gwen fut debout bien avant lui pour les accueillir. Dans les effusions qui suivirent, Drustan remarqua que les cheveux de son frère, tout comme ceux de Chloé, étaient encore humides. Il ne fallait pas fournir un gros effort d'imagination pour deviner que leur petit déjeuner tardif ne suffisait pas à expliquer leur retard...

— J'ai tant de choses à vous raconter ! s'exclama Chloé, les yeux brillants, en gardant les mains de Gwen dans les siennes. Silvan et Nell m'ont chargée d'un tas de messages pour vous deux.

— Nous en reparlerons plus tard, fit Gwen en entraînant la jeune femme vers la banquette. Drustan va faire une attaque si nous ne passons pas tout de suite à l'essentiel.

Puis elle se tourna vers Dageus pour ajouter :

— Nous avons de nouvelles informations pour toi. Des informations capitales.

— Mais d'abord, intervint fermement Drustan, à vous de parler. Qu'avez-vous découvert ?

Pendant que son frère faisait un compte rendu détaillé du séjour que Chloé et lui avaient effectué au XVIe siècle, Drustan l'étudia attentivement. Les yeux de Dageus avaient la couleur du cuivre terni – un anneau noir encerclait même l'iris –, pourtant, il avait l'air serein, apaisé... et même heureux. L'amour, songea Drustan, pouvait véritablement faire des miracles. Il n'avait pas fallu aux deux tourtereaux plus que ces quelques jours hors du temps pour se rendre compte qu'ils étaient amoureux l'un de l'autre et pour former face à l'adversité un front uni.

Au grand silence qui s'était fait dans la pièce et aux regards braqués sur lui, Drustan comprit que Dageus avait achevé son exposé.

— À vrai dire, commença-t-il en ménageant ses effets, nous en avons appris un peu plus sur cette secte du Draghar pendant votre absence. Il se trouve qu'à l'heure où je vous parle, nous retenons prisonnier un de ses adeptes dans un cachot du donjon...

L'effet de cette révélation sur son frère fut foudroyant et à la hauteur de ce que Drustan avait espéré.

— Quoi ? s'écria-t-il en bondissant sur ses pieds. Que s'est-il passé ? L'as-tu interrogé ? Que t'a-t-il raconté ?

— Du calme ! Il m'a tout dit. Le quartier général de leur ordre se trouve à Londres, dans un immeuble connu sous le nom de Belthew Building, dans le West Side. C'est cet homme et un de ses complices qui surveillaient ton appartement à Manhattan. Son acolyte est celui qui a agressé Chloé et fait le grand plongeon pour ne pas se laisser capturer. Leur but était de t'obliger à utiliser tes pouvoirs pour hâter la transformation.

— Je vais tuer cet enfant de salaud ! hurla Dageus en se ruant vers la porte.

Plus vive que l'éclair, Chloé le rattrapa avant qu'il ait pu sortir et le tira par la manche jusqu'à son fauteuil.

— Tu vas plutôt t'asseoir et écouter ce que ton frère a encore à nous dire ! lança-t-elle en lui fourrant entre les doigts son verre de Macallan. Tu pourras le tuer plus tard si ça te chante encore.

Drustan se délecta de l'air dépité et penaud de son frère. Pour plus de sûreté, Chloé s'était assise sur ses genoux et lui caressait tendrement les cheveux. Les yeux flamboyants de fureur contenue, Dageus marmonna quelques mots inaudibles et tenta de faire passer sa mauvaise humeur en avalant son scotch d'un trait. On aurait dit un loup indomptable qu'une petite fille aurait réussi à apprivoiser... Car si Chloé n'était guère plus grande que Gwen, elle était manifestement dotée comme elle d'une volonté inversement proportionnelle à sa taille.

— Notre « invité », reprit Drustan avec un sourire sarcastique, vous suivait depuis New York et était chargé d'achever ici sa sinistre besogne. Il a commis l'erreur de s'approcher un peu trop près du château, et quand je l'ai interrogé – en le secouant un peu, cela va sans dire...

— Tant mieux ! grommela Dageus entre ses dents. J'espère qu'il a bien souffert.

— ... il est devenu plus bavard qu'un perroquet. Le Belthew Building est bâti sur un réseau de catacombes où la secte conserve toutes ses archives. Pour autant qu'il sache, l'immeuble n'est jamais occupé que par trois ou quatre personnes la journée, et pas plus de deux la nuit. Il existe un système électronique sophistiqué pour protéger l'accès au sous-sol, mais je pense que pour le Fantôme Celte, cela ne présentera pas de difficulté majeure... Selon notre « ami », les membres de la secte sont convaincus que tu ignores tout de leur existence et que tu n'es pas au courant de leur fameuse prophétie.

— Parfait ! commenta Dageus. Pénétrer dans leur repaire de nuit pour aller fouiller leurs archives devrait être un jeu d'enfant. Lui as-tu demandé s'il existait un moyen de se débarrasser des Anciens ?

— *Aye !* répondit Drustan en grimaçant. Tu te doutes bien que c'est une des premières questions que je lui ai posées. D'après lui, il doit en exister un, mais il ignore lequel. Il a entendu le grand maître de leur ordre, un certain Simon Barton-Drew, s'inquiéter que tu puisses un jour découvrir ce moyen. Je l'ai sondé discrètement, et je suis persuadé qu'il n'a pas menti sur ce sujet.

— Dans ce cas, conclut Dageus d'un air sombre, il ne me reste qu'à mettre la main sur ce Simon Barton-Drew et lui faire avouer ce qu'il sait...

— Il est de retour, père, chuchota Hugh Barton-Drew dans son téléphone cellulaire. La femme est avec lui. Nous les avons vus arriver cette nuit.

— Aucune idée de l'endroit où ils étaient ? s'enquit la voix de Simon.

— Aucune.

— Et toujours aucun signe de Trevor ?

— Non. L'ennui, c'est que nous ne pouvons pas trop nous approcher du château. Même s'il n'était pas gardé, je ne suis pas certain qu'il serait sage de s'y risquer...

Hugh savait qu'à la distance où son frère et lui se trouvaient de la bâtisse, il n'était pas utile de murmurer ainsi. Cette seconde demeure du clan Keltar, contrairement à l'autre, perchée en haut d'une montagne tel un nid d'aigle, était bâtie au creux d'une vallée et entourée de forêts où il était facile de trouver d'excellents postes d'observation. Pourtant, depuis leur arrivée, il se sentait exposé, menacé, et son frère avait reconnu éprouver la même sensation.

— Faites-moi un rapport toutes les deux heures, conclut Simon. Je veux être tenu au courant de leurs moindres gestes.

25

Tard dans la nuit, longtemps après que chacun eut cédé au sommeil, Dageus se glissa comme une ombre hors du château.

La journée lui avait paru ne devoir jamais prendre fin. Il lui avait fallu taire son impatience et ne rien laisser transparaître de ses projets. Il lui en avait coûté de jouer la comédie, de devoir se comporter comme s'il s'était rangé à l'opinion générale, de cacher à ce frère qui le connaissait si bien qu'il n'avait pas l'intention de se prêter au plan qu'ils avaient passé l'après-midi à peaufiner. Le plan qui prévoyait qu'ils se rendraient tous ensemble le lendemain à Londres, afin d'être unis pour la bataille finale contre le Draghar...

Dans une joyeuse ambiance de retrouvailles, tous quatre avaient dîné dans la grande salle à manger jusqu'à une heure avancée. Ensuite, chacun avait retrouvé sa chambre. Comme si ce devait être la dernière fois, Dageus avait longuement fait l'amour à Chloé, jusqu'à ce qu'elle s'écroule entre ses bras, repue de plaisir. Ensuite, il était resté immobile dans le noir pendant une heure, à savourer le contact de son corps abandonné contre le sien, le souffle de sa respiration contre sa joue, la délicieuse torture de ses cheveux qui lui chatouillaient le nez. Puis, avec d'infinies précautions, il s'était glissé hors du lit et de la chambre sans la réveiller.

À présent, en enfilant ses gants et en boutonnant son blouson en cuir dans la pénombre, il se sentait prêt et impatient d'en finir – une fois pour toutes, et seul. Il ne permettrait jamais que les êtres qui comptaient le plus au monde pour lui soient mis en danger à cause de lui. Sans doute seraient-ils furieux de découvrir qu'il les avait dupés, mais avec un peu de chance, tout serait fini avant qu'ils se réveillent ou, au pire, peu de temps après. Il avait besoin qu'il en soit ainsi, besoin de savoir qu'ils étaient ensemble et en sécurité au château, afin de pouvoir se concentrer sur le but à atteindre.

Son plan d'action, beaucoup plus simple que celui qu'il avait fait semblant d'échafauder avec Drustan, était tout prêt. Il s'introduirait dans le saint des saints de la secte, trouverait d'une manière ou d'une autre l'adresse du grand maître si celui-ci n'était pas sur place et irait lui extorquer, de force si nécessaire, l'information qui lui manquait. Dageus avait du mal à croire que la bataille épuisante qu'il menait depuis si longtemps allait prendre fin. La perspective de retrouver le lendemain Chloé en n'étant enfin rien d'autre que lui-même lui paraissait trop belle pour être vraie.

Le vol jusqu'à Londres, bien que de courte durée, lui parut interminable. Pour ne rien arranger, il perdit un temps précieux à localiser le Belthew Building et à s'y rendre. À part l'aéroport, il ne connaissait rien du Londres moderne et tentaculaire du XXIe siècle. Enfin, il put se mettre en embuscade aux abords de l'immeuble plongé dans le noir, où tout paraissait tranquille. Il prit le temps d'observer les alentours avant de gagner la porte, rassuré, et de l'ouvrir en murmurant quelques mots. C'était la première fois depuis son retour du XVIe siècle qu'il utilisait la magie, mais il sentit, mal à l'aise, que les Anciens en profitaient pour s'ébattre en lui.

Il se glissa vivement dans l'immeuble, préparé à ce qui l'attendait. Drustan lui avait rapporté les indications très détaillées fournies par le dénommé Trevor. Ce fut donc sans hésiter qu'il se dirigea vers le bureau lambrissé dont la porte ouvrait au fond du magasin. Il avait décroché le tableau et s'apprêtait à pianoter sur le digicode quand il sentit dans son cou une douleur infime mais tenace. Aussitôt, sa tête se mit à tourner dangereusement, et sa vision se réduisit à un tunnel qui semblait s'étirer à l'infini devant lui. En titubant, il fit volte-face et s'appuya contre le mur, mais ne put rien distinguer dans la pièce enténébrée.

Avant de s'effondrer comme une masse sur le sol, il eut le temps d'entendre une voix polie et cultivée déclarer :

— N'ayez crainte. Ce n'est qu'un tranquillisant.

Dageus se réveilla avec l'impression d'être adossé à un bloc de glace. Il n'avait aucune idée du temps qui s'était écoulé depuis qu'il avait perdu connaissance. Peu à peu, tandis que les brumes de la drogue refluaient en lui, il se rendit compte qu'il était ligoté contre ce qui devait être un énorme pilier de pierre. Il se sentait dans un état bizarre, mais ne parvenait pas à mettre le doigt sur ce qui clochait en lui. Peut-être les effets secondaires du tranquillisant, songea-t-il pour se rassurer.

Sans ouvrir les yeux, il s'étira prudemment pour tester la solidité de ses liens. D'épaisses chaînes nouées autour du pilier retenaient ses bras derrière lui. Ses chevilles étaient également enchaînées à la base de la colonne. Sans avoir recours à la magie, il ne pouvait bouger que la tête. Il tendit l'oreille et tenta de déterminer le nombre de voix qu'il entendait autour de lui. Pas plus d'une demi-douzaine, estima-t-il. S'il parvenait à se libérer, il n'aurait aucun mal à avoir le dessus.

Il fit appel à ses pouvoirs et tira un peu plus fermement sur ses liens. Aussitôt, les esprits qui se trouvaient en lui déployèrent dans tout son être leurs hideux tentacules. Épouvanté, Dageus fit bien vite machine arrière et tenta de se fermer à leur influence. Il comprit alors que la drogue qui lui avait été administrée, en amoindrissant sa volonté, le mettait à la merci des Anciens. Il se sentait dans la peau d'un homme ivre qui peut assener un coup mortel en croyant ne donner qu'une pichenette. Sauf que c'était à lui que ce coup serait fatal...

Au prix d'un gros effort de volonté, en s'obligeant à inspirer lentement, il parvint à se calmer et à repousser l'ennemi. Sans avoir recours à ses dons de druide, il s'efforça de se faire une idée de la pièce dans laquelle il se trouvait en se basant sur les perceptions de ses sens. À en juger par les échos qui se répercutaient contre les parois, elle devait être basse de plafond et plus longue que large. Il flottait dans l'air une odeur d'humidité, de pierre mangée par la mousse et de vieux papier fané. Il en conclut qu'on devait l'avoir emmené dans ces catacombes que Trevor avait signalées.

Incapable de contenir plus longtemps sa curiosité, Dageus battit des paupières et ouvrit les yeux.

— Ah ! Vous voici de retour parmi nous...

Un homme grand et d'une sobre élégance, le visage en lame de couteau, les cheveux poivre et sel, franchit les quelques mètres qui les séparaient et vint se planter devant lui.

— Je m'appelle Simon Barton-Drew, grand maître de la secte du Draghar, dit-il après avoir dévisagé Dageus avec un plaisir manifeste. Je vous présente mes excuses pour avoir dû vous enchaîner ainsi, mais tant que vous vous obstinez à lutter contre eux, c'est nécessaire. Je suppose que Trevor n'est plus de ce monde ?

— Trevor est en vie.

Dageus avait pris soin de parler d'une voix ferme et neutre. Il ne tenait pas à trahir aux yeux de son interlocuteur la panique qui commençait à le gagner.

— Contrairement à votre ordre, ajouta-t-il, nous autres Keltar n'ôtons jamais la vie sans nécessité.

Les bras croisés derrière son dos, Simon Barton-Drew se mit à marcher en rond autour du pilier.

— Mais nous non plus... répondit-il d'une voix égale. Tout ce qui a été fait n'avait pour but que de vous amener à accepter votre sort.

— Vous avez perdu votre temps et sacrifié en vain la vie d'un de vos hommes. Jamais je n'accepterai que la prophétie s'accomplisse.

Un petit rire caustique s'échappa des lèvres du grand maître de la secte.

— Ainsi, vous êtes au courant ! lâcha-t-il sèchement. Je suppose que nous devons en remercier ce brave Trevor. Je ne l'en blâme pas, car je sais qu'un homme comme vous peut se montrer très... convaincant.

D'un geste théâtral, il désigna les murs de la salle, couverts de rayonnages où s'entassaient des milliers de livres, de dossiers, de parchemins, de documents.

— Tout est là ! s'exclama-t-il d'une voix solennelle. Tout ce que le Draghar peut faire. Tout ce qu'il peut nous apprendre. Le pouvoir de se rendre maître du temps. Celui de manipuler à volonté les dimensions de la réalité.

— Le Draghar que vous adorez tant, intervint Dageus, a déjà failli détruire le monde autrefois en jouant à ces petits jeux. Qu'est-ce qui vous fait croire qu'une fois libérés, les Anciens ne vont pas y parvenir, cette fois ?

— Pourquoi détruire le monde alors qu'ils peuvent en devenir les maîtres absolus ? rétorqua Simon. Nous ferons en sorte de comprendre ce qui n'a pas fonctionné la première fois que les Anciens se sont lancés à la poursuite des Tuatha Dé Danaan. Le monde est bien plus évolué aujourd'hui qu'il ne l'était à l'époque. Et le Draghar peut compter sur une armée, peu nombreuse mais motivée, de serviteurs zélés pour l'aider...

Sans avoir à se forcer beaucoup, Dageus laissa fuser vers le plafond un rire moqueur.

— Parce que vous imaginez que les Anciens voudront être mêlés à vos mesquines petites combines ? railla-t-il. Je ne vois pas en quoi vous pourriez les intéresser.

Le sourire du grand maître de la secte se figea sur ses lèvres. Dans ses yeux, Dageus vit passer un soupçon de malaise.

— Que voulez-vous dire ?

— S'ils sont capables de voyager dans le temps, reprit-il, comment pourrez-vous les empêcher de retourner dans leur époque d'origine pour y prendre leur revanche sur les Tuatha Dé Danaan ? Car c'est bien tout ce qui les intéresse, vous savez...

Après un silence tendu, Simon balaya l'argument d'un geste de la main.

— Assez ! Je ne me laisserai pas duper par vos ruses. La prophétie est on ne peut plus claire sur ce qui doit se passer, et j'ai consacré ma vie à œuvrer pour qu'elle se réalise.

Il se tourna vers deux hommes qui se tenaient dans l'ombre et ajouta :

— Assez discuté. Amenez la fille.

Pendant que les deux sbires se hâtaient de sortir de la crypte, Dageus lutta contre une brusque appréhension. « Amenez la fille », avait dit Simon Barton-Drew. En aucun cas il ne pouvait s'agir de Chloé, qui dormait paisiblement et en sécurité à des centaines de kilomètres de là.

Hélas, la suite ne tarda pas à lui prouver qu'il se trompait...

Les deux hommes de Barton-Drew revinrent, portant chacun par un bras Chloé, qui se débattait en vain pour leur échapper.

— *Naye !* s'écria Dageus en secouant la tête, comme pour nier l'indiscutable vérité. *Och naye, lass...*

— *Och aye,* Keltar ! répliqua Simon avec un sourire satisfait. Mes félicitations... Pour vos derniers jours sur Terre, vous avez su vous trouver une bien belle compagne. Mais n'ayez crainte : il vous suffira d'accepter l'inévitable pour la retrouver. Je gage que les Anciens, après quatre mille ans, sauront profiter de ses charmes...

Les deux hommes avaient jeté Chloé sur le sol, à quelques mètres de Dageus. Ses chevilles et ses poignets étaient ligotés, ses cheveux ébouriffés, son visage strié de traces de larmes.

— Je suis tellement désolée ! s'écria-t-elle entre deux sanglots. Je me suis réveillée en entendant la voiture démarrer, et je suis sortie pour essayer de te...

L'un des deux hommes se pencha pour la faire taire en la bâillonnant d'une main. Dageus ferma les yeux et tenta de juguler la tempête qui montait en lui. « Je suis un homme et un Keltar, se répéta-t-il. Je ne me laisserai pas dominer par la rage aveugle des Anciens. »

Il s'écoula plusieurs minutes avant qu'il ose rouvrir les paupières. Et lorsqu'il le fit, son regard plongea dans celui de Chloé. « Je t'aime, lut-il sur ses lèvres. Désolée de nous avoir mis dans ce pétrin. » De la même façon, il lui répondit : « Je t'aime aussi. Je vais nous sortir de là. »

— Comme c'est touchant ! s'exclama Simon Barton-Drew d'un ton moqueur. Vous devriez plutôt me remercier de vous avoir réunis. Il est vrai que disposer d'un avion privé aide beaucoup. Elle était ici avant même que vous n'atterrissiez, McKeltar.

Son visage se rembrunit. D'un geste, il ordonna à ses hommes de soulever Chloé pour la rapprocher de Dageus.

— À présent, poursuivit-il d'un ton égal, nous allons la tuer. À moins que vous ne fassiez en sorte d'empêcher cela, naturellement. Un homme tel que vous ne devrait avoir aucun problème pour se libérer et venir en aide à la femme qu'il aime.

Dageus tira violemment sur ses chaînes, sans résultat. Sans faire usage de la magie, il n'arriverait à rien, il le savait. Une rage noire explosa en lui, accentuant la tentation d'avoir recours aux terrifiants pouvoirs dont il disposait. La puissance des Anciens s'accumulait comme un goût amer au fond de sa gorge. Les mots capables de semer la mort se bousculaient sur sa langue. Une soif de sang s'était emparée de lui et de ceux qui, en lui, ne demandaient qu'à le répandre.

Soudain, de la manière la plus inattendue, durant un court instant hors du temps, une série d'images heureuses défilèrent dans sa mémoire. Il vit Chloé descendre de voiture dans une avenue animée de Manhattan, puis ses jambes qui émergeaient de sous le lit, dans sa chambre. Il sentit sur ses lèvres la douceur des siennes lorsqu'il lui avait volé leur premier baiser. Il la vit attachée sur son lit, en train de manger les bouchées de saumon qu'il lui présentait. Il la vit tirer maladroitement sur un gros cigare. Il vit ses yeux briller de joie et d'intelligence tandis qu'elle discourait sans fin sur la signification d'un vieux texte obscur. Il les vit voilés de plaisir tandis qu'il la caressait jusqu'à l'extase dans l'avion. Il se revit lui faisant tendrement l'amour dans un ruisseau, sous un magnifique ciel bleu de son Écosse bien-aimée. Il la vit perchée sur un tabouret, devant un miroir, s'exerçant à lui dire qu'elle l'aimait, puis le lui crier en pleine face, et le lui répéter encore après qu'il lui eut révélé son terrible secret.

Ce fut alors, dans cet entre-deux de la mémoire, qu'il comprit que s'il n'avait pas brisé ses vœux, s'il n'était pas entré dans le cercle de pierres pour sauver son frère, il n'aurait jamais rencontré cette femme formidable qui avait fini par donner un sens à sa vie. Par une cruelle farce du destin, il avait fallu qu'il se damne pour trouver celle qui était sa promise et sa rédemption. Mais si cela avait été à refaire, il se serait encore une fois damné sans hésiter et en toute connaissance de cause. Partager la vie de Chloé Zanders durant une brève mais intense période de bonheur valait infiniment mieux que ne pas la connaître du tout.

De ces souvenirs heureux, son esprit passa sans transition à un autre, beaucoup plus sombre. Il se revit, par une froide nuit d'hiver, danser une gigue écossaise, une bouteille de Macallan à la main, sur la rambarde verglacée de la terrasse de son duplex. Il s'était résolu à ce geste désespéré parce qu'il avait toujours su, au fond de lui, qu'il y avait un moyen simple et radical de régler son problème – plus de corps à conquérir, plus de résurrection possible pour les Anciens. Échec et mat.

Pourtant, il avait décidé cette nuit-là de continuer le combat et de reléguer le suicide au rang d'arme d'ultime recours. Puis il avait rencontré Chloé, qui lui avait donné tant de raisons de vivre...

L'ironie de la situation lui arracha un sourire amer. Il ne pouvait avoir recours à la magie nécessaire pour la libérer et la sauver sans abattre simultanément les derniers remparts qui contenaient le Draghar en lui. Ce qui ne lui laissait qu'une solution... Jamais le monde ne connaîtrait par sa faute cette époque de ténèbres que la résurrection du Draghar promettait.

Quand il rouvrit les yeux, ses ravisseurs avaient bâillonné Chloé, qui se débattait encore entre leurs mains, ses beaux yeux aigue-marine pleins de larmes.

— Saignez-la... dit Simon d'une voix indifférente, sans quitter Dageus des yeux. Il faut qu'il la voie souffrir.

Dageus se mordit la langue si fort que le goût métallique du sang lui emplit la bouche. Il lui fallait agir à la seconde près. Il devait avoir la certitude de s'infliger une blessure suffisamment grave pour mourir avant la transformation complète, mais pas avant d'avoir éliminé les sectateurs du Draghar et libéré Chloé.

Un des deux hommes fit glisser une lame contre le cou de Chloé. Le poignard laissa sur son passage une traînée de perles écarlates. Les yeux écarquillés par la panique, elle se débattit de plus belle, mais le comparse de l'homme au couteau l'immobilisait fermement.

Maintenant ! songea Dageus en murmurant un dernier adieu à la femme qu'il aimait. Un désespoir si noir et si intense le submergea qu'il rejeta la tête en arrière pour hurler sa souffrance.

Puis, pour la première fois depuis qu'ils avaient pris possession de lui, il cessa de repousser les treize druides noirs. Il s'ouvrit à eux, les invita à fondre sur lui, s'offrit à leur mortelle étreinte. Leur réponse fut instantanée. Il se sentit submergé par leur puissance, leur malignité, leur folie. Il se retrouva soudain envahi par les fragments de treize vies hors du commun, empli de la force phénoménale de douze hommes et d'une femme dont l'appétit de vivre avait été si puissant qu'ils avaient voulu la vie éternelle. Mais par-dessus tout flamboyait la haine qui les unissait contre leurs geôliers, une incessante et absolue détermination à détruire les Tuatha Dé Danaan, dussent-ils par la même occasion détruire l'univers entier.

Avant qu'ils n'aient totalement pris le contrôle de son âme, Dageus profita de leurs pouvoirs pour s'introduire brutalement dans l'esprit de Simon Barton-Drew. Bien que la réponse qu'il cherchait ne lui fût plus à présent d'aucune utilité, il tenait à savoir comment les choses auraient pu tourner s'il s'était montré plus prudent et plus avisé. Ce qu'il découvrit alors le stupéfia et le fit éclater de rire.

Le grand maître de la secte du Draghar connaissait effectivement un moyen pour éviter que la prophétie s'accomplisse. Longtemps, il avait redouté que Dageus ne le découvre par lui-même. Pour que disparaissent les âmes des treize druides noirs, leur hôte devait disparaître aussi. En un ultime geste d'amour, avant que ne s'accomplisse sa destinée, Dageus McKeltar lança sur sa promise un charme qui l'empêcherait de l'entendre et de le voir mourir.

26

Le silence. Ce fut tout ce que Chloé put percevoir lorsque l'ouïe lui revint. Comparé à la terrifiante surdité qu'elle avait connue durant ce qui lui semblait avoir duré une éternité, ce silence-là bourdonnait de petits bruits suscités par les néons et le système d'air conditionné. De toute sa vie, elle n'avait jamais été aussi reconnaissante de pouvoir entendre. Se retrouver brutalement sourde et aveugle avait été une expérience angoissante qu'elle n'oublierait jamais.

Mais il lui était toujours impossible de voir, et Chloé connut un autre moment de panique avant de se rendre compte qu'elle gardait les yeux fermés. Bien vite, elle les ouvrit et s'assit sur le sol, où elle était restée prostrée depuis qu'elle avait senti ses agresseurs la lâcher, avant d'être privée de l'usage de ses sens.

Son premier regard fut pour la colonne de pierre, où Dageus n'était plus retenu prisonnier. Le cœur battant, elle balaya la crypte du regard. Une fois, deux fois, trois fois, elle parcourut des yeux le spectacle effarant qui s'offrait à elle. Enfin, elle laissa fuser le long cri de désespoir qui était resté bloqué dans sa gorge.

Il y avait du sang partout dans la pièce. Les murs, le sol, les tables et chaises renversées, les livres et les dossiers éparpillés en étaient recouverts. Mais la tache de sang qui l'épouvantait le plus, et dont elle ne pouvait détacher son regard, était celle qui maculait la colonne de pierre où Dageus avait été enchaîné.

Chloé se mit à crier de plus belle, mais il n'y avait plus personne pour l'entendre.

Troisième partie

Le temps est pour nous un compagnon de voyage.
Il nous rappelle de chérir chaque instant,
parce qu'il ne reviendra jamais.
Ce que nous laissons derrière nous
n'est pas aussi important que la façon
dont nous avons vécu.

Jean-Luc PICARD, capitaine de l'*Enterprise*

27

— Je ne veux pas que tu t'en ailles...

Chloé était certaine d'avoir entendu cette supplique dans la bouche de Gwen une centaine de fois déjà.

— S'il te plaît, insista celle-ci en lui prenant les mains. Reste avec nous.

Et pour la centième fois, Chloé secoua la tête avec un sourire las.

L'épreuve les avait beaucoup rapprochées, mais Chloé n'était pas certaine de n'en éprouver que du réconfort. Vivre au jour le jour au château Keltar lui rappelait constamment ce que sa vie aurait pu devenir si les choses n'avaient pas si mal tourné. Il ne faisait aucun doute pour elle que Dageus l'aurait épousée, qu'ils seraient restés en Écosse, qu'ils auraient acheté une maison dans les parages, où ils auraient élevé une ribambelle d'enfants. Par bien des aspects, Gwen lui ressemblait et aurait pu devenir pour elle la sœur qu'elle n'avait jamais eue.

Mais tout ceci n'était plus à présent qu'un beau rêve brisé, et son affection grandissante pour la jeune femme compatissante qui était restée près d'elle depuis cette terrible nuit lui faisait désormais plus de mal que de bien.

— Je suis restée aussi longtemps que possible, reprit Chloé, sans interrompre sa marche déterminée en direction de la porte d'embarquement.

Gwen avait tenu à l'accompagner à l'aéroport. Chloé aurait voulu être déjà en plein ciel. S'il lui fallait endurer ce calvaire une heure de plus, elle redoutait de se mettre à hurler sans pouvoir jamais s'arrêter.

Il s'était écoulé quinze jours depuis l'horrible nuit où le bruit d'un moteur de voiture l'avait réveillée. Quinze jours depuis qu'elle s'était difficilement extraite des catacombes de la secte du Draghar, à moitié folle de douleur, pour aller appeler Drustan et Gwen d'une cabine. Quinze jours depuis qu'ils l'avaient rejointe à Londres et aidée à fouiller de fond en comble le Belthew Building – sans résultat.

Lorsqu'ils avaient fini par la ramener en Écosse, Chloé était d'abord restée prostrée dans le noir pendant des heures, incapable de parler. Finalement, elle avait trouvé la force de leur raconter ce qui s'était passé – du moins le peu qu'elle en savait – avant de se rouler de nouveau en boule sur son lit, repassant inlassablement le film des événements dans sa tête, dans l'espoir d'y dénicher un détail qui lui aurait échappé.

Il lui avait fallu finalement se rendre à l'évidence : elle ne saurait jamais ce qui s'était réellement passé. Le seul fait indéniable était que Dageus avait disparu. L'hypothèse la plus probable était qu'il avait fait usage des pouvoirs du Draghar pour la libérer, qu'il lui avait épargné le pire en la rendant provisoirement sourde et aveugle, qu'il avait tué les membres de la secte, transporté leurs corps par magie dans un autre endroit afin qu'elle ne soit pas traumatisée, et qu'il avait fini par se suicider pour empêcher la prophétie de s'accomplir.

C'était ce dont Drustan était convaincu. Et tout au fond de son cœur, Chloé devait bien reconnaître que c'était ce qu'elle croyait aussi. Elle était persuadée que Dageus, conscient de la menace que les Anciens représentaient pour le monde, n'aurait jamais pris le risque de leur offrir la victoire. Contrairement à ce qu'il lui avait affirmé, c'était un homme fondamentalement bon, un homme d'honneur, et c'était bien pour cela qu'elle était tombée amoureuse de lui.

Deux semaines durant, Chloé avait tenté de résister à l'espoir absurde qui avait fini par se nicher en elle. En fait, elle n'avait pas réellement eu sous les yeux le cadavre de l'homme qu'elle aimait. Dans ce cas, peut-être... Alors, malgré tout, elle avait attendu, prié, espéré.

Chaque jour passé lui avait rendu plus difficile à supporter la compagnie pourtant pleine de tact et de compassion de ses hôtes. Drustan touchait Gwen avec les mains de Dageus. C'était le visage de Dageus qu'il penchait vers Gwen pour l'embrasser. C'était la voix de Dageus, vive et profonde comme un torrent de montagne, qu'elle entendait lorsqu'il parlait. Mais il n'était pas Dageus. Il n'était pas son homme mais celui de Gwen, et Gwen était enceinte alors qu'elle ne l'était pas.

Elle le savait parce que son amie l'avait convaincue, quelques jours auparavant, de faire un test de grossesse, sous prétexte que s'il était positif, elle aurait quelque chose à quoi se raccrocher. Malheureusement, elle n'avait pas eu la chance que Gwen avait eue huit mois plus tôt. Le test était resté désespérément négatif. Aussi négatif que l'avait été son espoir de voir Dageus surgir soudain du néant.

— Je ne pense pas qu'il soit très bon pour toi de rester seule... insista Gwen.

Chloé s'efforça de lui adresser un sourire rassurant, mais à en juger par l'expression consternée qu'elle lut sur le visage de son amie, le résultat ne devait pas être convaincant.

— Ne t'inquiète pas pour moi, répondit-elle en s'efforçant de regarder Gwen dans les yeux. Je ne peux pas rester ici plus longtemps. Il est difficile pour moi de voir...

Elle se tut brusquement, de peur de la blesser.

— Je comprends, murmura Gwen en baissant les yeux.

Pour avoir cru, elle aussi, avoir définitivement perdu Drustan, elle était bien placée pour comprendre ce que Chloé ressentait. Elle imaginait sans peine son chagrin chaque fois qu'elle posait les yeux sur le jumeau de l'homme qu'elle avait aimé. Le pire était de ne pas avoir de certitude. Apparemment, Dageus s'était volatilisé, mais Gwen s'était elle aussi raccrochée à l'espoir fou qu'il pourrait revenir, jusqu'à ce que Drustan lui confie un soir, des sanglots dans la voix, qu'il n'avait plus ressenti depuis la nuit où son frère avait disparu ce lien unique dû à la gémellité qu'ils avaient toujours partagé.

Après en avoir longuement discuté, ils avaient choisi de n'en rien dire à Chloé. Mais Gwen doutait du bien-fondé de cette décision. Quelque part au fond d'elle-même, Chloé continuait à espérer, d'un espoir insensé et irréaliste qui pouvait rapidement devenir pour elle le pire des poisons.

— Nous viendrons te voir dans quelques semaines à Manhattan, promit-elle en serrant son amie contre son cœur.

Elles restèrent longuement dans les bras l'une de l'autre, puis Chloé s'arracha à l'étreinte de Gwen et se mit à courir en direction de la porte d'embarquement, comme si l'Écosse était désormais pour elle un lieu à fuir au plus vite. Laissant libre cours à ses larmes, Gwen la regarda disparaître dans la foule.

De retour à New York, Chloé resta terrée dans son appartement, complètement retirée du monde. Elle ne répondit pas au téléphone, ne prit connaissance ni de son courrier ni de ses e-mails et quitta le moins possible l'abri de son lit. Pour toute occupation, elle ne cessait de revivre mentalement les précieux moments qu'elle et Dageus avaient partagés.

Avec lui, elle avait vécu le mois le plus extraordinaire de son existence. En quelques petites semaines, elle avait rencontré l'homme de ses rêves, était tombée éperdument amoureuse de lui, avait goûté l'espoir d'une éternité de bonheur entre ses bras... avant de tout perdre brusquement et de n'avoir plus rien pour se consoler que des souvenirs.

Comment était-elle censée s'en remettre ? Comment reprendre une vie normale après cela ? Comment allait-elle avoir le courage de s'habiller, de se coiffer, de descendre dans la rue, où le moindre couple d'amoureux en train de s'embrasser lui arracherait le cœur ? Cela lui paraissait tout simplement impossible.

Ainsi les jours succédèrent-ils aux jours dans une brume opaque, jusqu'à ce qu'un matin, Chloé se réveille obsédée par l'idée d'aller récupérer les antiquités celtiques que Dageus lui avait offertes. Elle avait besoin de serrer son *skean dhu* entre ses doigts, besoin de le porter aux endroits où il avait eu l'habitude de le cacher sur lui. Ce qui l'obligeait à quitter son appartement. Paniquée par cette perspective, elle s'efforça de trouver un autre moyen, mais il n'y en avait pas. Elle seule avait accès au coffre, grâce à la clé qu'il lui avait laissée.

À contrecœur, elle se traîna jusqu'à la douche, se lava et se sécha à moitié, puis alla ouvrir sa valise, à laquelle elle n'avait pas touché depuis son retour. Au hasard, elle enfila les premiers vêtements froissés qui lui tombèrent sous la main, se moquant de savoir s'ils étaient assortis ou non. Sans savoir comment, elle se retrouva enfin dans un taxi qui l'emmena rapidement à la banque.

En très peu de temps, elle fut admise dans la salle des coffres. On lui donna le sien et la conduisit dans un petit salon privé. Durant un long moment, elle contempla la boîte métallique, incapable de rassembler l'énergie nécessaire pour aller chercher la clé dans son portefeuille. Elle y parvint finalement, déverrouilla la boîte et souleva le couvercle. En découvrant ce qui s'y trouvait, elle sursauta. Au-dessus des antiquités qu'elle avait choisies dans le duplex était posée une enveloppe à son nom, écrit de la main de Dageus.

Elle s'en empara et l'observa attentivement. Qu'avait-il pu lui écrire quelques semaines plus tôt, alors qu'ils ne se connaissaient que depuis quatre jours ? Impatiente à présent de le découvrir, elle décacheta l'enveloppe et en tira un simple feuillet plié en deux.

Chloé-lass...

Si je ne suis pas près de toi quand tu liras ces mots, c'est que je ne serai plus de ce monde, car seule la mort pourra me faire renoncer à toi.

J'espère que nous avons eu le temps de bien nous aimer, ma douce, car je sais déjà que tu es la seule qui compte pour moi.

Och, lass... *Tu aimes tellement les antiquités celtiques que j'en suis presque jaloux !*

Le voleur qui signe ces lignes n'a jamais convoité qu'un seul trésor inestimable : toi.

Dageus

Chloé ferma les paupières pour contenir la vague de douleur qui déferlait en elle. Elle avait la gorge serrée, les yeux brûlants, mais refusait de pleurer. Aucune larme ne lui avait échappé depuis la disparition de Dageus. Elle ne pleurerait que le jour où elle aurait complètement renoncé à le voir revenir. Aussi longtemps qu'elle ne pleurerait pas, l'espoir de le retrouver vivrait en elle.

Elle se revoyait parfaitement dans la salle des coffres avec Dageus, ce jour-là. Lui, incroyablement grand, sûr de lui, beau au-delà de toute mesure. Elle, excitée par l'aventure dans laquelle elle se lançait, nerveuse et bien plus fascinée qu'elle n'aurait voulu se l'avouer. Mais si méfiante, aussi... Elle redoutait tellement une entourloupe de dernière minute de la part du Fantôme Celte qu'elle avait épié chacun de ses gestes pour être sûre qu'il déposait réellement les antiquités dans le coffre. Et pourtant, il s'était arrangé pour glisser sa lettre sans qu'elle se doute de rien. Mais le plus étonnant – et le plus touchant à ses yeux – était encore qu'il ait pu écrire ces mots à cette époque-là, alors qu'elle faisait encore barrage à toutes ses tentatives de séduction.

— Madame ?

Une voix d'homme derrière elle la tira de ses pensées, la faisant sursauter.

— Désolé de vous déranger, reprit-il, mais on vient juste de m'informer de votre arrivée. M. McKeltar est-il avec vous ?

Chloé ouvrit les yeux. Le directeur de la banque se tenait dans l'encadrement de la porte. Toujours incapable de parler à qui que ce soit, elle se contenta de secouer la tête.

— Eh bien, dans ce cas, je dois vous remettre ceci. M. McKeltar m'avait demandé de le faire au cas où vous viendriez récupérer votre dépôt sans lui.

À bout de bras, il lui tendit un trousseau de clés.

— Il m'a dit que l'appartement était à vous, que tous les papiers étaient en règle et que vous pouviez le revendre si vous ne désiriez pas le conserver. Il a ajouté que cela devrait vous permettre de vivre confortablement pour le reste de votre vie.

Comme dans un rêve, Chloé se vit se lever et saisir les clés du duplex.

— Vous allez bien, madame ? s'inquiéta le banquier. Vous paraissez très pâle. Voulez-vous un verre d'eau ?

Chloé secoua de nouveau la tête, rangea la lettre dans son sac et y ajouta le *skean dhu* soigneusement enveloppé. Puis elle referma le coffre et empocha la clé. Ses autres trésors devraient attendre qu'elle ait un endroit sûr où les conserver. Jamais elle ne se résoudrait à les vendre.

Les clés de Dageus serrées dans sa main, Chloé laissa derrière elle le directeur médusé et sortit de la banque aussi vite qu'elle le put.

La nuit était tombée et une pleine lune resplendissante illuminait le ciel lorsque Chloé se surprit à pénétrer dans le hall de l'immeuble élégant de la Cinquième Avenue. Elle n'avait pas exactement pris la décision de s'y rendre. Elle s'était contentée de marcher au hasard dans la ville durant toute la journée, jusqu'à ce que ses pieds décident d'eux-mêmes de la conduire jusqu'ici.

Agitant les clés devant elle, elle passa devant le guichet des agents de sécurité, qui se contentèrent de hausser les épaules. Le trajet jusqu'au quarante-troisième étage lui parut interminable. Enfin, elle poussa la double porte laquée de l'antichambre, et ses jambes se mirent à trembler. Tout lui revenait soudain en mémoire. Sa première visite, sa colère de devoir livrer le troisième *Livre de Manannán* à un inconnu, sa crainte que quelque bimbo écervelée ne l'abîme si elle le laissait dans l'antichambre, sa surprise de trouver la porte ouverte, la *claymore* accrochée au-dessus de la cheminée, qu'elle n'avait pu s'empêcher de venir admirer de plus près. C'était à cet instant que son destin avait basculé. Il y avait eu ensuite cet épisode rocambolesque, sous le lit, puis le premier et inoubliable baiser que Dageus lui avait volé.

Oh ! Que n'aurait-elle donné pour être capable de retourner dans le temps et de tout recommencer... Mais c'était un souhait d'autant plus futile que nul ne pouvait plus à présent traverser le pont blanc. Drustan lui avait appris que, la nuit où Dageus avait disparu, il avait senti la force mystique qui émanait depuis toujours de l'alignement de pierres de Ban Drochaid s'éteindre brutalement. Le lendemain, lui et Christopher avaient constaté que tout ce qui avait trait aux formules sacrées à inscrire sur les treize mégalithes avait inexplicablement disparu de la bibliothèque des McKeltar.

Quoi que Dageus ait pu devenir cette nuit-là, songea Chloé, il était parvenu à accomplir un de ses souhaits les plus chers. Dorénavant, les McKeltar n'auraient plus à assumer la responsabilité énorme qui les avait écrasés pendant des siècles. Ils étaient libres de vivre enfin de simples vies d'hommes.

Cette pensée lui arracha un sourire triste. Dageus aurait aimé savoir que son sacrifice avait eu ce résultat, lui qui ne demandait rien d'autre que de pouvoir porter fièrement les couleurs de son clan. Bien qu'il ne le lui eût jamais dit, elle était certaine qu'au fond de son cœur, il ne souhaitait rien tant, comme elle, que fonder sa propre famille et transmettre ce qu'il avait appris de la vie à ses enfants. Son sourire se figea sur ses lèvres en une grimace amère. Comment la vie avait-elle pu se montrer si injuste avec elle ?

Prête à affronter dorénavant ce qui l'attendait de l'autre côté, Chloé déverrouilla la porte de l'appartement – que Dageus avait par miracle pensé à fermer –, pénétra à l'intérieur et referma avec soin derrière elle. Tel un automate, elle se rendit tout droit vers la *claymore,* qu'un rayon de lune faisait briller. Du bout des doigts, elle caressa longuement le métal froid de la terrible arme de combat.

Elle resta ainsi de longues minutes dans la pénombre, que seule la lumière de la lune à travers la façade de verre du salon venait atténuer. Enfin, elle lâcha son sac sur le sol et alla se rouler en boule sur le canapé. Plus tard, se promit-elle, elle aurait le courage de s'aventurer dans le duplex désert. Plus tard, parce qu'il le faudrait bien, elle se résoudrait à aller dormir dans la chambre où devait flotter encore un peu l'odeur de Dageus.

Chloé-lass... *Si je ne suis pas près de toi quand tu liras ces mots, c'est que je ne serai plus de ce monde, car seule la mort pourra me faire renoncer à toi.*

Elle ne pouvait plus reculer, maintenant. C'était Dageus lui-même qui le lui signifiait. Même s'il ne lui avait pas été possible de pleurer sur sa dépouille, son seul amour était mort, vraiment mort, et il était vain d'espérer son retour.

Recroquevillée en une boule de révolte et de souffrance, Chloé se mit enfin à pleurer toutes les larmes de son corps.

28

Chloé fut réveillée par un bruit étrange et persistant. Il lui fallut plusieurs secondes pour en déterminer l'origine et la nature. Les bruits provenaient sans conteste de la porte du duplex. On eût dit que quelqu'un cherchait à l'ouvrir.

Le cœur battant, elle s'assit au bord du canapé et se frotta les yeux. Elle avait pleuré jusqu'à sombrer dans le sommeil. Ses paupières étaient gonflées et ses joues encore humides. Les coudes appuyés sur les genoux, elle se pencha pour prêter une oreille plus attentive mais dut bien vite se rendre à l'évidence : quelqu'un essayait de crocheter la serrure pour pénétrer dans l'appartement.

Un brusque accès de colère vint balayer la peur qu'elle avait commencé par ressentir. Il lui semblait qu'elle avait suffisamment souffert comme cela sans avoir à subir en plus un cambriolage ! Elle ne se laisserait pas faire sans réagir, et celui qui s'apprêtait à entrer par effraction chez elle n'allait pas tarder à le regretter.

À peine consciente que sa réaction n'était peut-être ni très rationnelle ni très prudente, Chloé se leva et alla décrocher du mur la pesante *claymore*. À sa grande surprise, sans doute galvanisée par la fureur, elle parvint à la soulever sans peine. Au moins, songea-t-elle avec satisfaction en allant se poster dans l'entrée, aurait-elle l'avantage de la surprise.

Il ne lui fallut pas attendre longtemps pour que la porte, dans un dernier bruit de serrure malmenée, s'ouvre et cède le passage à une grande forme sombre. Sans la moindre crainte et avec toute son énergie, elle brandit devant elle l'épée de combat, dont la pointe alla piquer le cambrioleur à la gorge. Au mouvement de recul et au petit cri de celui-ci, elle comprit, non sans un certain plaisir, qu'elle avait dû le blesser.

Sa satisfaction fut de courte durée, car elle entendit alors la grande silhouette noire protester avec la voix de Dageus :

— Chloé-*lass*, mon amour... Par pitié, pose cette épée !

Une fois encore, alors qu'aucun bruit ne troublait la paix nocturne du château, Silvan broyait du noir devant la fenêtre ouverte de la bibliothèque.

La pleine lune accaparait ses regards, mais ce n'était pas à son influence qu'il devait sa morosité. Ce soir, il fêtait une sorte d'anniversaire, puisque Dageus et Chloé étaient partis à la pleine lune précédente. Qu'était devenu son fils ? Il savait pouvoir compter sur lui pour se conduire dignement, mais l'ignorance dans laquelle il était de son sort le hanterait sans doute jusqu'à sa mort. Il savait qu'il en irait de même pour Nellie... L'atmosphère qui régnait dans le château était bien lourde depuis le départ de Dageus et de sa promise.

Avec un soupir à fendre l'âme, il s'apprêtait à se lever pour fermer la fenêtre et tenter d'aller grappiller quelques heures de sommeil lorsqu'il prit conscience d'une présence dans son dos. Figé sur son fauteuil, il fit appel à ses sens de druide pour identifier cette présence. Mais qui – ou quoi – que cela puisse être, cela dépassait sa compréhension.

Pétrifié, incapable de se lever pour faire volte-face, il attendit et ne tarda pas à voir une femme sortir de l'ombre pour venir se placer devant lui. Dès qu'il posa les yeux sur elle, Silvan comprit qu'il ne s'agissait pas d'une simple mortelle. La créature était si magnifique et irradiait d'une telle lumière qu'il lui était presque douloureux de la contempler. Des couleurs irisées, impossibles à nommer, jouaient au fond de ses yeux. Des cheveux d'argent filé encadraient son visage d'une beauté inhumaine.

— Aoibheal, reine des Tuatha Dé Danaan, annonça la créature d'une voix cristalline. Je suis venue te voir en paix, Silvan McKeltar.

Confusément, Silvan songea qu'il ne serait pas très avisé de sa part de s'évanouir alors que survenait ce qui était sans doute l'événement le plus marquant de son existence. La seconde suivante, il sombra dans l'inconscience.

Assise sur le canapé du salon, la tête entre les jambes, Chloé ne parvenait toujours pas à retrouver son souffle. Dageus, agenouillé à ses pieds, avait entouré ses chevilles de ses mains et la dévisageait avec une inquiétude manifeste.

— Je ne te quitterai plus, promit-il en lui caressant doucement les cheveux. Mais pour l'amour du Ciel, *lass*, tu dois te calmer.

Si elle l'avait pu, Chloé lui aurait ri au nez. Comment voulait-il qu'elle se calme après l'avoir vu apparaître devant elle tel Orphée surgi des enfers ? Tout à l'heure, dans l'entrée, lorsqu'elle avait entendu sa voix fendre les ténèbres, elle avait failli s'évanouir. À présent, la tête sur le point d'exploser et la poitrine déchirée par une atroce douleur, elle en venait presque à regretter de ne pas l'avoir fait.

Bien plus que de se calmer, elle avait besoin de le serrer contre elle, de vérifier qu'il était réel en l'embrassant et en le palpant sous toutes les coutures. Et plus que tout encore, elle avait désespérément besoin d'explications. Une traînée de sang sinuait le long de son cou, à l'endroit où la lame de la *claymore* s'était posée, ce qui tendait à prouver qu'il était bien vivant. Était-il possible d'infliger une blessure à un spectre ? Un fantôme pouvait-il avoir les mains chaudes – car c'était indéniablement sa chaleur, si rassurante, qui se communiquait par ses mains à ses jambes à travers la toile de son jean ?

— Chloé-*lass*... reprit-il d'une voix blanche. Fais un effort. Tu dois respirer !

Chloé comprit alors, à la teinte cendreuse de son visage, qu'il se faisait vraiment du souci pour elle. Ce fut cette prise de conscience qui la poussa à faire l'effort nécessaire pour dénouer la boule d'angoisse qui la tétanisait et l'empêchait de respirer.

— Comment ? parvint-elle enfin à murmurer en se jetant à son cou. Comment est-ce possible ?

Les mains posées sur ses joues, Dageus étudia un long moment son visage, comme pour en graver tous les détails dans sa mémoire. Puis ses lèvres s'emparèrent des siennes pour un baiser tendre et savoureux, puis un autre, et une douzaine d'autres encore, chacun d'eux se faisant plus ardent.

— *Och,* Chloé-*lass*... chuchota-t-il enfin en la dévorant de nouveau des yeux. Je pensais que je ne te reverrais jamais !

— Toi ? s'exclama-t-elle avec un hoquet de surprise. Et moi donc ? Dans quel état crois-tu que j'étais ?

D'autres baisers, toujours plus exigeants, l'empêchèrent de continuer à s'indigner. Elle croisa les doigts derrière la nuque de Dageus et savoura l'impression de solidité qui se dégageait de lui, le contact chaud et affolant de son corps contre le sien, toutes ces choses dont elle avait cru devoir se passer à jamais.

Enfin, Dageus s'arracha à ses lèvres et l'observa d'un air surpris avant de demander :

— Comment se fait-il que tu sois déjà là ?

Chloé crut qu'il se moquait d'elle. Elle dut le dévisager attentivement pour comprendre que ce n'était pas le cas.

— Dageus, répondit-elle, cela fait trois semaines et demie que tu as disparu !

— Trois semaines et demie... dit-il d'un ton songeur. C'est donc ce que la reine voulait dire...

— La reine ? répéta Chloé. Quelle reine ? Qu'est-il arrivé ? Où étais-tu passé ? Pourquoi étais-tu en train de fracturer la porte ? Et pourquoi n'as-tu pas donné signe de vie plus...

Elle se tut abruptement et plongea son regard au fond de ses yeux ensorcelants et dorés. Car dorés, ils l'étaient tout à fait, à présent.

— Oh, Dageus ! lâcha-t-elle dans un souffle. Ils sont partis, n'est-ce pas ? Tu n'es pas seulement vivant, tu es libre !

Dageus se mit à rire avec une gaieté et une insouciance qu'elle ne lui avait jamais connues.

— *Aye, lass*... Ils sont partis. Pour toujours. Et pour ce qui est de la porte, je ne peux plus me servir de leurs sorts pour l'ouvrir, puisqu'ils ne sont plus là. J'ai bien peur que la carrière du Fantôme Celte s'arrête ici. Voudras-tu quand même de moi, maintenant que je ne suis plus qu'un homme, membre du clan Keltar et druide, tout simplement ?

— Dageus McKeltar ! s'exclama-t-elle avec une indignation feinte. Je vais te montrer à quel point je te veux...

Il fallut encore deux douzaines de baisers et de multiples caresses pour que Chloé, enfin convaincue que Dageus était vivant, se calme et accepte de le lâcher. Alors, elle put écouter l'étonnante histoire qu'il avait à lui raconter.

Lorsque Silvan reprit connaissance, la reine était assise sur un siège invisible devant lui et l'examinait attentivement. L'exclamation de surprise qui jaillit spontanément de ses lèvres le surprit lui-même.

— Ainsi, vous êtes réelle !

Aoibheal parut vaguement amusée.

— Il a récemment été porté à mon attention que les Keltar avaient peut-être été laissés trop longtemps sans contact avec notre race et que vous commenciez à ne voir en nous autres Tuatha Dé Danaan qu'un détail de votre amusant folklore. Je n'étais pas convaincue par cette argumentation, mais à présent, je le suis.

— Qui êtes-vous, précisément ? s'enquit-il, au comble de l'émerveillement.

— Difficile de l'expliquer dans votre langage. Il me serait possible de vous en faire la démonstration, mais à en juger par votre perte de conscience précédente, il vaut mieux vous éviter cela.

Silvan ne la quittait pas des yeux, mémorisant chaque détail de son anatomie.

— Votre fils est libre, Keltar, annonça la reine.

Une joie sans mélange s'empara de lui. Sa prudence naturelle l'incita cependant à demander :

— Dageus est donc parvenu à triompher du Draghar ? A-t-il réussi à remettre dans leur prison les treize druides noirs ?

— D'une certaine manière. Disons simplement qu'il a fait ses preuves.

— Est-il vivant ? insista Silvan. Est-il près de Chloé ?

— Je l'ai rendu à la femme qu'il s'est choisie et qui l'a choisi malgré... les circonstances. Mais il lui sera impossible de revenir un jour dans le passé. La trame du temps a déjà été bouleversée plus qu'il n'était prudent de le faire.

La bouche de Silvan s'ouvrit et se referma plusieurs fois de suite. Ne trouvant rien d'intelligent à dire, il se contenta d'exprimer sa reconnaissance.

— Merci d'être venue m'annoncer cela.

Le sourire qui flottait sur les lèvres inhumaines de la souveraine se figea instantanément.

— Je n'ai pas pris la peine de venir jusqu'à toi pour te rassurer sur le sort de ton fils, Keltar. Mais je me suis dit qu'un peu de baume sur ton vieux cœur nous faciliterait la tâche. Comme vous le dites de manière tellement imagée, vous autres humains, nous avons du pain sur la planche...

— Vraiment ?

— Le Pacte a été rompu. Dans ce siècle-ci. Et par un Keltar. Il me semble indispensable de le refonder. Nous allons nous y mettre ici même, dès maintenant.

— Ainsi, conclut Chloé entre deux sanglots, tu as réussi à détourner le couteau de ma gorge pour t'en servir contre toi-même ?

Dans les minutes précédentes, Dageus lui avait raconté l'imprudence qui lui avait valu de se retrouver aux mains du Draghar, avec pour seule alternative de laisser la transformation s'opérer ou de mourir. Comme l'avait soupçonné son frère, il s'était montré scrupuleusement respectueux de son devoir, jusqu'au sacrifice de sa vie.

— Alors, tu aurais pu mourir et me laisser derrière toi ! s'écria-t-elle en pleurant de plus belle et en lui martelant la poitrine de ses poings. Je pourrais presque te haïr pour ça...

En son for intérieur, Chloé ajouta que c'était également pour cela qu'elle l'aimait. Son sens de l'honneur et du devoir faisait partie intégrante de sa personnalité, et sans doute ne l'aurait-elle pas aimé autant si cela n'avait pas été le cas.

— Crois-moi, *lass*, reprit-il d'un air peiné, c'est bien la décision la plus difficile que j'aie jamais eu à prendre. Devoir te dire adieu m'a brisé le cœur. Mais je n'avais pas le choix. Crois-tu que j'aurais pu laisser les Anciens répandre leur haine sur le monde ? Sans compter qu'étant directement à leur merci, tu aurais sans doute été leur première victime...

Un frisson le secoua de la tête aux pieds, comme s'il en frémissait encore rétrospectivement. Il fit courir ses mains le long des bras de Chloé, emprisonna sa nuque entre ses mains et l'embrassa passionnément. Lorsqu'ils furent tous deux à bout de souffle, elle se dégagea et demanda avec une lueur d'impatience dans les yeux :

— Et ensuite, que s'est-il passé ?

Il lui raconta qu'il avait utilisé la magie du Draghar pour jeter sur elle un sort d'aveuglement et de surdité temporaire, afin qu'elle ne puisse être témoin de ce qui allait lui arriver. C'était ensuite, à peine une seconde après que le couteau s'était planté dans son cœur, que les Tuatha Dé Danaan, en la personne d'une femme et d'un homme, étaient apparus pour le sauver.

— Les Tuatha Dé Danaan ! s'exclama Chloé, rouge d'excitation. Ils existent vraiment ? Tu les as rencontrés ?

Dageus sourit en voyant l'expression d'insatiable curiosité qui animait le visage de Chloé. Il pouvait être certain d'avoir à répéter cette histoire des dizaines de fois au cours des jours à venir...

— *Aye,* répondit-il en lui caressant tendrement la joue. Ils ont fait disparaître les corps de Simon Barton-Drew et de ses complices, qui se sont volatilisés comme s'ils n'avaient jamais existé. Mes chaînes sont tombées, et l'instant d'après, je me suis retrouvé... ailleurs, allongé sur une plage de sable blanc, à deux pas d'un océan qui ne ressemblait en rien à ceux qui existent sur Terre. Toutes les couleurs étaient tellement... chatoyantes !

— Mais eux ? fit Chloé avec impatience, en lui attrapant le bras. À quoi ressemblent les Tuatha Dé Danaan ?

— Ils ne sont pas humains, cela me semble évident. Je pense même qu'ils n'ont aucun point commun avec nous, bien qu'ils choisissent d'apparaître à nos yeux sous une forme humaine, pour ne pas nous effrayer. Ils ressemblent au portrait que la légende nous a transmis : grands, sveltes, gracieux, magnifiques, tellement radieux qu'il est presque insupportable de les regarder. Je crois que si je n'avais pas été à moitié mort et vidé de mon sang, leur apparence m'aurait fait peur. Leur pouvoir est immense. Je pouvais le sentir crépiter dans l'air autour d'eux. Je pensais que les druides étaient les dépositaires de grands pouvoirs, mais ils font figure de rigolos à côté des Tuatha Dé Danaan.

— Et ensuite ? insista Chloé. Que s'est-il passé ?

— Ils m'ont guéri de ma blessure. J'en viens même à me demander s'ils ne m'ont pas carrément ressuscité...

Dageus rapporta alors l'étonnante rencontre telle qu'il l'avait vécue. La femme lui avait dit être Aoibheal, reine des Tuatha Dé Danaan. Elle lui avait expliqué que, bien qu'il eût brisé ses vœux et utilisé le pouvoir des pierres levées à des fins personnelles, il s'était racheté en démontrant sa volonté de se supprimer pour éviter le retour sur Terre des Anciens. Elle avait ajouté que par ses actes, il s'était révélé digne du nom des Keltar et de la confiance placée en son clan. En conséquence, avait-elle conclu, une seconde chance lui était offerte.

Un sourire émerveillé joua sur les lèvres de Dageus.

— Tu aurais dû voir ma joie, Chloé-*lass*... La seconde précédente, j'étais étendu là, persuadé que j'allais mourir et que je ne te reverrais jamais. Et voilà que la reine des Tuatha Dé Danaan en personne se proposait non seulement de me libérer des Anciens, mais aussi de me rendre à la vie et à toi !

Dageus se tut un instant, plongé dans ses souvenirs. Il lui était difficile de mettre des mots sur la suite des événements, qui n'avaient pas été pour lui des plus clairs. Sans doute ne le seraient-ils jamais, tant l'abîme entre les deux races était grand. Il avait cependant bien senti qu'il existait un certain contentieux entre la reine et l'homme qui l'accompagnait, qu'elle avait appelé Adam. La reine avait ordonné à son compagnon de guérir Dageus, mais celui-ci avait protesté, déclarant qu'il était trop mal en point et qu'il lui en coûterait bien trop de sauver la vie du mortel.

La reine avait affirmé d'un ton sans réplique que tel était le prix qu'elle réclamait en paiement d'une supplique que lui avait adressée Adam. Cela n'avait eu aucun sens pour Dageus, mais même dans l'état de faiblesse extrême dans lequel il se trouvait, il avait remarqué que l'autre Tuatha Dé Danaan était mortellement horrifié.

— Parle ! supplia Chloé en l'attirant contre elle. Qu'est-ce que tu ne me dis pas ?

Dageus haussa les épaules.

— Rien qu'une impression, *lass*. J'étais juste en train de me dire qu'il existe entre ces Tuatha Dé Danaan des enjeux qui nous dépassent. Je n'ai sans doute été entre leurs mains qu'une pièce d'échecs... Quoi qu'il en soit, Adam a obéi à sa reine et m'a soigné. Ne me demande pas comment il s'y est pris, je serais incapable de te le dire. Tout ce que je sais, c'est que je ne me suis jamais senti aussi bien qu'au cours de cette opération. J'avais l'impression de flotter dans un bain d'énergie pure, à la surface de l'univers, et de pouvoir enfin saisir la trame qui tisse nos vies. Cette sensation d'extase s'est encore accentuée quand la reine a extrait de mon corps les âmes des treize druides noirs pour les anéantir à jamais...

Impressionnée par ce discours, Chloé médita quelques instants ses paroles avant de déclarer :

— Ce que je ne comprends pas, c'est pourquoi tu as mis si longtemps à revenir parmi nous. À t'entendre, tout s'est passé très vite...

— Chloé-*lass*... Pour moi, il s'est effectivement passé peu de temps dans cet ailleurs où les Tuatha Dé Danaan m'avaient emmené. C'est uniquement lorsque tu m'as dit tout à l'heure que trois semaines et demie s'étaient écoulées que j'ai compris : le temps ne s'écoule par de la même façon dans nos deux univers.

— Ainsi, cette part de la légende est vraie également ! s'exclama Chloé avec enthousiasme. Il est dit dans les textes anciens qu'une année dans le royaume des faës correspond à un siècle chez les humains.

Dageus hocha la tête et la dévisagea d'un air préoccupé, comme s'il prenait seulement conscience de ses cheveux ébouriffés, de ses yeux gonflés, de sa mine défaite.

— *Och, lass*... murmura-t-il tristement. Tu pleures ma mort depuis tout ce temps ! Si j'avais pu savoir, je...

Avec un sourire brave, Chloé se redressa sur le canapé et lui caressa la joue.

— Tu aurais fait quoi ? coupa-t-elle. Si ce délai était nécessaire pour te ramener à moi, alors je ne regrette pas d'avoir dû traverser cet enfer. Tu es ici, maintenant, près de moi, et c'est tout ce qui compte. Je ne pourrais être plus heureuse.

— En ce qui me concerne, répondit Dageus, il y a bien quelque chose qui pourrait parfaire mon bonheur.

Chloé battit des paupières, perplexe et peut-être même un peu blessée. Dageus se mit à rire et effleura ses lèvres des siennes avant d'ajouter :

— Cela fait très longtemps que je veux te le demander. Mais j'avais peur de ne pas avoir d'avenir à partager avec toi. À présent, j'ai tout le temps devant moi... Veux-tu m'épouser, Chloé-*lass* ? Ici, tout de suite, à la manière des druides d'autrefois.

Le visage illuminé de joie, elle lui sauta au cou, et le baiser qu'elle lui donna valait toutes les réponses.

— Alors ? demanda-t-elle, les yeux brillants de curiosité, lorsque leurs lèvres se séparèrent. Comment fait-on pour épouser un druide ?

Dageus éclata de rire.

— Rien de plus simple ! répondit-il. C'est même tellement simple que tu as failli le faire une fois sans t'en apercevoir.

Il lui sourit, d'un sourire qui fit pétiller ses yeux, un sourire qui promettait à Chloé toutes les délices de la terre dès que les vœux nuptiaux auraient été prononcés.

Captivée par son sourire et par la perspective de leur étreinte à venir, Chloé ne réagit pas tout de suite à ses dernières paroles.

— Qu'est-ce que tu veux dire ?

— Tu vas voir.

Dageus plaça une de ses mains sur le cœur de Chloé, l'autre sur son propre cœur et dit :

— Pose tes mains sur les miennes et répète après moi : deux flammes pour une braise brûlent d'un même désir. Où tu iras, qu'il plaise aux dieux que j'aille aussi. Fasse que le temps n'apaise ni flammes ni souvenirs.

Les yeux brillants, saisie par une émotion indéfinissable qui la faisait trembler, Chloé s'exécuta. Il lui fallut un moment pour reprendre ses esprits avant de pouvoir s'indigner :

— Ainsi, tu m'avais déjà épousée, ce soir-là dans la bruyère, et tu ne m'en avais rien dit ! Dageus McKeltar, il me semble que nous allons devoir parler sérieusement de la communication au sein d'un couple...

— Plus tard, *lass*... susurra-t-il en bondissant comme un fauve sur le canapé, où il étendit le corps de Chloé sous le sien. Pour l'instant, nous avons beaucoup mieux à faire.

Et ce qu'il avait en tête, se promit Dageus en lui ôtant son pull, allait leur prendre très, très longtemps... Le temps, dorénavant, n'était plus son ennemi. Il avait conquis sa promise de haute lutte, et l'avenir, dès cette minute, leur appartenait. Un avenir resplendissant de promesses.

Glossaire

Pour préserver leur charme et leur spécificité, certains mots irlandais ou écossais n'ont pas été traduits dans le texte. On en trouvera ci-dessous une définition sommaire[1].

Aberdeen, Angus : régions d'Écosse ayant donné leur nom à une race de bœufs sans cornes typiquement écossais.

Amergin : le plus influent des trois druides ayant, selon la légende, conduit la migration des Celtes venus d'Espagne pour s'installer en Irlande.

Aoibheal : souveraine des Tuatha Dé Danaan (se prononce dans leur langue *Ah-veel*).

Aye : oui.

Banshee : dans le folklore irlandais, être surnaturel dont les cris présagent la mort.

Beltane : dans la tradition celtique, fête du printemps, le 1er mai.

Claymore : grande et large épée des guerriers écossais, maniée à deux mains.

Cullen skink : soupe de poisson écossaise originaire du village de pêcheurs de Cullen, dans le Morayshire.

---

1. Pour plus de détails sur les romans de Karen Marie Moning, voir le site Internet : www.karenmoning.com.

Féth fiada (*féth* : brume, *fiada* : seigneur) : brume ou brouillard magique qui rend invisible ceux qui s'y cachent. Également appelé *ceó druidecta* ou *ceó draiodheachte* (brume des druides). Le *féth fiada* est un charme à triple action qui rend celui qui s'en sert impossible à voir, entendre ou toucher par le commun des mortels.

Laird : noble, propriétaire d'une terre et d'un manoir en Écosse.

Lass : jeune fille ou bonne amie.

Lowlands : par opposition aux Highlands, pays montagneux, ce sont les basses terres du centre de l'Écosse.

Lughnassadh : Dans la tradition celtique, fête célébrée le 1er août.

Naye : Non.

Och ! : Oh !

Oghamique(de Ogham, inventeur mythique de cette écriture) : se dit de l'écriture des inscriptions celtiques d'Irlande et du pays de Galles des Ve-VIIe siècles. L'alphabet oghamique, composé de combinaisons de traits pour les consonnes et de points pour les voyelles, offre des analogies avec l'écriture runique.

Pictes : peuplade ayant occupé la Grande-Bretagne avant les Celtes et combattu l'invasion romaine. Ils se sont assimilés aux Écossais aux environs du IXe siècle.

Regalia : emblèmes, symboles et accessoires distinctifs d'un roi.

Samhain : dans la tradition celtique, fête d'Halloween.

Sidhe : autre nom donné dans la mythologie celte aux Tuatha Dé Danaan après leur exil (se prononce *shee*).

Skean dhu : poignard de combat dissimulé dans les vêtements qui ne servait que comme ultime moyen de défense.

Sporran : escarcelle en peau ornée de fourrure portée sur le kilt dans la tenue écossaise traditionnelle.

Stovies : plat traditionnel écossais à base de pommes de terre émincées assez semblable au gratin dauphinois.

Tuatha Dé Danaan : peuple mythique ayant colonisé l'Irlande aux premiers temps de son histoire (se prononce *tua day dhanna*).

Yule : dans la tradition celtique, solstice d'hiver.

8870

Composition
PCA

Achevé d'imprimer en France (La Flèche)
par BRODARD & TAUPIN
le 11 février 2009. 51374

Dépôt légal février 2009.
EAN 9782290015971

ÉDITIONS J'AI LU
87, quai Panhard-et-Levassor, 75013 Paris

Diffusion France et étranger : Flammarion